Ralf Kramp
Mord mit Eifelblick

Die »Herbie Feldmann«-Krimis:
Spinner
Rabenschwarz
Der neunte Tod
Malerische Morde
Hart an der Grenze
Totentänzer
Abendlied
Aus finsterem Himmel
Mord mit Eifelblick

Außerdem gehören Herbie und Julius zu den Hauptdarstellern des Gemeinschafts-Romans *Acht Leichen zum Dessert,* der von den acht Autoren des Krimi-Camps verfasst wurde.

Darüber hinaus vom Autor bei KBV erschienen:
Tief unterm Laub
Still und starr
... denn sterben muss David!
Kurz vor Schluss (Kriminalgeschichten)
Ein Viertelpfund Mord (Kriminalgeschichten)
Ein kaltes Haus
Nacht zusammen (Kriminalgeschichten)
Stimmen im Wald
Voll ins Schwarze (Kriminalgeschichten)
Starker Abgang (Kriminalgeschichten)
Mord und Totlach (Kriminalgeschichten)
Totholz
Schuss mit lustig (Kriminalgeschichten)
Ihr Mord, Mylord (Kriminalgeschichten)
So tot wie nie (Kriminalgeschichten)

Ralf Kramp, geb. 1963 in Euskirchen, lebt in einem alten Bauernhaus in der Eifel. Für sein Debüt *Tief unterm Laub* erhielt er 1996 den Förderpreis des Eifel-Literatur-Festivals. Seither erschienen mehrere Kriminalromane und zahlreiche Kurzgeschichten. In Hillesheim in der Eifel unterhält er zusammen mit seiner Frau Monika das »Kriminalhaus« mit dem »Deutschen Krimi-Archiv« (30.000 Bände), dem »Café Sherlock«, einem Krimi-Antiquariat und der »Buchhandlung Lesezeichen«. www.ralfkramp.de · www.kriminalhaus.de

Ralf Kramp

Mord mit Eifelblick

Ein Herbie-Feldmann-Krimi

1. Auflage August 2019
2. Auflage Oktober 2019
3. Auflage Dezember 2019

© KBV Verlags- und Mediengesellschaft mbH, Hillesheim
www.kbv-verlag.de
E-Mail: info@kbv-verlag.de
Telefon: 0 65 93 - 998 96-0
Fax: 0 65 93 - 998 96-20
Umschlaggestaltung: Ralf Kramp
unter Verwendung von © racera - Fotolia.de
Lektorat: Volker Maria Neumann, Köln
Druck: CPI books, Ebner & Spiegel GmbH, Ulm
Printed in Germany
ISBN 978-3-95441-462-8

Zugeeignet
Agatha Mary Clarissa Christie,
der Queen of Crime

»Ein berühmter Filmstar
war eben ein berühmter Filmstar.
Alte Damen mochten zwar
in der Gesellschaft ihres Heimatortes
eine Rolle spielen,
doch deshalb waren sie
in der Welt der Berühmtheiten
noch lange nicht von Wichtigkeit.«

Agatha Christie *»Mord im Spiegel«*

1. Kapitel

Auf diesem Kleid würde man jeden Fleck sehen. Ein Sommerkleidchen so blütenweiß wie frisch von einer Schaufensterpuppe im Kaufhaus abgenommen. Gunda kam mit zierlichen Schritten vom Gatter quer über die Wiese auf sie zugelaufen.

Püppi sah sie zuerst nur als hell leuchtenden Klecks, und dann wurde ihre engelsgleiche Gestalt immer deutlicher erkennbar. Püppi hatte selbst schon ein paar Mal in der Stadt vor einem der Kaufhäuser gestanden und die Kleider und Kostüme bestaunt, die gertenschlanken Frauenfiguren in den Miniröcken und die Männerpuppen mit den weiten Schlaghosen. Daheim in Köln bummelte Gunda bestimmt täglich vor solchen Geschäften herum.

»Hier!«, rief Püppi, drückte den Rücken durch und reckte den Kopf empor. »Hier bin ich, hier oben!«

Gunda blieb stehen und beschattete den Blick mit der flachen Hand, als sie den Hügel hinaufblickte. Dann winkte sie.

Ja, wie eine dieser Schaufensterpuppen sah Gunda aus, mit makelloser Haut, langen Beinen und einer blonden Mähne, die ihr bei jedem Schritt um den Kopf wogte. Sie kam mit eleganten, hüpfenden Bewegungen näher. Um sie herum wirbelten die Schirmchen der Pusteblumen durch die Sommerluft.

Püppi saß im Schatten der alten Feldscheune am Rande des Weißdorngestrüpps, das sich über die ganze Hügelkuppe ausgebreitet hatte. Der Sommer war heiß.

Aus dem kleinen Transistorradio erklang der neue Schlager von Roy Black: *Du bist nicht allein, wenn du träumst, heute Abend …* Sie hatte ihr leinenes Trägerkleid mit dem großen Blumenmuster an, das sie drei Jahre zuvor von Tante Bärbel geschenkt bekommen hatte. Es war schon so oft geflickt und gestopft worden, dass es ihr bald unweigerlich vom Leib fallen würde.

Im nächsten Moment hatte Gunda sie erreicht und ging mit einem leisen, glucksenden Lachen in die Knie. Bevor sie sich neben Püppi ins Gras setzte, schob sie sich sorgsam den Rocksaum um die Schenkel.

»Schönes Kleidchen«, sagte Püppi.

»Findest du, es steht mir?«

»Du weißt genau, dass es dir gut steht.«

»Es ist ganz neu«, erklärte Gunda. »Ich will fein drauf Acht geben, dass ich es nicht gleich am ersten Wochenende schmutzig mache.«

Püppi kräuselte die Mundwinkel. »Was kommst du auch mit so einem Fähnchen in die Eifel. Hier macht man sich doch überall schmutzig.«

Gunda legte den Kopf schief. »Ich wollte dieses Mal besonders hübsch aussehen.« Dann senkte sie in verschwörerischem Tonfall die Stimme. »Ich treffe nachher wieder den Freddy.«

»War mir schon klar.«

»Also so richtig.« Gunda beugte sich vor, und auf ihren Wangen zeigte sich eine ahnungsvolle Röte. Sie war noch ein wenig außer Atem vom Laufen. »Ich treffe ihn so richtig«, sagte sie mit Nachdruck.

»Ja, ja, habe ich mir schon gedacht. Er spricht auch von nichts anderem.«

Gunda schrak hoch. »Er erzählt es rum?«

»Keine Sorge, der hält dicht, der Freddy. Aber ich kenne ihn schon so lange, ich weiß, was er meint, auch wenn er was anderes sagt.«

»Ich könnte vor Glück zerspringen.«

»Kann ich mir vorstellen.«

Gunda blickte sie jetzt ernst an. Püppis Einsilbigkeit schien sie zu verunsichern. »Freust du dich nicht mit mir?«

Für einen Augenblick hielt Püppi ihrem forschenden Blick stand, doch dann platzte das Lachen aus ihr heraus. »Aber klar freue ich mich. Klar doch!« Sie schlug spielerisch nach Gundas Schulter. »Ihr zwei seid doch wie gemacht füreinander. Wer sollte denn sonst den Freddy kriegen?«

»Ja«, rief Gunda befreit. »Wer sonst?«

»Ja, wer sonst?« Püppis erneutes Echo ging in ein Glucksen über, als sie begannen, sich gegenseitig zu knuffen und zu kitzeln.

Plötzlich hielt Gunda inne, strich sich die blonden Haare aus der Stirn und blickte an der Wand der Scheune empor. »Warum treffen wir uns hier? Warum nicht am Kriegerdenkmal, so wie sonst?«

Püppi erhob sich und stemmte die Hände in die Seiten. »Wenn du dir einen Jung aus der Eifel angelst, dann musst du so ein paar Sachen wissen.«

»Sachen?«

»Du willst deinem Freddy doch nicht wie das Dummchen aus der Stadt erscheinen. Wenigstens das Nötigste vom Dorf musst du kennen. Wenn du mit deinen Eltern alle paar Monate hier im Gasthof logierst, lernt ihr doch nichts. Ihr feiert die Dorfkirmes und steht mit uns am Osterfeuer, dein Vater trinkt unseren Pflaumenschnaps, und deine Mutter lässt sich unsere Kochrezepte geben, trotzdem werdet ihr nie richtige Eifeler sein. Aber du willst den Freddy, das ist was anderes. Guck mal, das hier ist die alte Scheune vom Stroedter Matthes.« Während sie sprach, schob sie einen Riegel beiseite und öffnete die Tür, die in das große hölzerne Tor eingelassen war. Sie hing schief in den Angeln und schrubbte mit dem unteren Rand über den trockenen Lehm und die dürren Grasbüschel des ausgefahrenen Weges, der über die Felder direkt auf das Tor zuführte.

»Der Matthes stellt hier alles ab, was er gerade nicht braucht oder was kaputt ist. So ein Eifeler wirft nix weg, verstehst du?«

Gunda folgte ihr zögernd ins Innere der Scheune. Sie presste mit den Händen die Rockschöße gegen die Schenkel und reckte den schlanken, weißen Hals. Ihre Augen schickten bange Blicke durch das Halbdunkel. Es gab kein Fenster, doch das Licht des Sommertags drang durch zahllose Ritzen in den Bretterwänden und verwandelte das ganze rostige Gerümpel, das den Innenraum füllte, in eine bizarre Schattenwelt. Es war kühl, und die Luft war gesättigt mit dem Geruch von morschem Holz und altem Maschinenöl.

»Das hier«, sagte Püppi mit gespielt lehrerhaftem Ton, »ist ein Trecker.«

Gunda schnalzte mit der Zunge. »Mensch Püppi, du bist doof.« Sie betrachtete das Fahrzeugwrack, an dem nur noch wenige Stellen verrieten, dass es einmal in leuchtendem Rot lackiert gewesen war. Eines der gewaltigen Hinterräder fehlte. Das Ende der Achse ragte rostbraun in die Luft.

»Das *war* früher wohl mal ein Trecker. Ich weiß auch, wie so was aussieht. Ich bin ja nicht blöd.«

»Die hier sind für Kälber.« Püppi gab ein paar rostigen Ketten, die an einem Querbalken baumelten, einen Schubs, sodass sie träge durch die Luft schwangen.

»Mein Kleid!«, rief Gunda schrill und sprang zur Seite. »Hier ist alles voller Rost und Dreck. Ich will wieder raus.«

Aber Püppi ließ sich nicht beirren. Sie verschwand halb hinter einem zinkgrauen, länglichen Wasserfass auf Rädern. Scheppern und Poltern war zu hören, und dann reckte sie etwas in die Höhe. »Guck mal, kennst du das hier?«

»Jaja, eine Heugabel. Toll.«

Püppi lachte heiser. »Nee, das ist eine Mistgabel! Bei der Heugabel ist doch der Stiel viel länger, und die Zinken sind mehr gebogen. Du weißt ja nichts. Du weißt ja wirklich gar nichts!« Sie warf die Gabel in eine Ecke und kramte zwischen anderem rostigen Zeug herum. »Und bei einer Grabgabel, da ist es noch anders, da ist nämlich …«

»Das ist mir egal, Püppi!«, rief Gunda und stampfte mit dem Fuß auf. »Das muss ich alles nicht wissen. Ich bin sechzehn Jahre alt und kein Kind mehr! Und der Freddy liebt mich auch so!« Sie wandte sich um und wollte in Richtung Ausgang davonlaufen, aber Püppi rief: »Warte, warte! Guck mal! Nur noch das hier! Ja, das wird dir gefallen!«

»Wird es nicht!« Gunda wandte sich um. Gerade noch sah sie aus dem Augenwinkel, wie ihre Freundin etwas aus dem Inneren des alten Treckergehäuses hervorholte. »Mir gefällt gar nichts von dem ollen, rostigen Zeug.«

»Wetten wohl?«, rief Püppi aus dem hinteren Teil des Schuppens. Und dann noch einmal: »Wetten wo-hol?« Ihre Stimme kam jetzt näher. »Das ist nämlich etwas ganz Besonderes!«

Gunda hielt inne und wandte sich langsam um. Mit beiden Händen trug Püppi einen länglichen Gegenstand vor sich her.

Gunda betrachtete skeptisch das Gerät, das Püppi ihr entgegenreckte.

»Eine Stange? Ein Rohr? Was soll das sein?«

Püppi hielt das metallene Ding fast ehrfurchtsvoll fest. In ihren Augen war ein Funkeln zu sehen.

»Das ist etwas, das nur ganz Wenige kennen. Ein Gerät, mit dem man ganz besondere Sachen machen kann. Willst du es ausprobieren?« Über Püppis rechte Wange verlief ein schmutzig brauner Striemen.

»Ich weiß nicht«, sagte Gunda leise. »Was kann man denn damit machen?«

Der röhrenförmige Gegenstand war etwa vierzig Zentimeter lang. Das eine Ende war durch einen metallenen Ring ein wenig verdickt, am anderen Ende saß eine schlankere Metallhülse mit einem silbrig glänzenden Hebel.

»Es … es zeigt einem die Zukunft.«

Gunda zögerte einen Moment, bevor sie sagte: »Quatsch.«

»Doch, wirklich. So was kennt ihr in der Stadt nicht.«

»Das ist Blödsinn. Ich hab dir doch gesagt, ich bin kein Kind mehr. Auf solche Märchen falle ich nicht mehr rein.«

»Wenn ich's dir schwöre!«

»Und das liegt hier einfach so rum?« Gunda wich ein bisschen zurück, aber Püppi folgte ihr, langsam einen Schritt vor den anderen setzend. Sie hatte so zielstrebig in den Fußraum des alten Treckers gegriffen, dass es fast so ausgesehen hatte, als hätte sie das Gerät vorher dort zurechtgelegt. »Bei uns in Köln«, stammelte Gunda nervös, »da wissen die Leute doch viel mehr … viel mehr als ihr hier auf dem Dorf.«

»Ach ja?« Das Lächeln, das sich jetzt auf Püppis Gesicht abzeichnete, war schwer zu deuten. »Ihr seid schlauer? Das glaubst du also. Du glaubst, wir können nichts, was ihr nicht auch könnt?«

Gunda stieß mit der linken Schulter an den Türrahmen.

»Du glaubst, wir können das nicht? In die Zukunft blicken? Willst du es denn nicht wenigstens mal ausprobieren?«

»Nein, es ist schmutzig.«

»Ach ja, dein neues Kleidchen!« Püppi kam näher. »Willst du nicht mal gucken, was sein wird mit dir und dem Freddy?«

»Ach Mensch, Püppi, lass gut sein.« Gunda tastete mit dem Fuß nach dem unteren Querbalken des Tors und stieg rücklings darüber hinweg durch die Türöffnung.

»Probier es! Probier es doch wenigstens mal aus!«, zischte Püppi. »Probier es!« Das breite Ende des Rohrs bewegte sich auf Gundas Gesicht zu. »Man setzt es auf die Stirn, mitten zwischen die Augen.«

»Ich will nicht!« Gunda drehte sich ruckartig um und begann zu laufen. Immer wieder warf sie dabei hektische Blicke über die Schulter. Das lange, goldfarbene Haar wehte ihr ins Gesicht. Die hohen Gräser wischten ihr über die nackten Unterschenkel.

»Warte!«, rief Püppi. »Bleib doch stehen, du dummes Ding. Bleib doch mal stehen.«

Nach ein paar Metern stolperte Gunda und fiel zu Boden. Jetzt schien es ihr nichts mehr auszumachen, dass ihr neues Sommerkleid Flecken bekam. Sie robbte auf dem Rücken liegend weiter, bewegte sich mit ihren Ellenbogen rückwärts.

Dann warf sich Püppi auf sie. Kichernd und schnaufend. »Du dummes Ding«, sagte sie immer wieder, und es war so, als würden sie im Gras tollen, so wie sie es schon oft getan hatten, mit sanfter Gewalt, mit ruppiger Zärtlichkeit.

Und Gunda fiel in das Kichern ein, wollte ihre Angst weglachen. Sie wollte sich diese Blöße nicht geben, wollte nicht das Dummchen aus der Stadt sein. Als Püppi es schließlich doch schaffte, den kalten, rostigen Metallring auf Gundas Stirn zu setzen, atmete sie heftig, ihre Brust hob und senkte sich, ihre Wangen waren hochrot vor Anstrengung, und an ihren Schläfen glänzte der Schweiß.

»Na, was ist, willst du wissen, was sein wird, mit Freddy und dir?«, hauchte Püppi zwischen hektischen Atemstößen. »Willst du es sehen?«

»Ja«, stieß Gunda tonlos hervor und schluckte schwer. »Ja, meinetwegen. Lass es mich sehen!«

»Ich sage dir, was du sehen wirst«, flüsterte Püppi und umfasste das andere Ende des Rohrs.

Es war mit einem Mal ganz still, und das Lied von Roy Black aus dem Transistorradio weiter hinten, an der Scheune, endete in diesem Augenblick mit den Zeilen: *Es finden tausend junge Herzen heute keine Ruh. Es haben tausend Menschen Sehnsucht, genau wie du.*

»Du siehst deine Zukunft. Deine und die von Freddy. Schau nur genau hin. Was du sehen wirst ist ...« Ihre rechte Hand schloss sich langsam. »... nichts!«

Und dann betätigte sie den Hebel.

2. Kapitel

Herbie riss mit einem Aufschrei das Steuer herum. Zuerst nach rechts, sodass der Wagen mit den Rädern auf die Böschung und somit in eine arge Schieflage geriet, dann wieder nach links, auf die Fahrbahn. Auf der steilen Willy-Brandt-Straße wäre er in der engen Kurve beinahe mit einem entgegenkommenden Kombi samt Anhänger kollidiert. Er hatte nur einen Moment zu lange in den Rückspiegel geschaut, als er sich aufgeregt mit seinem Begleiter unterhalten hatte, der groß, fett und bärtig auf dem Rücksitz thronte.

Den dicken Mann konnte anscheinend nichts aus der Ruhe bringen. Er zuckte nur vielsagend mit der linken Augenbraue. *Wenn du uns totfährst, wirst du nie erfahren, was sie gemeint hat.*

Herbie fuhr seit zwei Wochen einen uralten Kangoo. Sein Freund Köbes, der Autoschrauber, hatte ihm den klapprigen Firmenwagen für 500 Euro überlassen. Immerhin hatte der Wagen noch drei Monate TÜV. Und es gab auch noch einen kompletten Satz brauchbarer Winterreifen dazu, wobei kein Zweifel daran bestand, dass das Gefährt nicht mehr in den Genuss eines Reifenwechsels kommen würde.

Herbie trat aufs Gaspedal. »Was soll meine Tante schon gemeint haben? Sie hat nur ins Telefon geschrien. Unverständliches, schrilles Zeug. Das war die nackte Panik. Bärbelchen! Bärbelchen!, hat sie immer wieder gekreischt. Und ich soll zu ihr kommen, bevor es zu spät ist.« Er warf erneut einen wilden Blick in den Rückspiegel. »Zu spät, hat sie gesagt. Das kann doch nur eins heißen: Das gemeine Vieh kratzt endlich ab! Das will ich nicht verpassen!«

Eine regelrecht abgöttische Liebe verband seine Tante Hettie mit ihrer verzogenen Pudeldame Bärbelchen. Herbie würde sie am liebsten beide auf den Mond schießen. Seine hartherzige Tante verwehrte ihm den Zugriff auf sein Geld, und der hinterhältige Hund biss ihn bei jeder Gelegenheit in alle erreichbaren Körperteile.

Und jetzt lockte die Aussicht darauf, dass wenigstens eine dieser Plagen aus seinem Leben verschwand. Dieser Sommertag hatte schon jetzt das Zeug dazu, als alljährlicher Feiertag in Herbies Kalender Einzug zu halten.

Er hatte die Strecke von Hillesheim nach Bad Münstereifel in Rekordzeit zurückgelegt. Die Geräusche, die das Auto dabei gemacht hatte, waren so laut und vielgestaltig gewesen, dass Herbie befürchtete, unterwegs zahlreiche Teile der Karosserie und des Motors verloren zu haben.

Das Handy auf dem Beifahrersitz klingelte in diesem Augenblick schon wieder. Herbie hatte der Nummer seiner Tante einen eigenen Klingelton zugeordnet: *Spiel mir das Lied vom Tod.*

Im Rückspiegel zeigte Julius ein hintergründiges Schmunzeln. *Vielleicht will sie dir ja nur sagen, es sei falscher Alarm gewesen.*

Da saß sie, Herbies dritte Plage: Julius, sein ständiger Begleiter. Alle Welt glaubte, er existiere nur in Herbies Fantasie. Dabei konnte er ihn doch sehen, diesen geschniegelten, bärtigen Snob im feinen Dreiteiler – tagein, tagaus. Er ließ sich von ihm immer wieder in fruchtlose Diskussionen verstricken, musste sich auslachen lassen und war seit vielen Jahren seinem beißenden Spott und seinem triefenden Sarkasmus schutzlos ausgeliefert.

Besonders die Ärzte vertraten die unverrückbare Auffassung, dass die angebliche Anwesenheit von Julius auf einen psychischen Defekt zurückzuführen sei. Und deshalb war ihm seine greise Tante Henriette Hellbrecht als Vormund vor die Nase gesetzt worden. Sie sah es offenbar weniger als ihre Aufgabe an, ihm Schutz und Geleit zu bieten, als vielmehr, ihm das Leben so sauer wie möglich zu machen. Seit er denken konnte, waren all die Fäden seines Ungemachs fest miteinander verknotet und verzurrt.

Und jetzt schien einer dieser Knoten plötzlich aufzugehen!

»Wenn diese Dreckstöle tatsächlich in die ewigen Jagdgründe abhechelt, hoffe ich, dass dort schon die Jäger auf sie warten.« Herbie brachte den Wagen mit einem ungestümen Schlenker in der Einfahrt seiner Tante zum Stehen. »Und wer weiß, vielleicht kriegt Tante Hettie ja über diese ganze Sache endlich einen krachenden Infarkt!« Er sprang aus dem Auto und widerstand dem Impuls, die Tür kraftvoll zuzuwerfen. Das könnte verheerende Folgen haben. *Bodo Schönleber – Fliesenleger-Meisterbetrieb*, besagten die im Laufe der Jahre arg verschrumpelten Folienbuchstaben, die unübersehbar groß auf dem hinteren Teil des knallroten Wagens prangten. Er hatte erfolglos versucht, die Schrift zu entfernen. Nur das R am Ende von Schönleber hatte er abgekriegt. Was die Sache noch bizarrer aussehen ließ.

Deine Tante stirbt sicher vor Ungeduld.

»Das wäre zu schön, um wahr zu sein. Was ist, wenn sie von mir verlangt, Mund-zu-Mund-Beatmung bei dem Vieh zu machen?«

Herbie verstummte abrupt, als ihm seine Tante schon auf der Treppe ihres Anwesens entgegenkam. Sie schien sich bester Gesundheit zu erfreuen. Nicht einmal auf ihre orientalische Krücke schien sie sich, wie sonst üblich, stützen zu müssen. Dafür hielt sie ihren anscheinend frisch ondulierten Pudel in beiden Armen, der heftig hechelte und wild mit dem Kopf hin und her ruckte, sodass die flauschigen Schlappohren nur so flogen. Der Hund versuchte unentwegt, sich dem Griff seiner Besitzerin zu entwinden. Er zappelte und wand sich und schien kerngesund zu sein. Ein taubes Gefühl der Enttäuschung breitete sich in Herbies Innerem aus.

»Herrgott, da bist du ja endlich! Steh nicht rum wie Pik Sieben!«, herrschte ihn Tante Hettie an. »Das hat ja eine halbe Ewigkeit gedauert!« Sie wirbelte herum und hastete mit kurzen, schnellen Schritten zurück ins Haus.

Herbie stolperte hinterher.

»Kein Grund, sich die Schuhe nicht abzutreten!«, keifte sie. »Tür zu!«

Julius folgte ihnen gemessenen Schrittes und strich sich betont lässig die Falten aus dem Jackett. *Irgendwie scheint sich die Geschichte ganz anders zu entwickeln, als du dir das gedacht hast.*

»Ich hab so schnell gemacht, wie ich kann, Tantchen. Was ist denn mit Bärbelchen? Ist sie …? Hat sie …? Wird sie …?«

»Wird sie was?« Seine Tante stieß ihn mit dem Ellenbogen in das geräumige Wohnzimmer und ließ dabei den Hund nicht los. »Du stammelst herum wie ein Trottel.«

Julius schürzte die Lippen. *Der Satz hätte von mir sein können.*

»Los, schließ die Zimmertür! Schnell! Fest zu!« Sie reckte auffordernd das Kinn in Herbies Richtung. Als er nicht gleich reagierte, rief sie schrill: »Mein Gott, du sollst da keine Wurzeln schlagen! Komm her und mach endlich die Tür zu!«

Herbie fasste nach der Klinke und wollte die mit goldfarbenen Schnörkeln verzierte Tür sanft schließen, als plötzlich von irgendwoher dumpfes Poltern zu hören war und seine Tante schrill aufkreischte: »Oh, mein Gott!«

Jemand schien im Haus zu sein. Jemand, der dem schreckverzerrten Gesicht seiner Tante zufolge nicht im Haus sein sollte.

Da gab es Fritz Schlösser, den alten Pensionär, der sie durch die Gegend fuhr und sich um den riesigen Garten kümmerte. Aber vor dem fürchtete sich doch Tante Hettie nicht.

Ist das etwa Angst, da in ihren Augen? Julius wies mit dem Finger auf Herbies Tante. *Hast du so was schon mal bei ihr gesehen?*

Herbie hätte das gerne verneint, aber er durfte Julius seiner Tante gegenüber mit keiner Silbe erwähnen.

Das dumpfe Geräusch wurde lauter, kam näher wie ein anschwellender Gewitterdonner.

»Zu spät!«, schrie Tante Hettie, und dann brach von einem Moment auf den nächsten ein gewaltiger Tumult aus.

Etwas Großes, Schwarzes warf sich mit Wucht von außen gegen die Zimmertür, sodass sie aufschwang und Herbie rücklings gegen eine Chippendale-Kommode geworfen wurde.

Haare und Sabbertropfen wirbelten durch die Luft, und mit großem Getöse galoppierte ein monströses, zotteliges Tier auf Henriette Hellbrecht zu, die ihren Pudel nun nicht mehr gebändigt bekam. Bärbelchen entwand sich ihrem Griff und sprang herunter, und sofort war der gewaltige, schwarze Hund über ihr und begrub sie beinahe völlig unter sich.

Huch, jetzt ist das Tierchen weg.

»Da, er tut es schon wieder!«, zeterte Tante Hettie.

Der Hundekoloss vollführte jetzt heftige, kopulierende Bewegungen. Das Jaulen der Hündin unter ihm konnte in vielerlei Richtungen gedeutet werden.

»Er tut es ununterbrochen! Er wird mein Bärbelchen umbringen! Tu doch was! Tu sofort was dagegen, du Nichtsnutz!« Sie hatte sich von irgendwoher ihren Krückstock gegriffen und wirbelte ihn drohend durch die Luft. »Lass mein Hundchen in Ruhe, du Monster! Du sexbesessenes Monster!«

Herbie warf sich todesmutig in das Getümmel und bekam das Halsband des Riesenhunds zu packen.

Julius betrachtete das Geschehen mit unverhohlenem Amüsement. *Ein Eimer kaltes Wasser könnte jetzt Wunder wirken.*

»Wo kommt der denn her?«, rief Herbie atemlos, während er versuchte, das Tier zu bändigen und gleichzeitig irgendwie Halt auf dem Parkettboden zu finden. »Wieso hast du plötzlich zwei Hunde?«

»Jetzt ist keine Zeit für Erklärungen! Rette lieber meinen Pudel!«

Am Rand seines Sichtfeldes sah Herbie, dass eine weitere Person in den Raum gestolpert kam: der alte Schlösser.

Henriette Hellbrecht fuchtelte mit der Krücke in dessen Richtung. »Sie sollten ihn doch festbinden! Hatte ich Ihnen nicht eingeschärft, dass er auf keinen Fall frei rumlaufen darf, Sie alter Tölpel?«

»Er hat die Leine durchgekaut!«, jammerte Schlösser und packte mit zitternden Händen den Pudel. »Und er kann die Zimmertüren aufmachen. Er hat sogar den Schlüssel rumgedreht bekommen!«

»Bringen Sie Bärbelchen weg von hier!«, ächzte Herbie und zerrte mit aller Kraft an dem Halsband.

Im nächsten Moment riss Schlösser den Pudel in die Höhe und rannte aus dem Zimmer, wobei er das zierliche Tier wie eine Trophäe hoch über dem kahlen Schädel in die Luft reckte.

Henriette Hellbrecht versuchte, die Zimmertür zu erreichen, um sie zu schließen, aber der schwarze Hund hatte es inzwischen geschafft, das Halsband abzustreifen, sodass Herbie rückwärts zu Boden kullerte. Wie ein finsterer Wirbelwind schoss der Hund aus dem Raum, und im nächsten Moment sahen sie durch das große Panoramafenster, wie Fritz Schlösser mit dem sich windenden Pudel in Henriette Hellbrechts parkähnlichen Garten floh. Die klapprigen, alten Beine staksten über den geharkten Kies zwischen den Rosenrabatten davon, und es dauerte nur einen kurzen Moment, bis der schwarze Hund auf der Bildfläche erschien, und ihnen folgte.

Man sah in der Ferne nur noch Schlössers verschwitzten Oberkörper zwischen den Sträuchern, das in der Luft zappelnde Bärbelchen und den sie umtanzenden Riesenhund.

»So geht das jetzt schon seit gestern Abend.« Henriette Hellbrecht stöhnte ermattet auf und griff mit zitternden Händen nach einer der Glaskaraffen auf dem Servierwagen. »Er wird mein süßes, kleines Hundchen zu Tode … er wird sie kaputt … also … das, was er tut, dieses … Dings …« Unter klimpernden Geräuschen schaffte sie es, sich einen Likör einzuschenken, den sie rasch hinunterstürzte.

»Was ist das für ein Hund?«

Du hast da was. Julius wies mit dem Finger auf Herbies Gesicht. Der zupfte sich ein langes schwarzes Haar von den Lippen.

»Ein Russischer Terrier.«

»Ich meine, wem gehört er?«

»Meiner Freundin Brigitte, der Gräfin von Türnich. Sie ist für eine Woche nach Dubai, und da hatte sie mich gebeten, auf ihn aufzupassen. Hätte ich gewusst …« Sie trank einen weiteren Likör.

Im Garten bewegte sich unterdessen das turbulente Trio wie in einem wilden Walzer zwischen den Staudenbeeten hin und her, schlüpfte durch Rosenbögen und umrundete Vogelbassins und Jungfrauenstatuen.

»Hat der Bursche auch einen Namen?«

»Allerdings. Erstklassige Zucht, so hat mir Brigitte versichert. Er heißt Agamemnon von den Gotthelffriedrichsgrunder Osterwiesen.«

Julius prustete laut los, und Herbie warf ihm einen kurzen tadelnden Blick zu.

»Wirklich Agamemnon?«

»Brigitte lebt das halbe Jahr in Griechenland.«

»Verstehe … Aga … Wiese …« Herbie verfolgte mit gerunzelter Stirn das Treiben im Garten. »Der alte Schlösser wird nicht mehr lange durchhalten«, murmelte er.

»Ja, dann tu doch endlich was!« Tante Hetties Stimme war jetzt wieder fest und schneidend. »Geh raus und hilf ihm!«

»Aber das ist doch keine Lösung. Du wirst das Tier wohl kaum sechs Tage in Ketten legen können.«

»Das muss ich ja auch nicht«, sagte seine Tante mit Eiseskälte, und er blickte direkt in ihre funkelnden Augen, als sie sagte: »Du wirst ihn nämlich solange mit zu dir nehmen.«

Julius klatschte begeistert in die Hände. *Ui, das ist aber mal eine schöne Überraschung! Wir werden sicher jede Menge Spaß mit dem kleinen Springinsfeld haben!*

»Aber Tante Hettie …«

»Aber, aber, aber …«, fuhr ihn seine Tante an.

»Aber das geht nicht!«

»Es ist nicht an dir, zu bestimmen, was geht und was nicht.«

»Aber …«

»Hör endlich mit dem stumpfsinnigen Geabere auf! Du nimmst den Hund und basta!«

»Meine Wohnung ist nicht groß genug, um …«

»Immerhin hast du noch eine Wohnung. Noch!« Das war genau der Ton, den sie immer anschlug, wenn sie im Begriff war, ihm sämtliche finanzielle Unterstützungen zu entziehen. »Hast du einen Job?«

»Im Moment nicht.«

»Wer zahlt deine Miete?«

»Das ist nicht fair, Tante Hettie, ich …«

»Ab jetzt hast du einen Job! Dein Gehalt wird mit der Miete verrechnet. Eine Woche lang wirst du auf den Hund aufpassen.«

Julius zog die Augenbrauen hoch. *Das ist länger als du je an einer Arbeitsstelle warst, mein Lieber.*

Tante Hettie zielte mit der Krücke auf Herbies Nase. »Und komm mir nicht mit Mindestlohn oder solchen neumodischen Fisematenten!«

Herbie seufzte kraftlos und blickte wieder nach draußen.

Der alte Schlösser war unterdessen in einem üppig bepflanzten Dahlienbeet gelandet. Nur seine Füße zappelten noch zwischen den bunten Blumen hervor. Die Hunde sprangen in einem ungestümen Reigen durch die Luft und wurden von Blütenblättern umwirbelt.

»Ich kann ihn aber doch unmöglich Agamemnon rufen. Auf welche Kurzform hört er denn? Agi? Memmi? Nonni?«

»Red keinen Stuss. Er hört sowieso nicht. Und sein Name ist Agamemnon, auch wenn das für deinen hohlen Schädel zu kompliziert zu sein scheint.«

»Und was frisst der so?«

Alte Männer in braunen Socken. Julius gluckste amüsiert.

Der Hund zerrte an Schlössers Hosenbeinen und versuchte offenbar, ihn aus dem Beet herauszuziehen.

»Und jetzt rette endlich meinen Hund und den alten Trottel da draußen und zieh mit diesem … diesem … Tier ab!« Sie wandte ihm ruckartig den Kopf zu, und der Blick, den sie ihm entgegenschleuderte, strotzte nur so vor Gift und Galle. »Und wehe, dem Hund wird auch nur ein einziges Härchen seines struppigen Fells gekrümmt.«

Herbie schluckte laut hörbar.

3. Kapitel

Es war nicht von der Hand zu weisen, dass das Hotel Eifelblick all die vielen Jahre davon profitiert hatte, dass es keine allzu nahe verlaufende Hauptverkehrsstraße gab. Diese Tatsache hatte verlässlich für Stille und Abgeschiedenheit gesorgt. Wer hierher kam, den erwarteten frische Luft und Erholung, den lud ein weit verzweigtes Netz von gepflegten Wegen zu langen Spaziergängen ein. Der Lärm der Menschheit drang erfreulich selten bis zum Eifelblick.

Andererseits brachte es die Ferne zu den Hauptverkehrsadern der Eifel mit sich, dass es so gut wie nie Zufallsgäste gab. Wer sich hier einfand, der hatte dieses Hotel als Ziel sorgsam ausgewählt. Der wusste, was ihn erwartete.

Die Landschaft war sanft geschwungen und wenig abwechslungsreich. Sie bestach weder durch außergewöhnlichen Liebreiz, noch durch besonders pittoreske Ausblicke. Im Winter gab es keine Garantie auf Schnee, dazu lag das Hotel samt dem kleinen Örtchen nicht hoch genug. Im Sommer konnten die Abende ungewöhnlich kühl sein. Ein herkömmliches Hotel hätte die lange Zeit nicht überstanden, und an diesem in die Jahre gekommenen Haus war vieles mehr als herkömmlich. Der ein oder andere Wasserhahn tropfte, die Tapeten waren in manchen Ecken in einem Maß ausgeblichen, welches gerade noch hinnehmbar war, und die Bettwäsche war zeitlos zart gemustert. Ein paar zerschlissene Stellen waren so sorgfältig und kunstvoll geflickt, dass sie mit bloßem Auge kaum wahrzunehmen waren. Die Küche hielt das, was die rustikale Speisekarte versprach, nicht mehr und nicht weniger.

Man hätte sich also durchaus fragen können, was ein so durch und durch mittelmäßiges Landhotel über einen so langen Zeitraum am Leben erhalten hatte. Hier, an einem abgelegenen Flecken in der Eifel, abseits der bekannten Sehenswürdigkeiten.

Dann aber würde man zu den wenigen Menschen gehören, die noch nichts von *Hotel Eifelblick* gehört hatten, der alten Fernsehserie, die in den Sechzigerjahren wöchentlich über die deutschen Bildschirme geflimmert war und das Publikum verzaubert hatte. *Hotel Eifelblick* erzählte in der Mitte des vorigen Jahrhunderts Woche für Woche jeweils eine Stunde lang unterhaltsame Geschichten von ganz gewöhnlichen Menschen, ihren kleinen Katastrophen und ihren großen Gefühlen. Zwar waren alle Innenaufnahmen in einem Studio im nahen Köln gedreht worden, aber die Außenfassade des Hotels war authentisch, die Fensterläden und das Hirschgeweih über dem Eingang, die Kletterrosen und der

Sandsteinbrunnen, all das hatte die Kamera vor Ort eingefangen und in die deutschen Wohnzimmer geschickt. Es gab viele Szenen, die sich an Hochsitzen und Waldseen ringsum abspielten, auf der Kaffeeterrasse, in den Stallungen und in der Kirche des nahen Dorfes.

Diese kreuzbrave Fernsehserie war fünf Jahre lang ein regelrechter Dauerbrenner gewesen, über den man sich beim Friseur unterhielt, und dessen Handlung man am Stammtisch diskutierte. Und jeder konnte mitreden, jeder hatte das Gefühl, die Hoteliersfamilie Bornkamp in dem kleinen Eifeldorf wäre gleich in der Nachbarschaft angesiedelt.

Große Stars aus Fernsehen und Kino hatten der Serie in Gastrollen ihre Ehre erwiesen, und so mancher Kleindarsteller war aus diesen Dreharbeiten als hoffnungsvoller Nachwuchsschauspieler hervorgegangen.

Manche Karriere hatte hier ihren Anfang genommen. Viele waren längst beendet, nur wenige dauerten bis heute an. Das alles war schließlich schon über ein halbes Jahrhundert her.

In der Eingangshalle des Hotels hing hinter Glas eine Schwarzweiß-Fotografie, umrahmt von einer schlanken Leiste aus hellem Holz. Sie zeigte eine junge Frau mit blonden Zöpfen. Das Gesicht war ein wenig zu länglich, um dem gängigen Schönheitsideal zu genügen, und die Nase war etwas zu spitz und wies ein kleines bisschen zu sehr nach oben. Da war eine gute Portion spitzbübischen Schalks in den klaren, hellen Augen, ein schelmisches Lächeln auf den Lippen. Den Hals umschloss ein kleiner, weißer Kragen, und auf den Schultern waren die Schlaufen einer Schürze zu erkennen.

Den unteren Rand des Passepartout-Kartons zierte eine Unterschrift mit mädchenhaftem, fast kindlichem Schwung.

»Und die ist echt so berühmt?«, fragte das Zimmermädchen und betrachtete mit schiefgelegtem Kopf das Portrait. Sie hatte die Hände in die Seiten gestemmt und spitzte skeptisch die Lippen.

»Aber Alina, was für eine Frage! Hilde Laresser ist ohne Zweifel eine der berühmtesten Schauspielerinnen Deutschlands«, sagte die alte Frau an ihrer Seite mit ehrfurchtsvollem Unterton. Sie hatte die kurzen Finger mit den roten Knöcheln ineinander verschränkt, und ein unwissender Beobachter hätte den Eindruck gewinnen können, sie schickte ein Gebet zum Antlitz der Muttergottes empor. Das Alter hatte Liesel Zender schrumpfen lassen, ihr Nacken hatte sich zu einer buckligen Wölbung verformt. Nur ihre Augen erzählten noch von einer Zeit, in der sie eine strahlende Schönheit gewesen war, mit der sich ihre Gäste gerne ablichten ließen. Etliche Fotografien an der Rezeption bebilderten die Zeiten, in denen sie und ihr Mann die Besucher des Hotels bewirtet und mit geradezu elternhafter Fürsorge umhegt hatten.

»Die ist doch voll alt.«

»Das bin ich auch«, sagte Liesel Zender, ohne dass es sich beleidigt anhörte.

»Meine Oma aus Nettersheim kennt die noch. Die kennt ja echt alle Schauspieler. Aber ich kenne die alle nicht. Deutsche sowieso nicht. Maisie Williams kenn ich und Emilia Clarke und so. Die sind ja wohl echt viel berühmter als die da, oder?«

»Keine Ahnung, Kind.« Liesel Zender seufzte. »Von denen habe ich noch nie was gehört. Jedenfalls wird Frau Laresser ab morgen ein paar Tage hier drehen. Hier bei uns im Eifelblick. So wie früher.«

»Klar, hab ich mitgekriegt. Das ganze Dorf ist aus dem Häuschen. Ist das jetzt gut für uns?«

»Na, ich bitte dich. Du hast doch gesehen, wie viele Presseleute sich hier seit Wochen die Klinke in die Hand geben.«

»Wegen der da? Kaum zu glauben.«

»Das musst du verstehen, Kind. Hilde Laresser hat als Zimmermädchen in der Fernsehserie ihre erste Rolle gespielt. Das Evchen. Eigentlich hat sie genau das gemacht, was du heute auch tust. Zuerst hier im Hotel, und dann vor der Kamera.«

»Betten machen und so?«

»Betten machen, Kaffee servieren, Staubsaugen, genau. Sie war hier angestellt, und dann ist sie ab zum Film.«

Alina grinste spitzbübisch. »Dann lasse ich mich auch beim Tischdecken filmen, und vielleicht werde ich ja auch berühmt.«

Frau Zender gluckste leise. »Frech genug wärst du jedenfalls. So wie das Evchen früher. Glaub mir, alle Leute haben sie geliebt. Evchen war ein Waisenkind, musst du wissen. Also im Film. Und dann kriegte sie eine Anstellung im Hotel. Ein Plappermäulchen, eine alberne kleine Nudel, der niemand etwas krummnehmen konnte.« Frau Zender seufzte wieder. »So etwas gibt es heute gar nicht mehr im Fernsehen.«

»Haben Sie die damals kennengelernt?«

»Nein, ich bin ja erst zwei Jahre später ins Hotel gekommen, nach meiner Heirat mit meinem Mann Bertram. Seine Eltern führten damals noch das Eifelblick.« Die alte Frau wandte den Kopf langsam nach rechts zu einem anderen Bilderrahmen, in dem das Schwarzweißportrait eines stattlichen, jungen Mannes mit pechschwarzem Haar und blitzweißen Zähnen steckte. Und wieder seufzte sie. Aber dieses Mal klang es wehmütig und voller Trauer.

»Ihr Mann war schon 'ne Schnitte, Chefin.«

»Alina!«

»Ist doch wahr. Sah gut aus. Und die Frisur ist ja jetzt auch wieder in. Ich fand, er hat bis zum Schluss gut ausgesehen, Ihr Bertram.«

Die Frau neben ihr wurde still.

»Sie vermissen ihn, was?«

Liesel Zender nickte stumm. Das Gezwitscher der Spatzen, die sich draußen im Blauregen balgten, der die offenstehende Eingangstür umrankte, erschien mit einem Mal deutlich lauter zu werden.

Dem Zimmermädchen wurde das Schweigen offenbar schon nach wenigen Sekunden unangenehm. »Wo ist denn eigentlich der Bäetes?«

Liesel Zender schrak aus ihren sehnsuchtsvollen Gedanken hoch. »Der Bäetes? Weiß ich nicht. Ich glaube, er wollte unten am Bach die Herkulesstauden wegmachen, bevor die sich noch mehr versäen.«

Alina verzog spöttisch den Mund. »Jaja, hat er gesagt. Ich wette, der ist wieder irgendwo …« Sie machte eine Geste des Trinkens.

Überraschend schnell fuhr die alte Frau herum und packte ihren rechten Arm. »Rede nicht so! Der Hubert ist ein alter Mann, der sein ganzes Leben lang hier für zwei geschuftet hat!«

»Keiner sagt Hubert zu dem.«

»Das ist mir egal! Du tust es. Ich will keine Gemeinheiten mehr hören, kapiert, Fräuleinchen? Wenn der Hubert jetzt ... also wenn er sich ab und zu was gönnt, dann hast du kein Recht dazu, so über ihn zu spotten, hörst du?«

Alina blies die Luft aus den Backen und entwand sich dem Griff ihrer Chefin. »Ist ja schon gut. Gestern hat er mir jedenfalls gesagt, ich soll unbedingt noch schnell das Laub vom Blauregen wegfegen, weil er den doch beschneiden wollte, bevor die Filmleute ankommen, und jetzt liegt da vorne seine Heckenschere rum und rostet, und das Zeug wuchert munter weiter, und von dem alten Sauf... also vom Hubert ist nirgends was zu sehen.«

Liesel Zenders Züge, die gerade noch zornig zerfurcht gewesen waren, entspannten sich bereits wieder. »Dann gehst du eben runter zum Bach und erinnerst ihn dran. Nun los, mach schon.«

Ihr Blick wanderte wieder zu Hilde Laressers Jugendbild. Das würden aufregende Tage werden. Die Filmcrew war seit vorgestern da und hatte die Technik installiert. Die Schauspieler waren bis jetzt noch im Hotel in Köln einquartiert und hatten bislang in den Studios in Hürth gedreht. Am heutigen Vormittag würden sie ankommen und ihre Zimmer beziehen.

Für Hilde Laresser war das Hochzeitszimmer hergerichtet worden. Bäetes hatte extra die Türen und die Fensterrahmen neu lackiert.

Leise vor sich hin flüsternd entfernte sich das Dienstmädchen durch die Vordertür.

»Und bummel nicht rum«, rief ihr Liesel Zender hinterher. »Sonst wirst du nie berühmt!«

* * *

Alina sprang die wenigen Eingangsstufen hinunter und kaute jetzt ungeniert ihren Kaugummi weiter, den sie sich während des Gesprächs wohlweislich in die Backentasche geschoben hatte. Die alte Zender rastete wegen so was immer gleich aus.

Weiter unten standen die Fahrzeuge vom Filmteam. Alina hatte am Vortag schon ein paar von den Jungs kennengelernt, Kaffee mit ihnen getrunken und geraucht. Verschwitzte Kabelträger und Beleuchter mit fettigen Haaren. Das schienen auch nicht gerade die Traumjobs zu sein. Das Filmgeschäft hatte sie sich irgendwie glanzvoller vorgestellt.

Sie wollte gerade die Hausecke umrunden, um hinter dem Biergarten in Richtung Tal zu gehen, als Motorengeräusch laut wurde.

Das war ja mal ein schicker Wagen, der da zwischen den kniehohen Buchsbaumhecken auf den Platz rollte. Anthrazitfarben, auf Hochglanz poliert, mit Chromteilen, die in der Sonne regelrecht aufblitzten. Langsam rollte er auf dem Kies aus, und Alina blieb einen Moment lang stehen. Da war sie also, die berühmte Frau aus Amerika. Alina konnte durch das geöffnete hintere Seitenfenster ihr Gesicht erkennen. Ein bisschen länglich, ziemlich blass, die Augenlider halb geschlossen, die Mundwinkel missmutig nach unten gezogen.

Die große Hilde Laresser sah nicht aus, als würde sie der Besuch in der Eifel mit großer Freude erfüllen.

4. Kapitel

Herbie wendete das Hundehalsband hin und her. Er schätzte, dass das etwa ein Dutzend Brillanten sein mussten, die da in kleinen, goldfarbenen Fassungen auf dem Leder drapiert waren.

Das ist kostbares Schlangenleder, möchte ich wetten. Julius hob mit Kennermiene die buschigen Augenbrauen.

»Kann schon sein. Bei Tante Hetties Freundinnen erwarte ich nichts anderes«, knurrte Herbie. »Vermutlich ist auch noch die Schnalle aus purem Gold, aber was viel wichtiger ist, sie ist verschlossen!«

Zweifellos.

»Ganz ordentlich verschlossen! Ich habe es geprüft, das Halsband saß fest und sicher. Und trotzdem hat sich dieses Vieh befreien können! Wie hat er das gemacht?« Der Verschluss, der Karabinerhaken, mit dem die ebenfalls reich verzierte Leine an dem Halsband befestigt war – alles war stabil und unbeschädigt.

Du kannst hier noch stundenlang rumstehen und Agi, Memmi oder Nonni rufen. Der Hund ist weg.

»Ich habe sogar Agamemnon gerufen. Hier oben hört mich ja keiner.«

Nicht mal der Hund.

Herbie stand auf der Schwedenschanze, einer Anhöhe bei Hillesheim, die im Dreißigjährigen Krieg als eine Art Feldherrenhügel gedient hatte. Heute befand sich dort ein Platz zum Feiern, mit Grillhütte, Feuerstelle und bunt lackierten Kinderspielgeräten.

Vielleicht hättest du es mit seinem vollen Namen versuchen sollen. Ruf doch noch mal. Julius machte es vor und brüllte donnernd: *Agamemnon von den Gotthelffriedrichsgrunder Osterwiesen!!!*

Herbie beschattete den Blick gegen die Sonne, die fast senkrecht stand. Man hatte von hier aus einen guten Blick auf das Städtchen Hillesheim, das seit vielen Jahren seine Heimat war.

Ich habe immer noch nicht begriffen, warum du ausgerechnet hier hochgegangen bist. Wolltest du mit ihm auf die Wippe?

»Ich wollte einen Spaziergang machen, ganz einfach. Das Vieh werde ich nicht noch mal im Auto mitnehmen. Er hat die ganze Innenverkleidung zerkratzt. An ein paar Stelle hat er faustgroße Stücke rausgebissen!«

Aber warum bist du nicht brav mit dem Kotbeutel bewaffnet unten an der Stadtmauer entlanggedackelt, wie es andere Leute auch machen?

»Ich bin eben kein geübter Hundebesitzer, Julius. Ich weiß ja nicht mal, ob es für dieses Kaliber ausreichend große Beutel gibt. Und außerdem reißt das Monstrum am

Ende noch ein Kind auf dem Spielplatz. Nein, es schien mir einfach eine gute Idee zu sein, erst ein bisschen zu üben. Hier oben, wo kein Mensch unterwegs ist.«

Gute Idee. Julius grunzte verächtlich.

»Wer konnte denn ahnen, dass er solche miesen Tricks draufhat?«

Ruf doch noch mal. Vielleicht hört er ja auf Houdini!

Herbie stieg auf eine hölzerne Bank, pumpte Luft in die Lungen und wollte gerade ein weiteres donnerndes »Agamemnon!« talwärts schicken, als er zwei Männer erspähte, die sich aus der entgegengesetzten Richtung über einen Feldweg näherten. Im Hintergrund war die alte Wehrkirche von Berndorf zu sehen. Um die Männer herum sprang kläffend ein riesiger, struppiger Hund über den unbefestigten Weg, sodass der Staub in großen Wolken aufgewirbelt wurde.

»Julius, da ist er!« Herbie warf freudig die Arme in die Höhe und riss sie auch gleich wieder runter. Hatte der Hund womöglich etwas angestellt? Er sprang von der Bank herunter.

»He!«, rief einer der Männer. »Ist das Ihrer?«

Es klang durchaus aufgebracht. Zeigte der Mann ihm tatsächlich eine Faust?

Hilfesuchend blickte sich Herbie zu Julius um. »Vielleicht hat er was zerkratzt. Oder kaputtgebissen.«

Oder er hat wieder irgendwas begattet.

Die Männer schienen sich allerdings nicht bedroht zu fühlen. Und der Hund wedelte anscheinend gutgelaunt mit dem Schwanz. Trotzdem war Herbie unschlüssig. »Ich bin doch gar nicht versichert oder so was.«

Der Mann schrie wieder: »Hallo! Ob das Ihr Hund ist!«

»Was hat er denn angestellt?«, rief Herbie zurück und ließ vorsichtshalber Halsband samt Leine hinter dem Rücken verschwinden. »Ist was kaputtgegangen?«

»Ihrer? Ist das Ihrer?«

Der will nicht spielen, der tut Ihnen nur was!

Der Große trug eine Schirmmütze und ein ärmelloses, blaues Kapuzenshirt. Der Kleine steckte in einer silbernen Steppweste, rauchte und hatte die Hände tief in den Hosentaschen vergraben.

»Ja … also nicht so direkt.« Vom lauten Rufen war Herbie schon richtig heiser.

Es waren nur noch etwa hundert Meter, die sie voneinander trennten. Der Große schien außer Atem zu sein. Er trug eine modische Brille und hatte gerötete Wangen über seinem Dreitagebart.

»Ist das nun Ihrer oder nicht?« Er schnappte aufgeregt nach Luft. Seine Schritte waren immer ausholender geworden, seit er Herbie entdeckt hatte. »Ein großartiger Hund! Ein tolles Tier!« Sein Begleiter behielt die Hände in den Taschen, warf mit einer ungestümen Kopfbewegung die dichten Haare aus der Stirn und grinste.

Agamemnon sprang auf Herbie zu und kläffte aufgekratzt.

Ja, du bist ja ein Feiner! Julius klatschte sich auf die Oberschenkel. *Ja, komm her! Ja, wir haben dich auch vermisst.*

Als der Hund an Herbie hochsprang, taumelte er ein paar Schritte nach hinten. Sabbertropfen, Haare und die Hundeleine wirbelten durch die Luft.

»Es ist Ihrer!«, rief der Große euphorisch und schob die Schirmkappe ein wenig zurück. »Wie heißt er? Wie

heißt denn dieses Prachttier?« Er schlug Herbie kumpelhaft auf die Schulter.

»Aga…«

»Agathe? Ist aber doch ein Rüde, oder?« Seine Augen weiteten sich und das Lächeln wich für einen kurzen Moment aus seinem Gesicht. »Ist doch ein Rüde,
oder nicht?« Er bückte sich ein wenig und betrachtete
die Unterseite des ungehemmt durch die Gegend tol-
lenden Hundes. »Doch, doch, ist ein Rüde!« Er und sein
Begleiter nickten einander grinsend zu. »Also wie heißt
er? Ag…?«

»Ag… Ag… Ackermann.«

Julius starrte Herbie fassungslos an. *Dass bei dir eine
Schraube locker ist, wusste ich schon immer. Aber gleich so
eine große …*

»Ackermann?« Auch der Mann mit der Schlägerkap-
pe staunte.

»Ja, sein Familienname. Auf einen Vornamen konnten wir uns noch nicht einigen.« Herbie merkte, dass er
sich wieder einmal ohne Not in Notlügen verheddrete.
»Meine Frau und ich. Ein Adoptivhund. Also wir sind
nicht seine leiblichen …«

Die Männer nickten einander wieder zu. »Okay, klar,
Ackermann. Ist doch ein schöner Name.«

Der Kleine grinste nur.

*Es gibt leider immer wieder Verwechslungen in der Hunde-
schule. Ackermann heißt ja heute jeder zweite Adoptivhund.*
Julius zog ein Taschentuch aus seiner Hosentasche und
wischte sich die Lachtränen aus den Augenwinkeln.

Ungelenk versuchte Herbie, dem Hund das Halsband
umzulegen. Ein schweißtreibendes Unterfangen. Der

riesige, zottelige Körper entwand sich immer wieder seinem Griff.

»Hören Sie«, sagte der Große und klopfte ihm wieder auf die Schulter. »Scheint mir ein munteres Bürschchen zu sein, Ihr Ackermann. Sehr verspielt, sehr lebhaft. Und bildschön! Ein russischer Terrier, stimmt's?«

Herbie schaffte es schließlich, den Ledergurt durch die goldene Schnalle zu ziehen und führte das Metallhäkchen durch das letzte Loch. Alles saß jetzt bombenfest. »Kennen Sie sich aus?« Er schlang die Leine mehrmals um seine Hand und blickte auf. Der Hund zerrte und zurrte und wickelte die Leine dabei mal rechts und mal links um Herbies Körper herum.

Der Große guckte zu seinem Begleiter hinüber, und beide nickten schon wieder.

Was nicken die Heinis denn dauernd rum wie zwei Wackeldackel?

»Es ist so«, begann der Große, und der Kleine schien zu versuchen, die Hände noch tiefer in den Hosentaschen zu vergraben. »Wir haben auch einen. Einen Russischen Terrier. Genau so einen wir Ihren. Ge-nau-so! Leider hat er nicht mal andeutungsweise so einen schönen Namen wie Ihrer. Iwan.«

»Klingt doch schön«, sagte Herbie unsicher. Und weil er glaubte, dass das so üblich war, schickte er hinterher: »Vielleicht können wir ja demnächst mal zusammen Gassi gehen.«

Mit sanfter Gewalt drückte ihn der Große jetzt auf die Parkbank, sodass Herbie nicht wusste, wie ihm geschah.

»Iwan ist krank«, sagte er mit heruntergezogenen Mundwinkeln. »Sehr krank.«

»Oh.«

»Er verliert sein Fell. In dicken Büscheln.«

Der Kleine nickte energisch. Das Grinsen war plötzlich aus seinem Gesicht verschwunden.

»Ich bin Tom Treuheit.« Der Große schob seine Kappe zurecht und streckte Herbie die Hand entgegen. Dieser schlug zaghaft ein.

»Wissen Sie, ich bin Aufnahmeleiter. TV-Produktion. Und das hier ist …« Er deutete ungefähr in Richtung seines Begleiters, vervollständigte den Satz aber nicht. »Wir waren da unten beim Haus der Hunde. Wir haben einen Tipp gekriegt, wegen eines Ersatzhunds, aber das war nichts. Passt alles nicht.« Er setzte den rechten Fuß neben Herbie auf die Bank, beugte sich hinunter und verschränkte die Arme auf dem Oberschenkel. »Der Hund … also unser Hund … Iwan … Also, da ist diese Sache mit dem Fell. Büschelweise, wie gesagt. Dicke Scheiße, sag ich Ihnen! Zuerst haben wir ihn nur noch von rechts filmen können, da sah man es noch nicht. Jetzt ist er aber mittlerweile auf beiden Seiten kahl. Zuerst die Hinterläufe, dann peu à peu der Rest. Zuerst gingen noch die Nahaufnahmen, aber jetzt fängt das auch noch an den Ohren an. Sehen mittlerweile so rosig aus wie die von einem neugeborenen Ferkelchen. Und wir haben nur noch drei Drehtage, um die Szenen mit dem Vieh … also dem Hund … mit Iwan, abzudrehen.«

Herbie nickte unsicher. »Ich verstehe.«

Tust du das wirklich?

»Was da alles dranhängt!«, fuhr Treuheit zerknirscht fort und ruckelte am Schirm seiner Kappe herum.

»Wenn wir das nicht hinkriegen, dann können wir alle Hundeszenen mit einem anderen Hund nachdrehen. Alle! Ich darf gar nicht dran denken! Die Hundetrainerin, die uns das Tier besorgt hat, telefoniert schon seit zwei Tagen rum, um Ersatz zu besorgen. Tote Hose. Alle Rassen, alle Farben. Gestreifte Hunde, gepunktete, karierte. Wahrscheinlich könnte sie einen mit zwei Köpfen leichter besorgen als so was hier.«

Der Kleine wackelte betrübt mit dem Kopf, schwieg aber.

»Und als wir aus der Hundepension rauskommen, da sehen wir doch tatsächlich dieses Prachtexemplar übers Feld galoppieren. Ein Wunder! Ein echtes Wunder!« Tom Treuheit blickte nachdenklich in die Ferne, und in seiner Stimme schwang jetzt ein nahezu wehmütiges Tremolo: »Hören Sie, ich weiß ja nicht, was Sie in den nächsten drei Tagen so vorhaben, aber Sie könnten ein gutes Werk tun. Drei Tage! Höchstens vier, wenn wir wegen dem Wetter noch ein paar Stündchen dranhängen müssen. Sieht aber ja einigermaßen stabil aus.«

Erst jetzt begriff Herbie so richtig, was gemeint war. Er guckte zu Agamemnon hinüber, der jetzt hechelnd neben der Bank Platz genommen hatte. »Sie meinen Ag…«

Ackermann, half ihm Julius auf die Sprünge.

»Sie meinen, Ackermann soll im Film …«

»TV. Fernsehfilm. *Hotel Eifelblick*. Schon mal gehört?«

»Er soll den Filmhund doubeln?«

Der Große strahlte und knuffte seinen Partner in die Seite. »Er hat's gleich kapiert! Heller Bursche. Sein Hund wird ein Fernsehstar!«

Herbie kaute unsicher auf der Unterlippe. Wenn rauskam, dass er heimlich den Hund ihrer Freundin verlieh, würde Tante Hettie sich etwas für ihn einfallen lassen, was mit großen, langanhaltenden Schmerzen zu tun hatte. Mit seelischen und körperlichen. »Hm, ich weiß nicht. Es ist ja eigentlich nur ein Adoptivhund.«

Tom Treuheit schob die Kappe wieder in den Nacken und näherte sich mit seiner spitzen Nase Herbies Gesicht. »Das ist doch dein Hund, oder?« Er war unversehens zum Du übergegangen. Und nach einer Pause wiederholte er noch einmal mit Nachdruck: »Oder?«

Gerade wollte sich die Wahrheit Bahn brechen, und Herbie holte schon zu einem zaghaft gehauchten »Nein« aus, da sagte Tom Treuheit: »Der Tagessatz für so einen Hund beträgt 500 Öre.« Mit großer Geste zog er ein Portemonnaie hervor und fischte fünf Hunderter heraus. »Schon mal 'ne kleine Anzahlung. Musst du natürlich noch quittieren.«

Fassungslos nahm Herbie die Geldscheine entgegen. Eigentlich war er in diesem Moment bereits restlos überzeugt, da drangen die Worte »Aber weil das eine absolute Notsituation ist, legen wir auf die Eins-fünf noch mal 500 Schleifen drauf« an sein Ohr.

Öre und Schleifen. Julius rieb sich die Nase. *Und augenblicklich verwandelt sich mein Einfaltspinsel Herbie Feldmann in einen gewissenlosen Hunde-Zuhälter. Na, bravo.*

Herbie warf ihm einen schnellen Blick zu, den nur Julius bemerkte. Dieser Blick sagte: Und ich habe nicht mal ein schlechtes Gewissen dabei!

Agamemnon leckte sich sehr konzentriert im Schritt.

»Zweitausend?«, fragte Herbie unsicher.

»Mehr geht nicht. Es sind ja nur drei Tage«, wiederholte Treuheit mit Nachdruck. »Und DVDs vom fertigen Film. Für die ganze Familie.«

Da wird sich deine Tante freuen!

»Ich weiß nicht.«

»Ohne dich und deinen Ackermann fällt die Fortsetzung von *Hotel Eifelblick,* auf den seit über fünfzig Jahren alles wartet, ins Wasser! Denk an die Millionen von Fernsehzuschauern, an die Gebührenzahler, die Fanclubs ... an die Nation!«

»Also gut, okay«, sagte Herbie nach einem tiefen Seufzer.

Die beiden Männer klatschten jubelnd ihre Handflächen gegeneinander.

Herbie erhob sich und zog an der Leine, aber er spürte keinen Widerstand.

Agamemnon, der auch nicht auf Ackermann hörte, hatte sich unterdessen wieder von seinem Halsband befreit und galoppierte laut bellend bergabwärts in Richtung Hillesheim.

5. Kapitel

Jedes Mal, wenn Herbie in den Rückspiegel blickte, sah er Julius und den Hund einträchtig nebeneinander auf dem Rücksitz. Am liebsten hätte er Agamemnon noch im hinteren Teil des Kastenwagens, aber da war er die ersten paar Kilometer so sehr hin und her geschlittert, dass Herbie ihm den Platz auf dem Rücksitz hatte zuweisen müssen.

Wann immer Julius etwas sagte, unterbrach Agamemnon für einen Moment das Knabbern an der Innenverkleidung oder hielt kurz mit dem lauten Hecheln inne und wandte ihm den Kopf zu.

»Er sieht dich«, sagte Herbie. »Ich glaube tatsächlich, er kann dich sehen.«

Wieso denn auch nicht? Ich sehe ihn doch auch. Ich kann ihn sogar riechen. Und wie!

Im letzten Moment entdeckte Herbie rechts am Fahrbahnrand das Schild *Hotel Eifelblick* und riss gerade noch rechtzeitig das Steuer herum. Das alte Metallschild war halb zugewachsen von Gebüsch, und die Schrift war verblasst. Ein schmaler, asphaltierter Weg bog hier von der Hauptstraße ab und schlängelte sich zwischen den Feldern eine kleine Anhöhe hinauf. Üppig blühende Sträucher säumten rechts und links die Fahrbahn. Herbie hoffte, dass ihm niemand entgegenkommen würde. Hier war kein Platz für zwei Fahrzeuge, die aneinander vorbeimussten.

Nach ein paar hundert Metern erreichten sie einen Kiesplatz, auf dem eine anscheinend planlos angeordnete Menge von Transportfahrzeugen, Minivans und Wohnmobilen geparkt stand. Er las Beschriftungen wie *Sound and Light* und *Movie Mobile*, und es machte den Eindruck, als wäre kein Durchkommen zum Hotel möglich.

Jemand kam auf ihn zugestapft und baute sich breitbeinig vor seinem Auto auf, das Gesicht grimmig verkniffen.

»Ich muss zum Hotel«, rief Herbie durch das Seitenfenster.

»Fliesen legen ist heute nicht«, sagte der dickbäuchige Mann, der ein kaum erkennbares Firmenlogo auf seinem roten Overall trug.

»Fliesen?« Es dauerte einen Moment, bis sich Herbie an die Beschriftung seines eigenen Autos erinnerte. »Ach so, nein, das ist ein Irrtum. Ich muss zu den Dreharbeiten.«

»Hm, jaja, schon klar.« Der Typ machte sich gar nicht die Mühe, in den Wagen zu gucken, sondern verschränkte demonstrativ die muskulösen Arme.

In diesem Moment erschienen Tom Treuheit und sein Kumpel auf der Bildfläche.

»Da ist er ja!«, jubelte er und beugte sich zu Herbie hinunter. »Der Herbie!« Er langte durch die Öffnung und klopfte ihm ungelenk auf die Schulter. »Wir dachten schon, du hättest es dir doch noch anders überlegt.« Sein Kumpel, der wie immer die Hände in den Taschen vergraben hatte, nickte eifrig.

Agamemnon bellte Tom Treuheit zur Begrüßung fröhlich zu und kratzte wie wild an der Innenverkleidung herum.

»Durchlassen!«, herrschte Treuheit den Mann im Overall an. »Der parkt gleich neben dem Hotel. Hier kommt nämlich unsere Rettung, kapiert?« Er lotste Herbie zwischen den Fahrzeugen hindurch. Im Vorbeifahren erntete Herbie einen finsteren Blick des Security-Mannes. Als sie den völlig zugestellten Parkplatz hinter sich gelassen hatten, tauchte der eigentliche Vorplatz des Hotels auf.

Ein nicht allzu großes Kiesrondell, auf dem nur etwa eine Handvoll Fahrzeuge Platz hatte. Drei glänzende Luxuskarossen standen dort, und ein kleiner, weißer Caddy mit dem Logo und dem Schriftzug des Hotels.

Das Haus selbst bot ein in die Jahre gekommenes Postkartenmotiv. Eine etwas zu wild wuchernde Glyzinie rankte sich über den Eingang, die Fenster hatten dunkelgrüne Schlagläden, an denen die Farbe abblätterte.

Treuheit wies mit weit ausholenden Gesten auf einen Platz neben einem protzigen, anthrazitfarbenen Mercedes, und Herbie scherte in die Lücke ein.

Als Treuheit die hintere Tür aufriss, sprang Agamemnon kläffend heraus und hüpfte über den Kies. Kleine Steinchen spritzten durch die Gegend und Herbie hatte das Gefühl, sie prasselten auch gegen den teuren Mercedes. Er wedelte nervös mit dem Halsband. »Komm her, Ackermann!«

Vorsichtig, du peitschst den Benz mit dem Ding. Julius hob mahnend die Hände.

Treuheit griff nach der Leine und übernahm es, den Hund anzubinden. Dann klopfte er, während Herbie die Hecktüre des Kangoo öffnete, mit der flachen Hand auf das Autodach.

Warum klopft und tätschelt und knufft der Kerl an allem und jedem rum? Julius schüttelte missbilligend den Kopf.

»Fliesen Schönlebe, soso.« Treuheits Blick wanderte über die Beschriftung.

»Hm, ja.« Herbie nickte halbherzig. »Mein Onkel.«

Deine Lügerei ist pathologisch, weißt du das eigentlich!

»Vielleicht können wir den mal am Straßenrand parken, wenn wir übermorgen in Monschau drehen. Zufällig im Bild, bisschen Werbung …«

»Ach, muss nicht sein.« Herbie holte seine Reisetasche und zwei Plastiktüten voller sündhaft teurer Hundefutterdosen hervor, die ihm seine Tante gegeben hatte. Die Tüten waren so schwer, dass Herbie vermutete, es müsse sich um Gold- statt um Blechdosen handeln.

»Du kriegst ein Zimmer im Hotel«, erklärte Treuheit und wickelte sich mühsam aus der Leine, die der Hund inzwischen um ihn geschlungen hatte. »Ist nicht selbstverständlich. Hast du nur deinem struppigen Freund hier zu verdanken.«

Sie gingen auf den Hoteleingang zu. Die Tragegriffe der Tüten schnitten schmerzhaft in Herbies Handflächen. Die Reisetasche baumelte an seiner Schulter. Treuheits Begleiter hatte immerhin nur eine Hand in der Hosentasche, die andere hielt eine Zigarette in den Wind.

Es knackste und knisterte. »Tom? Wo hängst du wieder rum?« Von irgendwoher ertönte eine missmutige, blechern verzerrte Stimme, und Treuheit bekam von seinem Kumpel ein Funkgerät gereicht, das dieser am Gürtel festgeklemmt hatte.

»Bin hier am Haupteingang. Und halt dich fest: mit dem Hund!« Treuheit grinste übers ganze Gesicht.

»Komm in den Frühstücksraum«, plärrte es aus dem Gerät, »Besprechung wegen der Biergartenszene. Zackig!« Ein lautes Knastern begleitete die harsche Stimme.

»Bin sofort da.«

»Und bring diesen Hund mit!«

»Klaro!«

Treuheit schob Herbie in Richtung Rezeption. »So, da vorne kannst du einchecken, und wir sehen uns dann später.«

»Aber der Hund. Ich …«

»Ich passe schon auf das Goldstück auf!«

Wie zur Bestätigung bellte Agamemnon fröhlich.

»Komm, Ackermann, komm! Jetzt lernst du ein paar coole Leute kennen.« Treuheit, sein namenloser Begleiter und der Hund verschwanden durch eine Glastür.

Herbie stand vor der Rezeption und fühlte sich unwohl. Dass er den Hund nicht im Blick hatte, passte ihm nicht.

Julius schien wie immer seine Gedanken zu lesen. *Was soll schon passieren? Im schlimmsten Fall ziehen sie ihm das Fell ab und kleiden den anderen Hund damit neu ein.*

»Lass die blöden Witze«, knurrte Herbie. »Wenn der Töle was passiert, bin ich tot.« Er setzte die Plastiktüten ab und rieb sich die schmerzenden Finger. Auf dem Tresen der Rezeption stand eine altmodische Glocke. Zögernd betätigte er sie.

So, du heißt jetzt also Schönlebe.

»Ist doch nichts gegen zu sagen.«

Herbie Schönlebe. Klingt ausgesprochen behämmert.

»Ich finde, es klingt irgendwie lebensfroh. Jedenfalls ist es besser, wenn mein richtiger Name gar nicht erst bekannt wird. Nachher stehen der Hund und ich noch im Abspann des Films oder so. Man weiß ja nie.«

Er lauschte, ob irgendjemand auf sein Klingeln reagierte.

Aber alles, was er hörte, war das Aufbranden von Stimmen im angrenzenden Frühstücksraum. Dann kläffte der Hund. Und ein Poltern ertönte. Nach einer Weile beruhigten sich die Stimmen wieder, und Herbie betätigte erneut die Klingel.

Welcome to the Hotel California. Vielleicht ist das ein Geisterhotel.

Aus einem Nebenraum war leise Schlagermusik zu hören. Herbie blickte sich um. Der verstaubte Charme vergangener Jahrzehnte haftete jedem einzelnen Stück des Interieurs an. Die Brokatsessel, das Mahagonitischchen, der Wachsblumenstrauß ... Ein paar gerahmte Schwarzweißfotografien an der Wand erregten sein Interesse. Er trat näher heran.

Ein Gruppenfoto prangte in der Mitte, und es war unschwer zu erkennen, dass es in der Hotelhalle aufgenommen worden war. Das musste die alte Fernsehserie sein, um die sich alles drehte. Zwei oder drei der Menschen glaubte Herbie wiederzuerkennen.

»Guck mal, der eine hier, der hat doch später mal einen Tatortkommissar gespielt. In Hamburg, glaube ich. Oder doch in Frankfurt?« Er tippte gegen das Glas. »Und die hier ist ziemlich jung gestorben. Die habe ich mal in einem Winnetou-Film gesehen. Wie hieß die noch?«

Ich sehe nicht fern. Julius rümpfte die Nase. *Bei dir habe ich jeden Tag genug zu gucken. Komödie, Drama, Medizin-Doku … alles, was das Herz begehrt.*

»Guck mal hier, der Hund! Das ist ein ganz anderer. Der ist ja ganz dick und braun und hat so lange Schlappohren. Ganz anders als Agamem… Ackermann.«

Soweit ich diesen Tom Dingenskirchen heute Morgen verstanden habe, handelt es sich bei dem aktuellen Film um eine Fortsetzung der Geschichte in der Gegenwart. Da werden sie ja wohl kaum so tun, als wäre der Originalhund fünfzig Jahre lang im Tiefkühlfach verwahrt worden.

»Wird wohl so sein. Unserer ist auch viel schöner.«

In diesem Moment wurde es im Frühstücksraum wieder laut, und der Hund bellte wie verrückt.

Herbie und Julius blickten einander mit geweiteten Augen an.

* * *

Alina fluchte leise. Dass sie Bäetes, den ollen Säufer, dauernd suchen gehen musste, kotzte sie langsam an. Dieses alte Stinktier wurde von Monat zu Monat fauler und lungerte fast nur noch rum. Und jedes Mal machte er dreckige Witze, wenn sie mit ihm alleine war. Nicht, dass sie sich nicht zu wehren gewusst hätte, aber sie fand ihn eklig und vermied es, ihm zu begegnen, wenn die Chefin sie nicht gerade schickte, um ihn zu suchen. Warum Frau Zender diesen stinkfaulen Sack überhaupt immer noch beschäftigte, war ihr ein Rätsel. Er war schon über siebzig und soff wie ein Loch. Für Gartenarbeiten fand man in der Eifel doch nun wirklich immer irgendwen.

Beim Hotelpersonal war das schon anders. Zwei Polinnen kamen jeden Morgen putzen, und dann war da noch Frau Henrich, die der Chefin nach Bedarf beim Frühstücksbüffet half. Die Küche selbst, die in der Vergangenheit einen guten Ruf gehabt hatte, war lange vor Alinas Zeit aufgegeben worden. Die Hotelgäste und die wenigen Besucher von außerhalb, die sich zum Essen hierher verirrten, reichten nicht aus, um einen Koch und andere Küchenkräfte zu beschäftigen. Den Leuten reichten ein gemütliches Bett und ein ordentliches Frühstück, bevor sie zu den Ausflügen und Wanderungen loszogen.

Unten am Bachlauf führte ein Wanderweg entlang, den einige Gäste benutzten, um in nördlicher Richtung nach Nettersheim zu spazieren oder in südlicher Richtung nach Blankenheim. Oft kamen auch Besucher der Eifelhöhenklinik in Marmagen hier vorbei, die dann am Nachmittag auf einen Kaffee einkehrten. Den Kuchen kaufte Frau Zender bei der Bäckerei Milz oder bei Hess in Nettersheim.

Mitten auf der Wiese hinter dem Hotel stand der Rasentraktor geradezu anklagend im knöchelhohen Gras. Hier war seit dem letzten Monat nicht mehr gemäht worden, und Bäetes konnte von Glück sagen, dass er wegen des Filmdrehs auch erst einmal nicht mehr würde mähen dürfen. Alina dachte mit Schaudern daran zurück, wie der Alte sie im vorigen Jahr einmal mit seinen groben Händen einfach gepackt und auf den Sitz gehoben hatte. »Vibriert schön unterm Popo, was?«, hatte er mit einem lüsternen Unterton gelallt.

In all seiner Faulheit war er aber doch nicht ungebildet. Er sprach häufig lateinische Sätze, die sie nicht verstand, und er hatte ein Faible für alte Götter- und Heldensagen. Damit konnte sie auch nichts anfangen.

Und clever konnte er auch sein. Stolz hatte er ihr erklärt, dass er einen alten Gürtel benutzte, um den Fangkorb hochkippen und leeren zu können, ohne dafür jedes Mal absteigen zu müssen. »Jetzt rutscht mir dafür aber immer die Hose! Willste mal gucken?« Dann hatte er dreckig gelacht.

Am Ende der Wiese senkte sich das Gelände zum Tal hin mit großem Gefälle ab. Der Garten war unterhalb in mehreren Terrassen angelegt worden. Alte, knorrige Obstbäume reckten ihre schrundigen Äste in die Luft. Viele waren schon seit Ewigkeiten nicht mehr beschnitten worden und völlig verwuchert. Das Obst wurde selten gepflückt und verfaulte häufig auf der buckligen Wiese.

Der Garten lag die meiste Zeit des Tages im Schatten, auf der gegenüberliegenden Seite des Tals leuchtete dafür der Ginster in kräftigem Gelb im Sonnenschein. Irgendwo da unten am Bachlauf musste Bäetes sein. Alina stolperte die schmalen Stufen hinunter, die mithilfe von klobigen, alten Eisenbahnschwellen angelegt worden waren.

Unten angekommen, drückte sie sich zwischen einigen Sträuchern hindurch. Vergeblich versuchte sie, mit den nackten Beinen den Brennnesseln auszuweichen. Sie hatte jetzt den Spazierweg erreicht und schaute ratlos zuerst in die eine, dann in die andere Richtung des Bachlaufs. Der Riesenbärenklau wucherte hier ungehindert, und nirgends war Bäetes zu sehen, der den mannshohen Stauden eigentlich zu Leibe rücken sollte. Das Zeug war beängstigend. Sie hatte gehört, dass man es nur nach Sonnenuntergang stutzen durfte, weil der austretende Saft sonst üble Verbrennungen hervorrief.

Hier war Bäetes also nicht. Und das Zeug würde hier noch ewig stehen, weil er nach Feierabend mit Sicherheit sowieso keinen Finger mehr rührte.

Sollte sie nach ihm rufen?

Nein, sie würde einfach zurückgehen und der Chefin sagen, dass sie ihn nicht gefunden habe.

Sie hörte plötzlich ein Geräusch hinter sich. Ein Rascheln, ein Peitschen, etwas, das sich so anhörte, als schnellte ein Zweig zurück in seine ursprüngliche Position. Dann knirschte es auf dem Weg. Schuhsohlen auf dem Schotter. Sie wollte herumfahren und aufschreien, da legte sich von hinten eine Hand auf ihren Mund. Ein Arm umklammerte ihren Oberkörper.

6. Kapitel

Herbie hatte sich in sein Schicksal gefügt und wartete geduldig auf einem der alten Brokatsessel an
der Rezeption darauf, dass er sein Zimmer bekam. Es
war ihm nicht unangenehm, da er sich dadurch nicht
allzu sehr von dem Hund entfernte. Ein ausgestopftes
Eichhörnchen verstaubte neben dem Fenster mit den
altmodischen Butzenscheiben, ein paar Bücher fristeten
ein freudloses Dasein in einem kleinen Regal, vornehm-
lich alte, zerschlissene Krimis im Taschenbuchformat.
Herbie las ein paar der Titel: *Mord im Pfarrhaus, Hercule
Poirots Weihnachten, Die Tote in der Bibliothek ...*

Im Hintergrund waren als eine Art monotoner Klang-
teppich unablässig die Gespräche aus dem Frühstücksraum zu hören, die nur dann und wann von einem Kläffen, einem Lachen oder von einem lauten Wortwechsel
unterbrochen wurden.

»Beim Film, Julius, stell dir mal vor, wir sind beim Film!«,
sagte Herbie zwischendurch immer wieder ehrfürchtig.

Wenn ich ehrlich bin, alter Knabe, hatte ich mir das glamouröser vorgestellt.

Zweimal tauchte kurz eine kleine, ältere Dame im Durchgang hinter dem Tresen auf, die in ein Dauertelefonat verstrickt zu sein schien. Mit stummen Gesten bat sie Herbie um etwas Geduld und telefonierte weiter. Herbie schnappte Worte wie »Catering«, »glutenfrei« und »vegan« auf. Letzteres wurde mehrfach mit Nachdruck betont.

Es scheint in diesem Haus nicht gerade vor Hotelpersonal zu wimmeln. Julius rümpfte verächtlich die Nase. *Überhaupt wirkt das alles ein bisschen wie ein Mausoleum.*

»Und die wenigen Menschen, die man zu Gesicht bekommt, sind mit den Dreharbeiten beschäftigt.« Herbie hatte begonnen, in einer der Frauenzeitschriften, die auf dem Beistelltisch lagen, herumzublättern. »Hör mal, hier: Hilde Laresser in der Heimat«, las er laut vor. »Die große Schauspielerin schlüpft für einen Fernsehfilm noch einmal in die Rolle des frechen Zimmermädchens Evchen, das sie berühmt gemacht hat. Evchen ist mittlerweile verwitwet und kehrt noch einmal als Gast in das Hotel Eifelblick zurück, das mittlerweile von dem Enkel der damaligen Besitzer geführt wird. Genau wie in den Sechzigerjahren sollen Herz, Schmerz und einige illustre Gaststars für gute Unterhaltung sorgen. Ein chinesischer Investor, eine Kleptomanin und ein Graf, der sich als charmanter Heiratsschwindler entpuppt, garantieren in diesem nostalgischen Fernsehstück Spaß und Spannung für die ganze Familie, so teilte die Kölner Produktionsgesellschaft mit.«

Klingt wenig abwechslungsreich. Ich vermisse einen singenden Oberkellner, eine falsche Nonne, einen pensionierten Astronauten mit Depressionen und Christine Neubauer.

»Die spielt vielleicht den chinesischen Investor«, vermutete Herbie kichernd.

In diesem Moment flog ein Flügel der großen Glastür auf, und eine Frau kam aus dem Raum hereingesegelt. Sie war um die siebzig, schlank und trug Jeans und eine hüftlange, schwarze Strickjacke. Ihr Gesicht war wutverzerrt, und sie fluchte leise und nestelte fortwährend an der Kleidung herum.

Vor Herbie blieb sie stehen und zupfte sich etwas von den Lippen. »Hundehaare«, schnarrte sie. »Überall pt … pt … pt … Hundehaare … widerlich.«

Wäre ihr mit dem anderen Hund nicht passiert. Der ist jetzt nämlich nackt.

Herbies Blick wanderte zwischen ihr und einem Porträtfoto an der Wand hin und her. Das längliche Gesicht, die spitze Nase …

»Wo ist das Klo?«, fragte sie gebieterisch.

Ja, ganz richtig, sie ist es.

Hilde Laresser strahlte eine angeborene Lässigkeit aus. Die Augenlider halb herabgelassen, hohe, markante Wangenknochen, ein spöttischer Zug um die schmalen Lippen, unzählige Falten, die von herzhaftem Lachen oder von großer Sorge herrühren konnten. Das schmale Antlitz wurde von einer zeitlosen Bob-Frisur umrahmt.

Ein solches Gesicht konnte unzählige Geschichten erzählen. Kein Wunder, dass diese Frau so eine steile internationale Karriere hingelegt hatte.

»Das Klo, verdammt!« Ihre Nase war jetzt ganz nah an seiner. »Verstehst du kein Deutsch?

Du starrst sie an wie ein kompletter Volltrottel.

»Klo?«

Ach so, stimmt ja, du bist ja ein kompletter Volltrottel.

»Les toilettes? Il bagno? Where is the toilet?« Sie stöhnte verärgert auf. »Was sind das bloß alles für Dilettanten hier am Set!« Wieder zupfte sie an ihren Lippen herum und machte angeekelte Spuckgeräusche. »Ich kann mich nicht mehr erinnern. Ist doch alles schon eine Ewigkeit her!« Sie wirbelte herum und schickte den Blick in alle Richtungen. Schließlich entdeckte sie ein kleines, weißes Schild mit der Aufschrift *WC*. »Ach, verdammt, ich hätte gar nicht wieder zurückkommen sollen!« Sie steuerte auf den Durchgang zu, als ihr plötzlich jemand in den Weg sprang.

»Hildegard!«

Sie bremste abrupt ab und betrachtete den Mann, der wie aus dem Nichts aufgetaucht war, mit ebenso viel Unverständnis wie vorher Herbie und Julius.

Er war von undefinierbarem Alter, klein und dick und hatte keinen Hals. Sein Kopf war breit und kugelrund, seine kleinen Augen zwinkerten mit nervöser Fröhlichkeit hinter den Gläsern einer großen Brille. Er hatte etwas Froschähnliches. Ein blasser Frosch in einem unattraktiven, grauen Anzug und einem dunkelblauen Pullunder.

»Wer zum Teufel sind Sie?«

»Friedhelm Sterzenbach. Hildegard-Laresser-Fanclub Deutschland. Erster Vorsitzender. Friedhelm!« Er zuckte Verständnis heischend mit den Augenbrauen. »Deine … Ihre … also Ihre … Deine Agentur hat mir gesagt, dass …«

»… dass Sie mich in Ruhe lassen sollen!« Hilde Laresser schob ihn mit einer energischen Handbewegung beiseite. »Ich muss aufs Klo!«

»Aber die Agentur …«

»Fuck off!«

Das ist diese unverbindliche, offenherzige Ausdrucksweise, die ich an den Menschen jenseits des großen Teichs so sehr schätze.

Sterzenbach wollte hinter ihr hereilen, aber sie drehte sich auf dem Absatz um und giftete ihn an. »Sie wollen mir nicht ernsthaft aufs Klo folgen!«

»Nein, natürlich nicht, aber …« Er ruderte wie wild mit den Armen. »Wir sind ja nur alle so froh, dass Sie … Du … Sie endlich wieder einmal in Deutschland sind … bist. Wir haben uns zuletzt bei der Filmpremiere in London gesehen, wo …«

»*Ich* habe *Sie nicht* gesehen!«, sagte Hilde Laresser mit einem Tonfall voll abgrundtiefer Verachtung, und sie musterte ihn von Kopf bis Fuß. »Und ich will Sie *auch hier* nicht mehr sehen!«

Ein paar Leute kamen aus dem Frühstücksraum, vermutlich angelockt von den lauten Stimmen. Treuheit und zwei andere eilten auf Sterzenbach zu. Der schlug sofort mit den Armen um sich, als Treuheit die Hand nach ihm ausstreckte. Das Bellen des Hundes ertönte aus dem Frühstücksraum.

»Nicht anfassen! Bitte nicht anfassen! Ich habe Glasknochen!«

»Schon gut, schon gut, machen Sie keinen Ärger«, sagte Treuheit beschwichtigend. »Sie kriegen ja ein Autogramm, aber …«

»Autogramm?« Sterzenbachs Stimme wurde schrill. »Ein Autogramm? Ich habe zig Autogramme von Hilde Laresser! Auf Fotos, Postkarten, Programmheften, Servietten, mit Kuli, Bleistift, Füller … suchen Sie sich was aus! Ich will mit Hilde Laresser über ihre Biografie sprechen!«

Treuheit warf einen hilflosen Blick über die Schulter zu den anderen. Diese schoben ratlos die Unterlippen vor oder zuckten mit den Schultern.

»Wir wissen nichts von einer Biografie. Wir haben hier einen Film zu drehen. Mach die Fliege, du Vogel!« Ein unappetitlich aussehender Mann im verwaschenen T-Shirt mit zotteligem Bart und fettigen Haaren machte ein paar Schritte auf den Ersten Vorsitzenden des Deutschen Hilde-Laresser-Fanclubs zu.

Der Bursche sieht aus wie der doofste Kabelträger, aber ich möchte wetten, er hat hier am meisten zu sagen. Julius warf Herbie einen bedeutungsvollen Blick zu.

Herbie nickte ihm unmerklich zu. Vermutlich hatte Julius recht.

»Ich gehe hier nicht weg! Die Agentur hat mir zugesagt, dass ich einen Termin bekomme!« Sterzenbach stampfte mit dem Fuß auf wie ein verzogenes Kind. »Das ist ein freies Land! Sie können mich hier nicht rauswerfen!«

»Aber ich kann das!«, erklang in diesem Moment eine laute Stimme von der Rezeption her. Die kleine, grauhaarige Frau stemmte wütend die Hände in die Seiten. »Ich habe es Ihnen jetzt schon hundertmal gesagt, Herr Sterzenbach: Wir haben kein Zimmer mehr frei, und ich werde nicht zulassen, dass Sie meine Gäste belästigen!«

Hilflos dreht sich Sterzenbach im Kreis, dann gab der dicke Zottelbart zwei seiner Leute ein stummes Zeichen, und sie gingen auf Sterzenbach zu. Der eine schubste ihn vor sich her auf den Haupteingang zu, der andere packte ihn dabei vorsichtshalber am Kragen seines Jacketts.

»Hilfe! Loslassen! Ich bin Bluter!« Unter Geheule und lautstarkem Protest wurde Sterzenbach vor die Tür gesetzt.

Treuheit und sein stummer Begleiter waren jetzt an Herbies Seite getreten und klopften ihm zur Abwechslung mal wieder auf die Schulter. »Und das hier, Alfredo, ist übrigens der Besitzer des Hundes!«

Der fette Mann mit der schlabbrigen Jeans grunzte vielsagend.

»Ihnen gehört der Hund?«, fragte eine Frau mit stoppeligen, kurzen, schwarzen Haaren und einer Menge Blech im Gesicht. »Der ist aber alles andere als dressiert, oder?«

»Biffy, unsere Tiertrainerin«, raunte Treuheit. »Braucht ein bisschen, bis sie mit deinem Tierchen warm wird.«

»Ihnen gehört der Hund?«, kam schneidend scharf eine Stimme aus dem Hintergrund.

Alle wandten sich zum Durchgang zu den Toiletten, in dem Hilde Laresser unbemerkt wieder erschienen war.

»Ich bete zu Gott, dass ich nicht allzu viele Szenen mit dem Vieh habe. Das halte ich nervlich nicht durch.«

»Das wird schon alles«, rief Treuheit mit aufgesetzter Fröhlichkeit. »Was haltet ihr davon, wenn wir wieder zurückgehen und die Besprechung zu Ende bringen. Okay, Alfredo?«

»Ja, wird Zeit«, brummte der Dicke einsilbig. Er deutete mit einem seiner wulstigen Finger auf Herbie. »Den Hund kannst du gleich wiederhaben. Wir sind spätestens in einer halben Stunde fertig.«

»Genau, bezieh doch inzwischen dein Zimmer.« Treu-heit klopfte Herbie auf die Schulter. Und an die Hotel-chefin gewandt sagte er: »Frau Zender, der Herr Schön-lebe braucht noch ein Zimmer!«

Der Regisseur eilte davon und gab laut Kommandos: »Ingo, Sandy, habt ihr euch um den Bauern gekümmert, der gestern unten an der Straße Heu gemacht hat? Ich will nicht, dass das morgen wieder passiert! Pavel, denk an das Telefonat mit dem Taxiunternehmen, damit das mit dem Transfer von Köln klappt!«

Die alte Dame begann, hinter dem Tresen in den Pa-pieren herumzusuchen. »Herr Schönlebe? Herr Schön-lebe? Das hat mir keiner gesagt.« Sie erhob die Stimme: »Alina! Alina!« Dann schenkte sie Herbie einen ver-zweifelten Blick. »Es tut mir schrecklich leid, dass hier alles ein bisschen drunter und drüber geht. Man kriegt heute kaum noch Personal, es ist ein Kreuz.«

»He, Schönlebe!«

Herbie drehte sich nur langsam um, weil er nicht gleich begriff, dass er gemeint war.

Der dicke Regisseur war vor der Tür zum Frühstücks-raum stehen geblieben und zwinkerte ihm zu. »Coo-ler Name übrigens für 'n Hund – Ackermann.« Dann wandte er sich um und verschwand mit seinem Tross hinter der Flügeltür.

Gerade als Frau Zender ein weiteres Mal nach dem Zim-mermädchen rufen wollte, kam das Zimmermädchen mit geröteten Wangen zur Seitentür hereingestolpert.

»Wo treibst du dich wieder rum, Alina? Wir müssen den Herrn Schönlebe noch unterbringen. Bring ihn bitte auf Zimmer 42.«

Das Mädchen nickte beflissen. »Mach ich, Frau Zender.« Und zu Herbie sagte sie: »Wenn Sie mir bitte folgen wollen.«

Hört sich an wie in einem alten Schwarzweißfilm. Julius kicherte amüsiert. *Ob die das extra für das Fernsehen geübt haben? Oder ist hier einfach die Zeit stehen geblieben?*

Herbie vermutete eine Mischung aus beidem.

Sie stiegen die hölzernen Treppenstufen hinauf in den zweiten Stock. Das Treppenhaus war brusthoch mit einer honigfarbenen Vertäfelung verkleidet. Darüber hingen auf der verblassten Blümchentapete ein paar alte Landschaftsgemälde und einige kleine Geweihe von Rehböcken.

Es roch nach Bohnerwachs und Mottenkugeln. In dem Flur, den sie entlanggingen, knarrten unter einem dicken Teppichläufer die Holzdielen.

Der Schlüssel, mit dem das Zimmermädchen die Tür aufschloss, hatte einen plumpen, metallenen Anhänger.

Eine Zeitreise. Bereite dich schon mal seelisch auf eine Waschschüssel und ein Etagenklo vor.

Herbie betrachtete seinen Begleiter, der mit Jackett und Weste, mit seiner Taschenuhr und den auf Hochglanz polierten Lackschuhen irgendwie perfekt in die Umgebung passte.

Schade, dass es kein Restaurant mehr im Hause gibt, hier hättest du sicherlich Russische Eier, Falscher Hase oder einen ordentlichen Mettigel bekommen.

»So, das wäre Ihr Zimmer«, sagte das Mädchen. Sie zwinkerte ihm frech zu. »Bisschen piefig eingerichtet, aber gemütlich.«

Herbie lächelte ihr zu und betrat das Zimmer. Ein kleiner, nicht ungemütlicher Raum, in dem man konsequent dem Einrichtungskonzept des Hauses gefolgt war. Ein Einzelbett aus Großmutters Zeiten, eine bräunlich gemusterte Tapete, ein graugrüner Teppichboden und Vorhänge mit beigefarbenem Brokatmuster.

Das Zimmermädchen machte tatsächlich einen Knicks, bevor sie das Zimmer verließ und die Tür hinter sich schloss.

Herbie presste die Hände auf das Bett, um die Matratze zu testen. Mit lautem Gequietsche gab die Federung nach, und er sackte fast bis auf den Boden durch.

»Schlafe ich selber da drin oder lasse ich hier den Hund nächtigen?«, fragte Herbie säuerlich.

Du wirst doch dem hochwohlgeborenen Agamemnon von der Osterhasenhoppelwiese diese Antiquität von einer Matratze anbieten wollen! Julius schaute empört. *In dieser ranzigen Rosshaarfüllung hängen noch die Blähungen mehrerer Generationen!*

»Hm, ja, da hast du wohl recht«, murmelte Herbie und trat an das Fußende des Bettes. »Ich werde ihm besser ein Nachtlager aus ein paar Decken zurechtmachen.« Beiläufig fiel sein Blick aus dem Fenster.

Nun ja, von Eifelblick kann man da nicht gerade sprechen. Julius drückte die Nase gegen die Scheibe. *Ein schmales Streifchen Grün sehe ich.*

Hauptsächlich blickte man auf die Wand eines Nebengebäudes, von der der rissige Putz abblätterte, aber man konnte auch ein kleines Stück des Geländes hinter dem Haus erkennen und ein wenig vom sonnenbeschienenen Berghang auf der anderen Seite des Tales. Und auch

einen Hund, der gerade eine Naturtreppe hinunterga-
loppierte und dabei übermütig nach Schmetterlingen
schnappte.

*Ich schätze mal, dass der Hund gar nicht hier sein wird, um
zu übernachten.* Julius spitzte die Lippen.

Es war ein monströs großer, struppiger, schwarzer
Hund ohne Leine und ohne Halsband. Und er entfernte
sich mit großer Eile in Richtung Tal.

»Verdammt, er hat noch all seine Haare, Julius!«, rief
Herbie entsetzt. »Das ist tatsächlich Agamemnon!« Mit
einem Sprung war er bei der Zimmertür und eilte hinaus.

7. Kapitel

Am Kriegerdenkmal vor der Dorfkirche hockten drei Mädchen und tippten gelangweilt auf ihren Smartphones herum. Nur sehr langsam hoben sie die Köpfe, als ein schnittiges, anthrazitfarbenes BMW-Cabrio direkt vor ihnen zum Stehen kam.

Der Mann hinterm Steuer war uralt, scheintot, sicher fast schon siebzig. Er war braungebrannt und hatte die graumelierten Haare in den Nacken gegelt. Er hob das klotzige Goldgestell seiner verspiegelten Sonnenbrille an und zwinkerte ihnen zu. »Könnt ihr mir mal helfen?«

»Kommt darauf an«, sagte die Blonde gedehnt. »Wir machen nicht alles.«

Der Mann grinste breit und zeigte einen blinkenden Goldzahn. »Immerhin sprecht ihr schon mal mit fremden Onkels. Haben eure Mütter euch nicht gesagt, dass ihr das nicht dürft?« Seine Stimme war dunkel und wohltönend.

Die mit den stoppelkurzen, roten Haaren erhob sich träge und kam auf ihn zu. »Ärger, oder wie?«

Er hob eine Zeitung in die Höhe. »Ich bin deswegen hier.«

Die Dritte hatte sich zu ihnen gesellt. Gemeinsam lehnten sie jetzt an der Seite des Autos.

Die Blonde griff nach der Zeitung. »*Häftling aus JVA Rheinbach entflohen*. Und was haben wir damit zu tun?«

»Nein, weiter unten«, sagte der Mann und tippte auf einen anderen Artikel. »Lies mal.«

»*Dreharbeiten im Eifelhotel*. Ach so.«

»Wo ist das denn? Ich kenne mich hier nicht so aus. Komme aus Italien.«

Die Dritte kaute schmatzend ihren Kaugummi und musterte ihn geringschätzig. »Echt, Italien?«

»Aus Rom.«

»Ist aber 'n Euskirchener Nummernschild.«

»Leihwagen.«

»Da hinten müssen Sie lang«, sagte die Rothaarige und deutete vage in Richtung Dorfladen. »Hinterm Edeka rechts rum, und dann wieder raus aus'm Dorf. Ist noch etwa 'n Kilometer, bis der Weg rechts ab geht zum Hotel. Steht so 'n Schild.«

»Muss man Sie kennen?«, wollte die Blonde jetzt wissen und stützte sich mit den Ellenbogen auf die Seitentür.

Der Fremde schmunzelte und zupfte an seinem marineblauen Halstuch herum. »Naja, ihr vielleicht nicht.«

»Schon eher meine Oma«, sagte die Blonde. »Oder meine Uroma.«

Die Dritte fragte: »Spielen Sie da etwa mit?«

Er schüttelte den Kopf. »Ich besuche da jemanden, den ich schon seit einer Ewigkeit nicht mehr gesehen habe.«

»Na dann viel Spaß.«

»Werd ich haben, danke!«

Er gab behutsam Gas und rollte in die Richtung davon, die sie ihm gewiesen hatten.

Die drei Mädchen sahen ihm hinterher, dann studierten sie das Zeitungsfoto eines jungen Mannes, das unter der Headline abgedruckt war.

»Krass, der ist das«, sagte die Blonde. »Wenn ich's euch sage!«

»Niemals. Der sieht da ja voll jung aus.«

»Doch, hier, das Foto ist schon älter, steht doch drunter. Hier: *Jens O. (29), hier auf einem Foto bei seiner Verhaftung.* Das ist fünf Jahre her! Wisst ihr noch, die Halloween-Party in Mechernich? Der ist das!«

»Krass«, sagte jetzt auch die Rothaarige und betrachtete intensiv das Bild. »Und der ist getürmt. Krass, echt krass!«

»Glaubt ihr, der traut sich wieder her?«, fragte die Blonde.

»Kann ich mir kaum vorstellen«, murmelte die Dritte tonlos. »Obwohl ...«

* * *

Viel Spaß hatten sie ihm gewünscht, die drei Gören. Ob das tatsächlich ein Spaß werden würde, war noch nicht abzusehen.

Während er langsam auf den Dorfladen zurollte, den die Rothaarige ihm gezeigt hatte, kaute er auf der Unterlippe. Wenn alles gut lief, würde sie sich freuen, ihn wiederzusehen. Es war mindestens fünfzehn Jahre her, da sollte sie das doch inzwischen längst alles vergessen haben. Oder verdrängt, das war ihm egal. Hauptsache, sie würde ihm nicht mehr mit den alten Geschichten kommen.

Flug und Leihwagen hatten ihn eine Menge Kohle gekostet. Das konnte er sich zwar eigentlich nicht leisten, aber diese kleine Investition war nun mal nötig, um wieder nach oben zu kommen.

Er blickte in den Rückspiegel und sah gerade noch die drei Küken, die mit seiner Zeitung vor der Kirche standen, dann fuhr er um die Ecke.

Allzu viele solcher Chancen würden sich ihm nicht mehr bieten.

* * *

Herbie hoffte inständig, dass Tante Hettie seiner Stimme nicht anmerkte, dass er sehr nervös war, fast schon panisch. »Aber wenn ich es dir doch sage, Tantchen. Wir sind dauernd unterwegs, in Feld, Wald und Wiese. Gerade jetzt auch wieder. Der Acker… der Agamemnon ist ein ganz Feiner! Und der ist auch total ausgeglichen und springt auch schon gar nicht mehr auf andere Tiere drauf!«

Er würde schon, wenn es hier welche gäbe, auf die er draufklettern könnte. Ich glaube, er ist der einzige Hund, der ein Karnickel lieber mal ordentlich durchbürstet, anstatt ihm den Hals durchzubeißen.

»Durchbürsten?« Herbie sah Julius fassungslos an. Dann rief er wieder ins Telefon: »Nein, durchhalten, Tantchen, ich sagte: durchhalten. Wir machen einen Dauerlauf, der treue Hund und ich.«

Ihre Stimme klang schrill und blechern aus dem Handy, sodass selbst Julius sie hören konnte. »Du faselst wieder lauter blödes Zeug. Gib mir den Hund, sofort!«

Herbie stolperte die letzten Stufen der überwucherten Treppe hinunter. »Den Hund geben?«

»Ich will ihn hören! Auf der Stelle!«

Na los, dann bell mal schön, alter Knabe! Julius kicherte albern.

Der Hund war nirgendwo zu sehen. Atemlos strauchelte Herbie durchs Gestrüpp und fand sich am Bachlauf wieder. Da ertönte plötzlich ein munteres Bellen, und er stieß einen innerlichen Jubelruf aus.

Mit großen Sprüngen kam Agamemnon auf ihn zugeschossen und legte ihm die riesigen Pfoten auf die Schultern. Zur vollen Größe aufgerichtet überragte ihn das Tier um einen halben Kopf.

Das Gebell schien Henriette Hellbrecht zu beruhigen. »Wenn dem Tier was passiert, werde ich dich zur Rechenschaft ziehen, schreib dir das hinter die Ohren. Meine Freundin glaubt, ich hätte ihn zur Verwahrung in die allerbesten Hände gegeben. Sie kann ja nicht ahnen, dass das edle Tier meinem Kretin von einem Neffen ausgeliefert ist.«

»Aber sie kennt mich doch.«

»Genau deshalb habe ich dich mit keinem Ton erwähnt.« Grußlos beendete sie das Gespräch.

»He, ist das deiner?«

Herbie fuhr herum. Ein Mann in klobigen Gummistiefeln stand breitbeinig am Bachlauf und hatte die Hände in die Seiten gestemmt. Er war groß und breitschultrig, steckte in einem fleckigen Karohemd und einer zerschlissenen Cordhose undefinierbarer Farbe.

Herbie blickte unsicher zu Julius hinüber.

Immer dieselbe Frage. Und immer dieselbe Reaktion.

Die schmutzig weißen Haare des Mannes bewegten sich leicht im Wind. Sie waren ungepflegt und sahen aus, als schnitte er sie mit der Heckenschere selbst. Im Nacken und an den Wangen standen sie störrisch und stoppelig ab, sie wucherten ihm aus den Ohren und den Nasenlöchern.

»Dein Hund? Gehört der dir?« Er kratzte sich im Schritt und ergänzte: »Schönes Tier. Starker Knochenbau, kräftiges Gebiss.«

Agamemnon bellte laut, so als hätte er das Lob zur Kenntnis genommen und verstanden.

Herbie atmete erleichtert aus. »Ja, das ist meiner.«

»Wie heißt der denn?« Der Mann stapfte auf Herbie zu und beugte sich zu Agamemnon hinunter. Seine große Hand griff in das dichte Fell des Hundes. »Hat sicher 'nen schönen, edlen Namen. Sag jetzt bloß nicht Snoopy oder Strolchi oder so 'n Driss.«

»Agamemnon«, murmelte Herbie unsicher.

Die Augen des Alten blitzten auf. »Wirklich? Agamemnon? Der Herrscher von Mykene! Hat die Griechen im Trojanischen Krieg angeführt!« Er packte beherzt mit beiden Händen nach dem Hundenacken und knetete ihn kräftig durch. »Ein Kerl nach meinem Geschmack!« Agamemnon hechelte und schloss genüsslich die Augen.

Wer von euch dreien riecht hier wohl nach Alkohol? Julius rümpfte die Nase. *Du bist es schon mal nicht, und der Hund ist es auch nicht, so viel steht fest.*

Tatsächlich war es nicht zu leugnen, dass man die üblen Ausdünstungen des Mannes mit wenig Aufwand in Flaschen hätte abfüllen können.

Umständlich fischte er im nächsten Moment zuerst einen prallen, rasselnden Schlüsselbund aus den Tiefen seiner Hosentasche, dann ein riesiges, fleckiges Taschentuch. Beides drückte er dem verdutzten Herbie in die Hand, der es sich mit Abscheu ansah. Dann beförderte er mit einem Strahlen das eigentlich Gesuchte ans Tageslicht: einen gläsernen Flachmann, aus dem er einen tiefen Schluck nahm, und den er dann Herbie hinhielt. Der lehnte dankend ab.

Olala, ganz exquisiter Tankstellenfusel. Der Genuss führt bei falscher Dosierung zur großflächigen Abtragung der Schleimhäute.

Herbie vermutete, dass der Alkohol auch verantwortlich dafür war, dass der Mann seine Kleidung nicht mehr ganz so ausfüllte, wie das ehedem einmal der Fall gewesen sein mochte. Der Gürtel war bis zum letzten Loch zugeschnallt, und der Hosenbund war in tiefen Falten zusammengezurrt. Das Hemd saß locker und faltig, der Kragen war mindestens zwei Nummern zu groß.

»Namen sagen so viel über das Wesen von Menschen und Tieren«, raunte der Alte und legte Herbie den Arm um die Schulter. Er rülpste und deutete mit der Hand, die die Schnapsflasche hielt, in die ungefähre Richtung des Hundes, der jetzt begonnen hatte, im Gestrüpp am Ufer des Baches herumzuschnüffeln. »Agamemnon! Stolzer Name! Gehörte zum Geschlecht der Atriden.« Er zwinkerte Herbie zu. »Hat mir alles der alte Lehrer Tolkemit beigebracht, früher, in der Volksschule.« Sein schwieliger Zeigefinger legte sich in leicht kreisender Bewegung auf seine eigene Brust. »Bäetes sagen sie zu mir. Dabei bin ich der Hubert! Hubertus, der Schutzpatron der Jäger!« Er legte den größtmöglichen Stolz in seine Worte.

Herbie versuchte, sich aus seiner Umklammerung zu lösen, was ihm aber nicht gelang. Die Hand des Mannes fixierte seine Schulter wie ein Schraubstock.

Herbie war das sehr unangenehm. Er ließ die Schlüssel durch seine Finger gleiten. Große für Zimmertüren, kleine für Sicherheitsschlösser, anhand von unterschiedlichen Gummiringen voneinander zu unterscheiden.

»Hubert – das bedeutet, dass ich mit einem glänzenden Verstand gesegnet bin! Glän-zen-der-Ver-stand!« Er lachte polternd und rülpste laut. »Steckenpferd von mir, weißt du. Namen und Sagen und Legenden und so.«

Ach. Merkt man gar nicht.

In der Ferne wurden langgezogene Rufe und schrille Pfiffe laut. Sie kamen von weiter oben aus der Richtung des Hotels. Eine Suchmannschaft war offenbar inzwischen unterwegs.

Julius schüttelte den Kopf. *Die wissen noch nicht, dass das ebenso viel hilft, als würde man versuchen, einen Amboss zu locken.*

»Tja, dann muss ich wohl mal wieder«, sagte Herbie mit einem gequälten Lächeln. »Mein Hund wird von den Filmleuten gesucht. Agamemnon spielt nämlich in diesem Film mit, wissen Sie?«

Der Blick des Alten verfinsterte sich. »Dieses verdammte Fernseh-Pack!«, knurrte er. »Kommen hierhin und bringen alles durcheinander. Lassen mich nicht mal vernünftig meine Arbeit machen. Ich habe immer für mein Geld gearbeitet, hörst du! Lass dir nichts anderes erzählen! Jeden Pfennig habe ich mir hier verdient! Und jetzt darf ich nicht mehr arbeiten … Den Rasen darf ich nicht mähen, das stört die Aufnahmen! Die Esche an der Einfahrt, in die vorletzte Woche der Blitz eingeschlagen ist, darf ich nicht abholzen, weil das zu laut ist! Es ist zum Kotzen!« Er zog mit einem schnarchenden Geräusch den Rotz hoch, spuckte in das kniehohe Gras und nahm dann einen weiteren Schluck aus dem Flachmann.

Herbie hielt ihm das dreckstarrende Taschentuch hin, und Bäetes grabschte danach.

Julius lächelte säuerlich. *Schon ein paar Schlucke von dem Sprit haben eine völlige Neuordnung der Sinnesorgane zur Folge. Probier doch mal.*

»Mein Schlüsselbund!«, raunzte der Alte und hielt die Hand auf. »Wichtig!« Herbie legte die klimpernde Sammlung hinein.

Der Hund hatte unterdessen irgendein kleines Tier aufgescheucht und schnüffelte ihm durch das hohe Gras hinterher.

Bäetes holte mit einer wilden Geste aus und wies auf die gewaltigen weißen Blütenkronen der üppig wuchernden Gewächse, die ein Stück den Bach hinunter mehrere Meter in die Höhe ragten. »Und jetzt soll ich das Zeug da hinten dem Erdboden gleichmachen! Das geht nur abends, wenn keine Sonne mehr darauf scheint. Die brennenden Säfte … gefährlich … der Name, weißt du …« Er schob seine rotgeäderte Nase ganz nah an die von Herbie heran. »Der Name! Herkules! Wie soll ich denn bitteschön was auslöschen, was nach Herkules benannt ist?« Die Zunge des Alten schaffte es nicht mehr so recht, die Worte verständlich zu formen.

Herbie hatte das Gefühl, als würde ihm der Alkohol-
dunst, der ihm entgegenquoll, in den Augen brennen.
Dass Bäetes dreimal Anlauf nehmen musste, um den la-
teinischen Namen auszusprechen, machte es nicht eben
besser. »Herac… Heracle… Heracleum mantegazzia-
num … zianum!« Laut rief er dann: »Das schaff ich doch
nie! Das wuchert und wuchert! Herkules! Ein Faust-
kämpfer, ein Ringer, ein Wagenlenker … ein Halbgott!
In meinem Alter will ich nicht mehr die zwölf Arbeiten
des Herkules verr… verr… verrichten!«

»Haben Sie denn keine Hilfe?«

Der Alte grunzte verächtlich. »Hilfe. Von wegen. Mir
hilft keiner. Keine Sau hilft mir. Ich buckel mich hier kaputt, und alle rufen nur Bäetes hier, Bäetes da …« Er sah
Herbie grimmig an. »Ich spiel nicht mehr lange mit. Die
machen nicht mehr lange den Molli mit mir, verstehs-
te?« Er hatte sich in Rage geredet, und Herbie gelang es
endlich, sich seinem Griff zu entwinden.

»So, Agamemnon, dann komm jetzt mal!«, rief er.

Bäetes breitete mit großer Geste die Arme aus. »Agamemnon! So ein edler Name! Agamemnon!«

Die Rufe der Filmcrew kamen langsam näher.

Hm, ob sich in der griechischen Mythologie wohl auch ein
Herr Ackermann findet?

Als der Hund jetzt begann, ganz konzentriert mit seiner Schnauze in einem Mauseloch herumzuschnauben,
nutzte Herbie die Chance, pirschte sich an und packte
ihn. »So, wir müssen jetzt gehen«, rief er triumphierend.

»Agamemnon«, deklamierte Bäetes laut. »Schlimmes Ende! Ganz, ganz schlimmes Ende!« Ein rasseln-
der Husten unterbrach seine Rede, aber nur kurz. »Von

seiner Frau Klyta… Klytam… Klytaimnestra … genau, Klytaimnestra! Von der und ihrem Geliebten erdolcht! Von Klymnamn … und Aigi… Aigi… Aigisthos … erdolcht. Im Bad! Er-dolcht!«

Mit Mühe gelang es Herbie, den Hund von dem Mauseloch wegzuzerren und ihn beharrlich in die Richtung des Berghangs hinauf zu dirigieren. »Dann wünsche ich noch viel Erfolg bei der Arbeit, Bäetes … also Hubert!«

»Hubert, genau! Und du bist …?«

»Herbert!« Der Alte strahlte inzwischen wieder und winkte ihm mit dem Flachmann zu. »Heißt: glänzender Krieger!«

Julius begann, ungehemmt zu kichern. Herbie hätte das gerne kommentiert, ließ es aber.

»Namen«, brummte Bäetes nachdenklich. »Machen sie aus uns, was wir sind, oder machen wir etwas aus ihnen?«

Er verstummte ganz plötzlich. Sein Blick war in diesem Moment starr auf irgendetwas auf dem gegenüberliegenden Hang des Tales gerichtet. »Komisch, komisch, komisch …«, murmelte er und kniff die Augen zusammen, als würde er einen Punkt in der Ferne fokussieren. »Kriemhild, Hera. Und Odysseus, könnte man sagen.«

»Odysseus?« Herbie zerrte an der Leine, aber der Hund sträubte sich nach Kräften, und ihm brach der Schweiß aus.

»In den alten Sagen steht alles drin. Alles schon mal da gewesen. Man muss es nur erkennen, verstehst du, Knäbchen?« Dann trank Bäetes den Flachmann leer.

8. Kapitel

Das Vogelgezwitscher klang süß wie ein kleines Kammerkonzert, Sonnenstrahlen spielten auf dem weißen Tischtuch Nachlaufen, und die Blüten des bunten Blumenstraußes in der zierlichen Vase wiegten ihre Köpfe im lauen Lüftchen.

Der junge Mann hatte in formvollendeter Haltung den linken Arm auf den Rücken gelegt und hielt mit einem auffordernden Lächeln die Tülle der Kaffeekanne an die Tasse. »Darf ich Ihnen wohl noch etwas nachschenken?«

Die Dame nickte und betrachtete ihn mit einem prüfenden Blick. Ein schöner, junger Mann. »Ich trinke normalerweise morgens lieber einen Kräutertee«, sagte sie. »Aber was ist schon normal in diesen Tagen?« Einladend schob sie die Tasse wenige Zentimeter auf ihn zu.

Er schenkte ein.

»Der Kaffee ist gut.«

»Er ist mit Liebe zubereitet worden.«

»Das schmeckt man.«

Die Blumen in den Ampeln, die an den Balken der Pergola aufgehängt waren, verströmten einen betörenden Duft. In den Hecken um den Biergarten balgten sich die Spatzen.

Sie griff nach einem Croissant.

»Darf ich Sie etwas fragen?«

Sie nickte stumm. Ihre Miene konnte kaum verbergen, dass sie auf der Hut war. Sie wechselte einen kurzen Blick mit dem großen Hund, der an ihrer Seite hechelnd darauf wartete, dass etwas vom Frühstückstisch für ihn abfiel.

»Warum sind Sie nach all den Jahren in die Eifel zurückgekommen?«

Sie kräuselte die Lippen und blickte zu ihm auf. Das Morgenlicht ließ das lockige, hellblonde Haar des jungen Kellners aufleuchten. Er war beispiellos charmant, hatte vollendete Manieren, und er machte der Tochter des Hotelbesitzers Avancen. Die wiederum war verlobt mit dem Sohn des Bürgermeisters, einem skrupellosen Großgrundbesitzer, der wegen der Ansiedlung einer großen Putenmastanlage in einem erbitterten Streit mit dem Hoteliersehepaar lag. Aber all das war nur nebensächlich, da der chinesische Investor, die Kleptomanin und der Heiratsschwindler, die sich in das krude Drehbuch verirrt hatten, viel prominenter besetzt waren.

»Warum ich in die Eifel zurückgekommen bin?« Hilde Laresser alias Eva »Evchen« Kierdorf bohrte das Messer in das Croissant. Das Gebäck zerbröselte in ihren Händen augenblicklich in tausend Teile, die durch die Luft sprangen und sich über den ganzen Frühstückstisch verteilten. »Fuckin' hell!«, fluchte sie laut und warf Messer und Croissantbrocken wütend auf den Tisch. Die kleine Blumenvase kippte um, der Hund sprang mit den Pfoten auf die Tischkante und schnappte nach dem Gebäck.

Hilde Laresser sprang auf und herrschte den Regisseur an: »Warum muss es ein Croissant sein? Guck dir den Dreck an!« Sie fuhr sich hektisch mit der Hand über die Kleidung. Eine Geste, die Herbie schon am Vortag an ihr beobachtet hatte. Da waren es Hundehaare gewesen.

»Aus!«, rief Alfredo Korn in einem Ton, der nur mühsam verbergen konnte, dass er schon zu dieser frühen Stunde restlos bedient war. Und der vor ihnen liegende Drehtag war noch lang. »Wir nehmen Brötchen! Sandy, besorg Brötchen!«

Im Filmteam entstand Hektik.

Eike Christiansen, der junge Schauspieler in der Kellnerweste, zuckte mit den Schultern. »Ich hatte gleich vorgeschlagen, Brötchen zu nehmen.«

Herbie und Julius wechselten einen raschen Blick.

Julius nickte zustimmend. *Hat er gesagt. Und ich auch. Aber auf mich hört ja sowieso keiner.*

Am Vortag war eine Szene gedreht worden, in der der Hotelier, gespielt von dem ehemaligen Tatort-Schauspieler Martin Forster, mit seinem Hund spazieren ging, und dabei der im Taxi anreisenden ehemaligen Angestellten Evchen begegnete. Das Ganze war nicht weniger als zweiundzwanzig Mal wiederholt worden. Nachdem der Hund zweimal den Hauptdarsteller mit der Leine umgerissen, den Lack des Autos mit den Vorderpfoten zerkratzt und bei einer Nahaufnahme an den Reifen gepinkelt hatte und schließlich Hals über Kopf zu einem kleinen Ausflug auf eine naheliegende Obstwiese aufgebrochen war, hatte die eigentlich recht stabil wirkende Tiertrainerin aufgegeben und war in einen Heulkrampf ausgebrochen.

Irgendwann war die Szene dann doch im Kasten gewesen, und allen Beteiligten war spätestens von diesem Moment an klar, dass die weiteren Hundeszenen alles andere als ein Spaziergang werden würden. Da hatte man beschlossen, dass Herbie von nun an bei den Hundeszenen zugegen sein solle, weil das vermutlich einen beruhigenden Einfluss auf das Tier habe.

Der große Martin Forster war am Abend heftig kopfschüttelnd wieder abgereist. Er spielte in Köln Theater und war allem Anschein nach sehr froh, seinen Dreh mit Agamemnon alias Ackermann, der zu allem Überfluss im Film auch noch Arco hieß, als abgeschlossen betrachten zu können. Herbie hatte ihn noch um ein Autogramm für seine Vermieterin Frau Schnichels gebeten, aber Forster, ein grauhaariger Charmeur alter Schule, hatte ihn nur angeguckt und gefragt: »Ach, Ihnen gehört dieser Hund?« Und als Herbie das bejahen musste, hatte er ihn wortlos stehen lassen, war in sein Taxi gestiegen und weggefahren.

Herbie betrachtete das jetzt entstehende Gewusel mit Gelassenheit. Alle liefen durcheinander und hantierten herum. Die mollige Maskenbildnerin, die sich Herbie als Sandy vorgestellt hatte, zupfte an der Stirntolle des Kellners herum.

Und? Wie sieht's aus, alter Freund? Bist du immer noch so fasziniert vom Filmbusiness?

Herbie gähnte seinen Begleiter statt einer Antwort nur hemmungslos an. Der größte Teil der ersten Nacht war eigentlich recht ruhig verlaufen. Der Hund hatte nur etwa ein dutzend Mal versucht, zu ihm ins Bett zu klettern. Um fünf Uhr war Agamemnon dann schließlich putzmunter gewesen und wollte Gassi gehen, und während sie wenig später durch das diesige Morgengrauen stapften, überlegte Herbie, ob er jemals in seinem Leben so früh aufgestanden war.

Dann hatte er etwas in seinen Augen sehr Vernünftiges getan. Um in den Genuss von zwei weiteren Stunden ungestörten Schlafs zu kommen, hatte er den Hund kurzerhand im Auto eingesperrt.

Tatsächlich war er kurz vor Ablauf der Frühstückszeit wachgeworden und hatte gerade noch ein weiches Brötchen, ein knallhartes Ei und eine lauwarme Tasse Kaffee erwischt.

Die Wurst war alle gewesen. Als er die junge Hotelangestellte um Nachschub bat, erklärte diese mürrisch: »Tierleichen sind alle.« Am Vortag, als sie ihm sein Zimmer gezeigt hatte, war sie noch überaus freundlich gewesen. Jetzt hingegen schien es, als wäre ihr mindestens eine Laus über die Leber gelaufen.

Herbie fielen ihre geröteten Wangen und ihre zitternden Finger auf. An der Seite ihres T-Shirts klebten lauter Kletten.

Er traute sich zu fragen: »Geht es Ihnen gut?«

Sie nickte schnell. »Danke, alles in Ordnung. Wir sind nur alle sehr aufgeregt wegen diesem Filmding. Ist ein Mörderstress für uns.«

Er befreite den Hund gerade noch pünktlich zum Drehbeginn. Die Innenverkleidungen des Kangoo sahen inzwischen aus wie die Eingeweide eines Opfers von Jack the Ripper. Dass der Hund trotzdem ab sofort im Auto übernachten würde, war beschlossene Sache. Auch wenn der Hund davon noch nichts ahnte.

Der Idee, von jetzt an beim Dreh in der Nähe zu sein, hatte Herbie zwar nicht widersprochen, aber er hatte gleich gewusst, dass das an der Problemlage kaum etwas ändern würde. Die Aussicht auf Agamemnons exorbitante Schauspielergage spornte ihn jedoch an. Seither stand er, aufgeregt wie ein Rennbahnbesucher, der sein ganzes Vermögen auf den lahmsten Gaul im Rennen gesetzt hatte, im Rücken der Filmcrew und versuchte, den Hund zwischendurch mit mahnenden Fingerzeigen und aufmunternden Blicken im Zaum zu halten.

»Brötchen! Sandy! Wo ist die, verdammt noch mal? Wir brauchen Brötchen! Jetzt sofort!« Alfredo Korn hüpfte aufgeregt herum und zurrte unentwegt seine Hose hoch. Er wandte sich an Hilde Laresser und rief: »Hildchen, das haben wir gleich. Du warst toll! Ganz, ganz, gaaaanz toll!«

Seine Hauptdarstellerin wurde jetzt von Sandy abgebürstet und neu gepudert.

»Der Kaffee ist mit Liebe zubereitet worden … Was für ein Scheißtext«, knurrte sie.

»Wenn ihr auf mich gehört hättet …«, setzte Eike Christiansen erneut mit der ganzen Kraft seiner jugendlichen Selbstüberschätzung an.

»Auf dich hört hier aber keiner!«, herrschte ihn Hilde Laresser an, schob die Maskenbildnerin mit der Puderquaste grob zur Seite und verließ mit festem Schritt die Szene. »Wer hört denn schon auf so ein sprechendes

Hemd wie dich!« Sie rauschte ganz nah an Herbie vorbei. »Ich brauche einen Schnaps.«

»Ich kann es nicht oft genug sagen: Dein Hund ist echt die Pest«, zischte ihm Biffy, die vielfach gepiercte Tiertrainerin, ins andere Ohr. »Guck es dir an, er frisst die Requisiten!«

Agamemnon hatte sich inzwischen über den Korb mit den restlichen Croissants hergemacht.

Tom Treuheit lief emsig hinter Hilde Laresser her. »Ich hole sie zurück, Alfredo!« Sein stummer Begleiter flitzte in dieselbe Richtung.

Liesel Zender tauchte in der offenen Eingangstür auf und fragte mit weinerlichem Tonfall: »Körnerbrötchen oder normale?«

»Scheißegal, irgendwelche, die nicht krümeln!«, rief der Regisseur. »Wir machen inzwischen ein paar Nahaufnahmen von dem Hund! Pavel, Achim, Susi, schnell, solange er so zufrieden guckt!«

Die Hotelchefin stöhnte gequält auf. Ihr Blick traf den von Herbie, und sie seufzte: »Wie soll ich das nur alles schaffen? Die Alina ist ausgerechnet vor fünf Minuten mal schnell ins Dorf zum Edeka gegangen, weil sie gestern vergessen hat einzukaufen, und alles, was ich noch dahabe, sind ein paar Rollen *Knack und Back*. Das dauert aber …« Sie rang die Hände und verschwand im Haus.

Alfredo Korn klatschte in die Hände. »Los jetzt! Licht! Kamera zwei!« Die Klappe ertönte.

In das von einem Moment auf den nächsten entstandene Chaos kam augenblicklich Struktur. Es wurde schlagartig still, und ein halbes Dutzend Leute beobachtete einen großen, struppigen Hund, der zufrieden

den letzten Bissen eines frischen Croissants herunter-
schluckte, sich ausgiebig hinterm rechten Ohr kratzte,
nach Fliegen schnappte und den Spatzen zusah, die die
Krümel aufpickten.

Herbie hoffte inständig, dass kein Karnickel auftauch-
te.

* * *

Bäetes hatte sich einen Feldstecher mitgenommen. Der
war noch von seinem Vater. Da war ein Reichsadler mit
dem Hakenkreuz eingraviert, aber das kümmerte ihn
nicht. Es gab noch so viele Gegenstände aus dieser Zeit
in der Eifel. Wenn er ab und zu über einen Flohmarkt
bummelte, dann sah er die ganzen Militaria und dachte sich seinen Teil. War ja nicht alles schlecht gewesen.
Immerhin war so einiges ganz schön solide verarbeitet,
was man von dem heutigen Kram nicht gerade behaupten konnte.

Er ließ das Fernglas sinken und kratzte sich am stoppeligen Kinn. Gestern war es nur eine Ahnung gewesen, aber jetzt hatte er Gewissheit. Wissen ist Macht, das
war nicht nur so ein Spruch, den er mal als junger Kerl
beim alten Lehrer Tolkemit gelernt hatte. Mit dem richtigen Wissen konnte man so manche Bequemlichkeit er-
werben. Man musste es nur an der richtigen Stelle zum
Besten geben und es dann, nachdem man sich einig war,
schön brav für sich behalten. Schweigen ist Gold – noch
so ein Spruch.

Er verstaute den Feldstecher in der Jutetasche, die
er im Schatten eines Haselnussbuschs deponiert hatte,

damit das Sprudelwasser und die Butterbrote, die ihm Liesel mitgegeben hatte, nicht zu warm wurden. Nach Sprudel war ihm jetzt nicht. Stattdessen griff er in die Hosentasche, um den Flachmann hervorzuholen.

Ein leises Knistern hinter ihm ließ ihn herumfahren. War das dieser Hund? Er glaubte im ersten Moment, ein Hecheln zu hören. Aber es war nur ein mühsam unterdrücktes Atmen.

»Schon ganz schön warm, was?«, fragte Bäetes und verzog den Mund zu einem Grinsen. Dann wandte er sich wieder um. »Prima Ausblick hat man hier.«

Das nächste Geräusch, das er hörte, war gleichzeitig sein letztes. Ein Pfeifen, wie wenn etwas durch die Luft geschwungen wurde, verbunden mit einem leisen Ächzen. Er hörte nicht mehr, wie etwas mit erbarmungsloser Gewalt von hinten gegen seinen Schädel krachte.

9. Kapitel

Die Klappe ertönte.

Eike Christiansen beugte sich zu dem Hund hinunter und streichelte ihm sanft über den Rücken. Bis zu Hilde Laressers Rückkehr ans Set drehten sie den Kellner und den Hund.

»Unser Arco ist ein guter Menschenkenner. Er wittert es sofort, wenn jemand etwas im Schilde führt.«

Alfredo Korn kaute an den Fingernägeln und trippelte auf der Stelle. Julius hatte sich derweil auf dem leeren Regiestuhl breitgemacht und zwinkerte Herbie fröhlich zu. Agamemnon hechelte.

Die Vögel piepsten.

Es war idyllisch.

»Böse Menschen erkennt unser Arco am Geruch.«

Heftiges Streicheln.

»Nicht wahr, Arco?«

Na, wenn das nichts wird mit der beknackten Hotelgeschichte können sie immer noch eine schöne Tierdoku draus machen. Sie müssen inzwischen mindestens zwei Stunden davon im Kasten haben. Ein Hund, der sich genüsslich das Geschlechtsteil abschleckt, das ist doch beste deutsche Fernsehunterhaltung.

Und dann drängte sich ein Geräusch dazwischen. Es kam von irgendwo jenseits der Ligusterhecke, die den Biergarten von der angrenzenden Wiese trennte. Ein knatterndes Motorengeräusch, das anschwoll und sich schnell näherte. Ein Motor drehte auf Hochtouren, röhrte, dröhnte, kam näher und näher.

»Aus, aus!«, röhrte Alfredo Korn wütend.

Und alle starrten wie gebannt auf die Hecke, hinter der sich das Unfassbare näherte.

Julius hob staunend die Augenbrauen. *Dein neuer Freund Bäetes will es jetzt aber anscheinend noch mal wissen.*

Dann tauchte der Rasentraktor am Ende der Hecke auf. Er rollte langsam in das Sichtfeld der Filmcrew, deren Mitglieder sich jetzt verwirrte Blicke zuwarfen.

»Aus!«, brüllte Alfredo Korn. »Verdammte Scheiße, aus! Ich habe gesagt, dass dieser Scheißrasentraktor heute auf keinen Fall ...« Dann brach sein Gebrüll abrupt ab.

Das Gerät war führerlos!

Es pötterte unaufhaltsam geradeaus, das Lenkrad zitterte, die Räder hüpften über die Bodenwellen und Maulwurfshügel im Rasen, rollten über die steinerne Abgrenzung des Vorplatzes, was die Fahrtrichtung ein wenig veränderte.

Die Münder aller Anwesenden standen weit offen, und sie rissen in schierem Entsetzen die Augen auf, als sie erkannten, dass der Rasentraktor etwas hinter sich her schleifte. Ein großes Bündel, etwas Plumpes, Bauchiges.

Herbie kam das Karomuster gleich bekannt vor. Er sah ein Bein in einem Gummistiefel, das irgendwie am Heck des Gefährts befestigt war, er sah flatternde Stofffetzen und einen Kopf, der über jede Unebenheit im Boden hüpfte.

»Verdammt, Julius, das ist der Alte von gestern!«

Der Hund kläffte begeistert los. Er freute sich offenbar über ein bisschen Action und Tumult. Er rannte auf den Rasentraktor zu und umkurvte ihn und die angehängte Fracht mit lautem Gebell.

Herbie lief sofort los. Aus den Augenwinkeln sah er, dass jetzt auch Bewegung in das restliche Team kam. Achim, der junge Kerl vom Ton, und die Maskenbildnerin klammerten sich am Rasentraktor fest und bemühten sich, ihn zum Stillstand zu bringen. Herbie machte ein paar erfolglose Versuche, Agamemnon einzufangen.

Als die Frau von der Maske es schließlich schaffte, den Zündschlüssel herumzudrehen, erstarb endlich der infernalische Lärm – und das Gefährt stand still.

»Du meine Güte«, murmelte Herbie und ließ sich neben dem Körper von Bäetes auf die Knie fallen. Er richtete seine Worte an Julius, aber für die Umstehenden war es ein Selbstgespräch. »Guck nur, er hat dieselben Klamotten an wie gestern.«

Und wie die letzten beiden Wochen vermutlich.

»Und er stinkt fürchterlich nach Alkohol.«

Ein Fuß von Bäetes hing in einer ledernen Schlaufe, die mit grün ummanteltem Draht am Gehäuse des Rasenmähers befestigt war. Es handelte sich allem Anschein nach um einen Gürtel.

Der Hinterkopf war ein formloses, klebriges Gemisch aus Haaren, Gras, weiß leuchtenden Schädelsplittern und brauner Erde. Herbie zwang sich, am struppigen Hals nach dem Puls zu tasten.

Verblüfft fuhr er herum. »Schwach, aber er ist da! Er lebt noch!«

Die Mitglieder der Filmcrew starrten ihn gebannt an.

»Ein Arzt!«, rief die Biffy schrill. »Wir müssen einen Arzt holen, schnell!«

Dann hörte Herbie ein Geräusch. Es war ein leises Gurgeln. Der Adamsapfel des Alten bewegte sich unmerklich. Und mit einem Mal öffneten sich unter den zerzausten Augenbrauen die Augen und rollten in ihren Höhlen herum. Als sie Herbie erblickten, flackerten sie kurz.

Bäetes ächzte. Ein Husten platzte zwischen den bläulichen Lippen hervor. Tröpfchen von Blut quollen heraus.

»Hera…«, krächzte er. »Kriemhild und Hera…«

»Heraclium … mante …? Wie war das?«, fragte Herbie verwirrt und näherte sich mit dem Ohr dem Mund des Alten. »Die Herkulesstaude?«

»Hera…«

Herbie standen die Haare zu Berge, als er sah, dass sich die rechte Hand leicht hob, und dass der Alte, offenbar unter immenser körperlicher Anstrengung den knotigen Finger ausstreckte. »Eifel…«

»Eifel?« Herbie folgte dem Fingerzeig, ebenso wie die Umstehenden. Die Fassade des Hotels wurde von den Strahlen der Sommersonne und den dahinziehenden Wolken in beständig wechselndes Licht getaucht.

Tom Treuheit und sein Kumpel kamen in diesem Moment simultan telefonierend um die Hausecke. Das Zimmermädchen schob gerade ihr Fahrrad über den Vorplatz, an dessen Lenker ein prall gefülltes, altmodisches Einkaufsnetz baumelte.

Hilde Laresser näherte sich, nicht ahnend, was sich während ihrer Abwesenheit zugetragen hatte. Sie öffnete und schloss die Fäuste, und ihre Wangenmuskeln zuckten angestrengt. Man merkte ihr an, dass sie sich selbst zu beruhigen versuchte.

»Was steht ihr alle hier rum?«, fragte sie und lächelte schwach. Obwohl sie eine Schauspielerin von Weltruhm war, gelang ihr die gespielte Zuversicht nicht sehr überzeugend. »Wir haben einen Film zu drehen. Es wird Zeit, dass wir weitermachen, findet ihr nicht?« Sie drehte sich einmal halb im Kreis und sah alle an.

Als niemand antwortete, erstarb ihr Lächeln. Sie wandte sich um, und ihr Blick fiel auf den Rasentraktor. Vorsichtig kam sie näher, und der Regisseur machte einen unbeholfenen Versuch, sie davon abzuhalten, nachzusehen, was geschehen war.

»Hera…«, ächzte Bäetes noch einmal rau, und dann ging ein Zittern durch seinen Körper. Die ausgestreckte Hand zuckte und fiel kraftlos zu Boden.

Herbie spürte plötzlich keinen Puls mehr unter seinen Fingern.

»Oh mein Gott«, flüsterte er atemlos und sah zu Julius auf, der die Stirn in sorgenvolle Falten gelegt hatte. »Er ist mir gerade buchstäblich unter den Händen weggestorben.«

Hilde Laresser schrie gellend auf. Sie riss die Hände in die Höhe und bedeckte damit ihr Gesicht. Hektisch hob und senkte sich ihre Brust. Sie keuchte und schrie abwechselnd und taumelte rückwärts.

»Hildchen, beruhige dich«, rief Alfredo Korn. »Ein Unfall, ein schrecklicher Unfall!«

»Das war doch ein Unfall, oder?«, raunte Sandy, die Maskenbildnerin, Herbie zu.

»Nun ja.« Er erhob sich und zuckte unsicher mit den Schultern. Stumm betrachtete er den Traktor, dessen rote Flanken von der Sonne ausgeblichen waren. Getrocknetes Gras klebte in den Ritzen, die Folie der metallicfarbenen Zierleisten kräuselten sich. Der Zündschlüssel steckte im Schloss, in seiner Öse baumelte ein halb aufgebogener Ring aus Draht. Herbie blickte mit zusammengekniffenen Lippen auf den malträtierten, leblosen Körper, der hinter dem Gerät auf dem Boden lag.

Zu Tode geschleift, Jungejunge. Hat schon was von einem antiken Drama, findest du nicht, mein Freund? Pflegten nicht die ollen Griechen ihre Leute von Rössern, Stieren oder Streitwagen über Stock und Stein zerren zu lassen, bis sie nur noch Hackfleisch waren?

Herbie warf seinem Begleiter einen tadelnden Blick zu. »Du bist die Pietätlosigkeit in Person.«

Sandy sah ihn überrascht an.

»Ähm … Selbstgespräch.« Er deutete auf die abenteuerliche Gürtelkonstruktion. »Dieser komische Ledergurt scheint ihm zum Verhängnis geworden zu sein.«

Und der Schnaps! Vergiss den Schnaps nicht.

Ein Wimmern ertönte, das langsam anschwoll und sich in ein rhythmisches Schluchzen verwandelte. Der blutige Vorfall schien Hilde Laressers ohnehin schon stark zerschlissenes Nervenkostüm endgültig zum Zerreißen gebracht zu haben. Die alte Dame weinte wie ein kleines Kind und schlug jede helfende Hand, die sich ihr entgegenstreckte, hektisch weg.

Bis sie schließlich jemand von hinten kraftvoll bei den Schultern fasste. Zwei braungebrannte Hände mit goldglänzenden Ringen. Der Mann war wie aus dem Nichts aufgetaucht.

Wo kommt dieser pomadierte Bursche denn plötzlich her?

Sein muskulöser, breitschultriger Körper steckte in einem cremefarbenen Maßanzug, die verspiegelte Sonnenbrille hatte er in die Höhe geschoben, und als Hilde Laresser herumfuhr und ihn erkannte, warf sie sich ihm augenblicklich schluchzend an die Brust. Tröstend streichelte er ihren bebenden Rücken. »Schon gut, Liebchen, ist ja schon gut.«

»Ist das etwa eine Fata Morgana? Wen sehe ich denn da? Ich werd verrückt«, rief Tom Treuheit, der sich mit großen Schritten von hinten näherte. »Frederick von Ameln!« Auch er hatte offenbar noch nicht bemerkt, dass sich hier gerade ein tödliches Drama abgespielt hatte.

Die Maskenbildnerin bemerkte Herbies fragenden Blick und flüsterte: »Berühmter Schauspieler … lebt in Italien. Er ist ihr Ex!«

»Das darf doch alles nicht wahr sein!«, fluchte Alfredo Korn und stampfte wütend mit dem Fuß auf. »Wir kriegen diesen Film nie fertig!«

»So, meine Lieben, ich hätte dann jetzt die Brötchen«, rief Liesel Zender fröhlich und kam vom Hotel herübergewackelt.

10. Kapitel

Es war so ein unbestimmtes Gefühl, das von Herbie Besitz ergriffen hatte. Er kannte es nur zu gut. »Alle tun so, als wäre es ein Unfall. So, als gäbe es nicht den allerkleinsten Zweifel!«

Sie spazierten über die Felder zum Dorf hinüber. Der Weg war etwa drei Kilometer lang, und Herbie hatte darauf verzichtet, das Auto wieder mühsam zwischen den Fahrzeugen der Filmcrew hindurch zu rangieren. Ein paar Schritte taten ihm gut, und auch dem Hund, der den Weg entlangtollte und alle paar Meter das Bein hob, so als hätte er einen Tankwagen leergesoffen. Ein Jutebeutel baumelte an Herbies Schulter, mit der Rechten schwang er einen dürren Zweig, mit dem er ab und zu am Wegesrand ein paar Butterblumen köpfte.

Ihr Ziel war der kleine Dorfladen, den es laut Liesel Zenders Angaben in der Ortsmitte gab.

»Man kriegt da aber nicht mehr alles«, hatte sie gesagt und den Kopf schiefgelegt.

»Eine Zahnbürste?«, fragte Herbie. »Ich habe heute Morgen festgestellt, dass ich meine zu Hause vergessen habe.«

»Eine Zahnbürste? Hm, na wenn nicht, dann vielleicht wenigstens etwas, das man stattdessen benutzen kann.«

Julius hatte die Lippen gespitzt. *Was mag sie damit meinen? Einen Scheuerschwamm?*

Jetzt stolzierte Julius neben ihm her, die Hände hinter dem Rücken verschränkt, die Nase in die Luft gereckt. *Du witterst überall Geheimnisse. Von wem hast du das nur?*

»Ich denke, das macht die Erfahrung, Julius. Es wäre nicht zum ersten Mal, dass wir in etwas hineinschlittern, das …«

Du schlitterst. Ich schreite!

»Meinetwegen. Ich denke nur die ganze Zeit über den toten Bäetes nach. Er wollte uns offensichtlich unbedingt noch etwas über diese fiesen Herkulesstauden sagen, und über … hm … Eifel. Hast du gesehen, wie er mit dem Finger zum Hotel gewiesen hat? Eifelblick, das wird es sein.«

Eine knifflige Kopfnuss, extra für dich. Dabei scheiterst du doch schon an dem Kreuzworträtsel auf der Kinderseite.

Herbie schnaubte empört. »Jetzt tu mal nicht so. Ich habe schon oft den richtigen Riecher gehabt.«

Du hast immerhin mich, der dir auf die Sprünge hilft.

»… der mir auf den Zeiger geht.« Herbie pfiff nach dem Hund, der zwischen dem verschwenderisch blühenden Klatschmohn und den Kornblumen verschwunden war. »Nein, im Ernst. Ich habe dieses Bild von gestern vor Augen, als wir Bäetes da unten im Tal zurückgelassen haben.«

Mit der Pulle in der Hand.

»Er hat wie hypnotisiert den Berg raufgestarrt.«

Mit der Pulle in der Hand.

»Und er hat was von Odysseus gesagt.«

Mit der Pulle in der Hand.

»Himmelherrgott, ich weiß, dass er einen Flachmann hatte!«

Ich will ja nur sagen, dass ich das ganze Gefasel des Alten nur bedingt interessant fand. Der stand doch ständig unter Strom. All dieses wirre Gebrabbel von wegen Herkules und Kriemhild und Agamemnon …

Fröhlich kläffend brach in diesem Moment der Hund durch das Gestrüpp am Feldrain und sprang an Herbie hoch.

»Ich werde das Gefühl nicht los, dass er ein Geheimnis gehütet hat, dieser Bäetes.« Herbie wehrte das Tier unbeholfen ab. »Und die Polizei denkt, es sei ein Unfall. Alina, das Dienstmädchen, hat erzählt, er habe sich mithilfe eines alten Gürtels eine Vorrichtung gebaut, die es ihm erlaubt, den Grasfangkorb zu leeren, ohne absteigen zu müssen.«

Und eben darin hat sich der alte Trunkenbold verfangen und ist zu Tode geschleift worden. Das sind doch wohl die harten Fakten.

»Es ist eine Möglichkeit. Eine von mehreren.« Herbie blieb stehen und sog tief die warme Sommerluft ein. Er ließ den Blick über die sanft gewellte Hügellandschaft gleiten. In der Ferne glaubte er das Kloster Steinfeld zu erkennen, in das er früher mit seiner Mutter so manchen Sonntagsausflug unternommen hatte. Funkelnde Sommertage wie dieser entfachten in ihm häufig einen süßen Schmerz der Liebe zu seiner Heimat. Der Himmel hatte sich in ein rot leuchtendes Kaleidoskop verwandelt. »Ist es nicht wunderschön hier, Julius?« Er blickte träumerisch in das Abendrot. »Die Sonne verwöhnt uns.«

Ja, aber da ist auch immer das Böse unter der Sonne. Julius hatte das bärtige Kinn auf die Brust gelegt und sprach mit Grabesstimme.

»Jedenfalls gilt der Tod von Bäetes offiziell als Unfall. Für meine Begriffe haben diese beiden Polizeibeamten keine großen Zweifel daran gelassen, dass sie dem Ganzen nicht allzu viel Beachtung schenken.«

Tatsächlich war der Schauplatz des Unglücks mit offenbar nur mäßigem Eifer untersucht worden. Die Polizisten hatten mit aller Seelenruhe alle Zeugen befragt, was den ohnehin schon reichlich angespannten Regisseur ein paar weitere Meter an den Rand der Verzweiflung geschubst hatte.

Die Hotelchefin und das Dienstmädchen berichteten von Hubert Leyenkauls Alkoholsucht, die in den letzten Monaten offenbar bedenkliche Ausmaße angenommen hatte.

Auch die Rettungssanitäter und die Notärztin hegten allem Anschein nach keine Zweifel daran, dass Bäetes' Tod einem tragischen Unfall zu verdanken war. Einer der jungen Männer aus dem Rettungswagen kannte Bäetes sogar und war schon einmal bei einem Einsatz in dessen Wohnung gewesen, wo Bäetes mit einem auf dem Herd vergessenen Mittagessen einen kleinen Wohnungsbrand verursacht hatte. Das hatte er frank und frei erzählt. Hier in der Eifel kannte man sich, hier musste man sich sehr anstrengen, damit ein Geheimnis auch ein solches blieb.

Die Dreharbeiten waren nach einigem Hin und Her auf den übernächsten Tag verschoben worden, da sich der Drehtermin im verträumten Städtchen Monschau auf keinen Fall würde verlegen lassen. Tom Treuheit musste viel telefonieren und wortreich bei der Produktionsgesellschaft um Verständnis betteln. Es wurde viel gestritten, und Worte wie »höhere Gewalt«, »Versicherung« und »Ausfallgage« fielen, und Alfredo Korb widmete sich irgendwann resigniert dem Inhalt der Hotelbar.

Hilde Laresser verzog sich mit ihrem unerwartet aufgetauchten Exmann in eine Ecke des Speiseraums, wo die beiden dann in ein endloses, sehr leise geführtes Gespräch verfielen.

Tom Treuheit war an Herbies Seite getreten und hatte ein sorgenvolles Gesicht gemacht. Er wollte eigentlich zu seinem gewohnten Knuff auf Herbies Schulter ausholen, hielt aber auf halbem Weg inne. »Wenn die uns aus dem Ruder läuft, wird es haarig«, murmelte er. »Da können wir nur beten, dass die Produktion eine ordentliche Versicherung abgeschlossen hat.«

»Versicherung?«, fragte Herbie.

»Ja, glaubst du denn, solche alten Fregatten nimmt man mit in eine solche Produktion rein, ohne sich vorher abzusichern? Die kann doch von einem Tag auf den anderen abnippeln.«

Dieses kurze Gespräch hatte noch eine ganze Weile in Herbies Kopf herumgespukt.

Sie passierten ein verwittertes, altes Steinkreuz, das etwas erhöht zwischen Feld und Straße thronte. Es war inzwischen kurz nach fünf, und er beschloss, seinen Schritt zu beschleunigen. Wer konnte schon wissen, wann so ein Dorfladen schloss. Er warf ein Stöckchen, aber der Hund interessierte sich nicht dafür. »Alle Hunde holen gerne Stöckchen!«, ermahnte ihn Herbie. »Na los!«

Agamemnon lief schließlich halbherzig los und kam mit einem alten Handschuh zurück. Als Herbie das schmutzige Ding angeekelt wegwarf, sprintete der Hund hinterher und holte stattdessen das Stöckchen.

Als sie das Ortseingangsschild erreichten, schlug die Kirchturmuhr die halbe Stunde, und nachdem sie gerade einmal ein gutes Dutzend Häuser passiert hatten, sahen sie den Laden im Erdgeschoss eines Eckhauses.

Herbie prüfte mehrmals den Sitz des Halsbands, als er Agamemnon mit der Leine an dem großen, metallenen Fahrradständer neben der Eingangstür festband.

Ich finde ja, du solltest ihn oben draufschnallen und auch noch seine vier Pfoten ordentlich an den Stangen fixieren.

Herbie prüfte den Knoten. »Das hält.«

11. Kapitel

Die vergilbten Pappschilder und die verstaubten Dosenpyramiden im Schaufenster des Ladens ließen in Herbie eine Ahnung aufkeimen. Im Inneren empfing ihn eine Duftmischung von Waschpulver und welkem Gemüse. Das war kein Edeka-Laden. Das verwitterte Schild über dem Eingang schien noch von einer früheren Epoche herzurühren.

»Tach«, knarzte die Verkäuferin mit tiefer, fast männlicher Stimme. Sie war um die sechzig, hatte harte Furchen im Gesicht und pechschwarzes, stoppelkurzes Haar. An ihrem Hals rankte sich ein Tattoo empor bis hinters linke Ohr. Irgendein geschupptes Tier in allen Farben des Regenbogens und ein paar asiatische Schriftzeichen.

Julius ging ungeniert mit seiner Nase ganz nah an ihre Tätowierung heran. *Es scheint ein Drache zu sein. Oder ein Lurch. Man kann es nicht so genau erkennen.*

Ihr Busen schien das schwarze T-Shirt sprengen zu wollen, das sie unter der unvermeidlichen Kittelschürze trug.

Herbie grüßte freundlich zurück und sah sich um. Die akkurat drapierten Reihen der Produkte in den Regalen waren lückenlos, aber er hatte den Eindruck, dass sich hinter den nahtlos präsentierten Paniermehlpäckchen, Haferflockentüten und Mon-Cheri-Schachteln jeweils kein weiteres Exemplar befand.

Er nahm einen kleinen Einkaufskorb aus Draht vom Stapel und ließ den Blick schweifen.

»Suchen Se wat?«

Nein, wir wollen nur ein bisschen die schöne Aussicht auf die exquisiten Produkte genießen. Julius bückte sich zu einem der unteren Regalbretter hinunter. *Schlehenfeuer und TRiTOP-Sirup. Hier gibt es echte Antiquitäten, mein Junge.*

»Ja, also, haben Sie wohl eine Zahnbürste?«

»Zahnbürste, ja klar, hab ich.« Sie kam hinter ihrem Kassentresen hervor und umrundete ein Regal. »So, mal gucken, wat hamwer denn hier ... Soll die fest sein oder weich?«

»Eher weich, würde ich sagen.«

»Jut. Sensitiv, weich, medium oder ultrasoft?«

»Sagen wir mal sensitiv.«

Ganz wie der Benutzer.

»Sonst noch Extras? Konische V-Trim-Borsten vielleicht? Kann ich nur empfehlen.«

»Ja, dann ...«

»Interspace, Proschmelz, Antiplaque oder Colgate?«

»Tja, ich weiß nicht, was ist denn so der Renner?«

»Ich hab die *Meridol Cello sanft*. Schön weich ummantelter Bürstenkopf, ergonomisch jeformter Griff, schont das Zahnfleisch und entfernt trotzdem gründlich die Plaque. Gucken Se hier.« Sie zog mit den Fingern beider

Hände die Unterlippe hoch. Was sie dann noch sagte, konnte Herbie nicht mehr verstehen.

»Ja gut, die nehme ich dann auch.«

»Werden Se nicht bereuen.«

Sie wackelte mit breitem, wogendem Gesäß zum Tresen zurück. Er folgte ihr und versuchte, nicht hinzusehen.

Noch zwei Zentimeter mehr auf den Hüften und sie räumt rechts und links die Regale ab.

»Sin Se zu Besuch hier?«

»Ja, im Hotel Eifelblick.«

Sie fuhr herum. »Im Hotel, echt? Sie sin vom Film?«

Herbie wackelte unsicher mit dem Kopf. »Nun ja, ich bin gewissermaßen ...«

»Aber ja, ich kenn Sie!«, schnarrte die Verkäuferin begeistert. »Ich hab Sie jesehen! Letztens erst im Fernsehen. In ... in ...«

»Ich bin eigentlich ...«

»Nee, nee, nee, nix sagen! Ich komm gleich drauf!«

»Es ist eher so, dass ich ...«

»Die Serie mit der Uschi Glas! Nee, mit Senta Berger ...«

»Nein, ich ...«

»Nee, falsch! Falsch! Dat war nämlich letztens in dem Film mit dem einen, der auch singt. Oben in den Alpen. Hansi ...«

»Hinterseer?«

»Hansi Hinterseer, jenau! Da waren Sie drin!«

Gib auf, Junge, und lass ihr die Freude.

Herbie schwieg, was sie als Zustimmung wertete, und das Ratespiel hatte ein Ende.

»Wissen Se, dat is ja so eine tolle Werbung für unsere Eifel. Dat wir im Fernsehen kommen. Un dat Hotel! Die

Liesel, die hat et ja schwer jenuch. Da können en paar zusätzliche Touristen net schaden. Janz allein. Aber die is so ehrgeizig, die schafft dat.«

»Fein, jetzt habe ich ja die Zahnbürste.«

»Auch Zahnpasta?«

»Nein, die habe ich.«

»Ich hab Signal Kariesschutz, Elmex Gelee, Odol med3 …«

»Nein!«

»Krieg ich wohl en Autogramm?«, fragte sie und schenkte ihm das, was sie offenbar für einen koketten Augenaufschlag hielt.

»Ein Autogramm?«

Auf der anderen Seite ihres Halses, möchte ich wetten. Julius hatte offenbar inzwischen Spaß an dem bizarren Einkaufserlebnis.

Sie schob einen Notizblock mit dem Bitburger-Logo über die Theke. »Schreiben Sie für mich.«

»Für mich?«

Ihr Kichern wurde ein rasselndes Kollern. »Für Doro.«

Zögernd folgte Herbie ihrem Wunsch. Sie betrachtete beglückt sein Gekritzel, bei dem kein einziger leserlicher Buchstabe zu erkennen war.

Was soll das heißen? Julius beugte sich über den Block. *Bodo Schönlebe?*

»Jestern hab ich fast nen Herzschlag jekriegt, als der andere im Auto hier vorbeijefahren is, der von Ameln.«

»Frederick von Ameln?«

»Ja jenau! Der sieht so jut aus, obwohl der auch schon an die siebzig is.«

»Gestern?«, hakte Herbie nach.

»Ja, jestern Mittag. Im Cabriolet. Den hab ich gleich er-kannt, von dem bin ich nämlich en richtijer Fan!«

»Wirklich gestern Mittag?«

»Aber ja. Hat die Mädchen am Kriegerdenkmal nach dem Weg zum Hotel gefragt, haben die mir später erzählt.« Sie nickte sehr bestimmt, seufzte dann tief und ließ ihre Hand über eine stattliche Kollektion von Frauenzeitschriften in einem Ständer gleiten. »Die lese ich alle. Daher weiß ich auch immer, wer mit wem un so. Un dat der von Ameln jetz hierhinkommt, dat is ja wirklich en Wunder. Wo die sich doch damals so jezofft haben bei der Scheidung. Un et jibt da so Andeutungen, dat der quasi pleite is.«

»Soso.« Herbie legte eine Tageszeitung auf den Tresen und betrachtete dann beiläufig die Schlagzeilen. *Mord auf dem Golfplatz – Jens O. noch immer auf der Flucht – Do-nald Trumps neueste Twitter-Attacke …* Herbie seufzte. Er widmete sich den Illustrierten. Königshäuser, Schlager-sängerinnen, Hilde Laresser … Letztere zog er heraus und las: *Ihr bewegtes Leben.*

»Un die sin jetzt alle hier bei uns im Dorf. Auch der Martin Forster, der vom Tatort …«

»Der ist schon wieder weg«, murmelte Herbie und blätterte in der Zeitschrift. »Ich glaube, die nehme ich auch noch.«

»Wirklich die? Oder nicht doch besser wat anderes: Glamour, Emotion, Donna, Elle, oder gucken Se mal hier, die is janz neu: Barbara – von der Schöneberger. Mal ehrlich, unjeschminkt sieht die auch nur aus wie'n Pott Milchkaffee, oder?«

»Ach nein, die hier nehme ich«, sagte Herbie mit Nachdruck. Er war bereits in den Artikel vertieft, der nicht von Hilde Laresser selbst, sondern vielmehr von einem gewissen Friedhelm Sterzenbach handelte, vom Ersten Vorsitzenden des Hilde-Laresser-Fanclubs. *Mein Leben mit Hildchen*, lautete die Überschrift im Innenteil.

Herbie blickte gerade vom breit grinsenden Konterfei des kugelrunden Friedhelm Sterzenbach auf, als sein Blick ...

... auf Friedhelm Sterzenbach fiel, der atemlos in den Laden stürmte.

»Hallo, Sie!«, keuchte Sterzenbach.

Die Verkäuferin zwinkerte Herbie schelmisch zu. »Da will noch einer en Autogramm, glaub ich.«

»Sie sind doch vom Team«, japste Sterzenbach. »Was ist da los? Was ist da heute Morgen passiert?«

Herbie versuchte, die Hand abzuschütteln, mit der Sterzenbach ihn am Arm gepackt hatte. »Was soll denn da los sein?«

»Da ist doch was passiert! Die Polizei war da!«

»Die Polizei«, schrak die Verkäuferin auf. »Im Hotel?«

Herbie nickte. »Ja, ja, ein tragischer Unglücksfall.«

»Unglücksfall?«, quiekte Sterzenbach, und sein Gesicht wurde krebsrot. »Hilde? Ist Hilde was passiert?«

»Nein, nein, Frau Laresser geht es gut. Aber der Hausmeister ... Gärtner ... Ich weiß gar nicht, wie ich ihn nennen soll ...«

Wie wäre es mit Knecht? Leibeigener?

»Der Bäetes?«, fragte die Verkäuferin. »Wat is mit dem?«

»Tot«, sagte Herbie ernst.

»Nä!«

»Doch.«

Sterzenbach ließ erleichtert die Luft aus den Backen, aber die Verkäuferin rief entsetzt: »Sach bloß! Ach du Scheiße! Der Bäetes!«

»Hm, ja, eine schlimme Sache mit dem Rasentrecker.«

»Oweiowei. Der hat hier noch en Paket zum Abholen.«

»Ein Paket?«

Sie deutete auf einen Stapel hinter dem Tresen. Herbie reckte den Hals und las auf dem Adressaufkleber eines übergroßen Pappkartons: »*Hubert Leyenkaul.*«

»Ja, wieder irjendso'n elektrischer Kram. Der kriegt immer so teure Apparate jeschickt. Heut Morjen auch wieder. Ich geb die manchmal der Alina für den mit, wenn die einkaufen kommt. Die sieht den ja jeden Tag.«

»Und die war heute noch nicht da, die Alina?«

»Nee, jestern Spätnachmittag.«

»Wirklich gestern?«

Julius rümpfte die Nase. *Du tust ja so, als würde sie dauernd die Tage durcheinanderbringen.*

»Sie tun ja so, als würd ich dauernd die Tage durcheinanderbringen!«, sagte sie gekränkt.

»Entschuldigung, war nur so eine Frage.«

»Dat Kind hat seinen Eltern schon viel Kummer jemacht. Is jut, dat die jetzt im Hotel ne jute Arbeit jefunden hat.«

»Kummer?«

»Ja, die Familie is riesig. Typisch mittleres Kind, um die konnte sich nie so richtig einer kümmern, wissense.«

»Was meinen Sie denn mit Kummer?«

Sie holte gerade Luft und beugte sich vor, um ihn in die intimsten Dorfgeheimnisse einzuweihen, bremste sich dann aber in letzter Sekunde und lächelte ihn maliziös an. »Nee, nee, nee, nachher meinen Sie noch, ich wär en Klatschweib.«

Julius grunzte amüsiert. *Wer käme denn wohl auf so was?* Dann schüttelte sie den Kopf und betrachtete betrübt ein Verkaufsdisplay gleich neben der Kasse, noch fast voll mit einem guten Dutzend kleiner Schnapsflaschen. »Un wer trinkt die jetz alle? Die kauft doch sonst kein Schwein. Der Bäetes ... nee, der Bäetes. Kann ich jar net glauben.«

»Hören Sie«, raunte Sterzenbach ihm ins Ohr, der bis jetzt ungeduldig an Herbies Seite von einem Fuß auf den anderen gesprungen war. »Könnten Sie mir nicht vielleicht irgendwie Zugang zu Hildchen verschaffen? Sie ist irgendwie so abweisend, dabei haben wir doch gemeinsam ein ganz großes Projekt vor uns. Ihre Biografie!«

»Ach, wissen Sie, ich fürchte, ich wäre Ihnen da keine große Hilfe.« Herbie zückte sein Portemonnaie und holte einen Zehner heraus. »Außerdem ist sie ja jetzt auch sehr beschäftigt. Ihr Exmann ist nämlich ganz unerwartet am Set aufgetaucht.«

»Wie bitte? Etwa Frederick von Ameln?«, hauchte Sterzenbach.

»Ja! Toll, oder?« Die Verkäuferin klatschte verzückt die Hände vor ihrem drallen Busen zusammen und schien die Trauer über den Abgang ihres verlässlichsten Spirituosen-Dauerkunden bereits verwunden zu haben.

»Das ist eine Katastrophe!«, sagte Sterzenbach mit schreckgeweiteten Augen.

»Nun ja, ich muss jetzt wieder los«, sagte Herbie. »Haben Sie vielleicht ein paar Hundeleckerli?« Er war der

Meinung, dass bei dem üppigen Vorschuss, den er bereits im Sack hatte, eigentlich auch etwas für den schauspielernden Hund abfallen müsste.

»Hundeleckerli, klar.« Sie quälte sich hinter der Theke hervor und tapste wieder durch die Reihen der Regale. »Tja, wat hamwer denn da so alles? Pedigree Biscroc Gravy Bones oder die Chings von Rocco im XXL-Pack? Rinti Extra Bitties?«

»Hm, ich weiß nicht …«

»Eher was zum Kauen? Oder lieber nur was zum Naschen? Chico Plus Käsewürfelchen oder Zoolove Softsnacks oder Happy Dog NaturCroq Snacks? Oder lieber Trixie Milchdrops? Was für en Hund is dat denn?«

»Der da draußen«, sagte Herbie und griff nach einem Päckchen Milchdrops.

»Da draußen is aber jar kein Hund«, sagte sie, während sie wieder zur Theke ging.

Ach du Schreck, der Hund ist weg!

Herbie stopfte hastig seine Einkäufe in die Umhängetasche, warf ihr den Zehner auf den Tresen und rief »Stimmt so!« Dann drückte er sich an Sterzenbach vorbei durch die Tür und hörte im Hinauslaufen noch, wie die Verkäuferin zu telefonieren begann: »Sach mal, hör mal, weißte schon …?«

Nicht nur der Hund war weg, sondern auch der Fahrradständer.

Voller Panik blickte Herbie die Straße hinauf und hinunter. Er rief nach Agamemnon und pfiff laut, dass es von den Häuserwänden des Örtchens widerhallte.

»Suchen Sie 'nen Hund?«, fragte eine alte Frau, die gerade die Geranien an ihren Fenstern goss.

»Ja, ziemlich groß und schwarz und …«

»Hatte der so ein Metallgestell bei sich?«

»Ja, genau!«

»Der ist da runter!« Sie wies mit der Tülle des Gieß-kännchens den Hügel hinunter.

Herbie rannte los.

12. Kapitel

Es war fast still im Dorf. Ein paar Abendvögel sangen das Begleitlied zum beginnenden Sonnenuntergang, die Stimme des Nachrichtensprechers drang durch das ein oder andere offene Fenster, und von Ferne ertönte das metallische Dengeln eines Fahrradständers, der mit einem Hund spazieren ging.

Ich glaube, es kommt von da unten. Ein bisschen so wie beim Almabtrieb. Julius gab ein paar alberne Kuhlaute von sich.

Herbie schüttelte den Kopf und zeigte in die andere Richtung. »Da hinten ist es.« Er lief weiter und versuchte, sich in den verwinkelten Gassen des Dorfes zurechtzufinden. Mal kam das Scheppern von links, mal von rechts.

Als sie um die nächste Hausecke bogen, konnten sie ihn in einiger Entfernung deutlich sehen.

Das trapezförmige Metallgestell dengelte über den Asphalt und schlug wieder und wieder gegen Bordsteine, Mauern und Mülltonnen.

Da galoppiert er! Er ist nicht das fahle Pferd, er ist vielmehr der schwarze Hund, aber ich muss trotzdem an die Apokalyptischen Reiter denken!

Wieder schoss er um eine Hausecke. Dann schepperte es sehr laut, und schließlich hatten sie ihn.

Der Fahrradständer hatte sich zwischen einem Bushaltestellenschild und einer Hauswand verkeilt, und Agamemnon bellte Herbie auffordernd an.

Er sagt: Bind mich los und lass uns spielen!

»Einen Teufel werde ich tun«, knurrte Herbie, während er die Hundeleine loszubinden versuchte. Der Knoten war inzwischen so festgezurrt, dass Herbie ein Fingernagel einriss. Er schickte ein paar derbe Flüche durch den Abend, und Julius, der sich auf der Bank der Bushaltestelle niedergelassen hatte, lachte ihn ungeniert aus.

Schließlich hatte Herbie es geschafft und hielt triumphierend die Halteschlaufe in die Höhe »Ein oder zwei Schmucksteinchen sind weg, aber ansonsten bin ich wieder Herr der Lage.«

Und der Fahrradständer?

Herbie blickte sich kurz nach allen Seiten um. Es war niemand zu sehen. »Lass uns schnell verschwinden.«

Er orientierte sich an der untergehenden Sonne und ging die Straße hinauf. Als er die Kreuzung erreichte, fiel sein Blick auf das Straßenschild.

»Ach, sieh mal, die Wahlener Straße.« Er blickte Julius an. »Hier wohnte Bäetes.«

Und das weißt du woher?

»Hubert Leyenkaul, Wahlener Straße 36. Stand auf dem Paketaufkleber bei Doro, der staatlich geprüften Zahnbürstenfachverkäuferin.«

Die ohne Fahrradständer?

Herbie spähte nach Hausnummern. »Zweiundzwanzig, Vierundzwanzig … Das müsste weiter hinten sein.« Ohne lange nachzudenken, lenkte er seine Schritte in die Richtung, in der er das Haus mit der Nummer 36 zu finden hoffte. Bis zur Nummer 30 standen die Häuser alle dicht an dicht. Kleine ehemalige Gehöfte, bestehend aus einem schmalen, zweistöckigen Wohnhaus mit straßenseitigem Giebel und einer danebenliegenden Toreinfahrt. Manche Gebäude waren verputzt, bei den meisten jedoch herrschte das typische, schlichte Fachwerk vor.

Agamemnon schnüffelte sich höchst interessiert an den Haussockeln entlang und blieb immer wieder stehen, um das Bein zu heben.

Dann wurde die Bebauung lichter. Ein Mehrfamilienhaus mit geschottertem Vorgarten folgte auf einen Klinkerbau mit türkisfarbenen Dachziegeln. Die Selbstverwirklichung mancher Eifeler Hausbesitzer stand oftmals in keinem gesunden Verhältnis zu ihrem persönlichen Geschmack.

Dann kam ein Holzblockhaus, in dessen Garten gegrillt wurde. Augenblicklich rumorte etwas.

War das der Hund?

»Das war mein leerer Magen.«

Du hast ja noch die Trixie Milchdrops.

Unterdessen hatten sie den Ortsausgang erreicht, und es sah so aus, als endete das Dorf hier. Zuerst war die Straße etwa hundert Meter beiderseits von süßlich duftenden Weißdornhecken gesäumt, dann folgten offenbar brachliegende Kuhweiden mit rostigem Stacheldraht. Ein paar hundert Meter weiter ragte ein Ziegeldach aus einer gewaltigen Ansammlung von Gestrüpp hervor. Das war zweifellos die Nummer 36. Dort hatte Hubert Leyenkaul gewohnt.

Herbie schritt weit aus, weil Agamemnon an der Leine zerrte wie ein Schlittenhund. »Jetzt zieh nicht so, du verdammtes Mistvieh«, schimpfte er.

Erst als sie einen dichten Wall aus struppigen, alten Tujasträuchern passierten, durch die sich hier und da Holunderäste mit verblühten Dolden hindurchgekämpft hatten, erkannten sie das krumme Haus in seiner Gesamtheit. Windschief stand es auf abschüssigem Gelände, als würde es sich dagegen sträuben, den Hang hinunterzurutschen. Es war ein hässliches Haus, erbaut in den Fünfzigern womöglich, mit einem gelblichen Anstrich, der unterhalb der Fenster mit dem schwarzen Schatten des Schimmels benetzt war. Metallene Angeln erzählten von ehemals vorhandenen Fensterläden. Ein verwittertes Vordach aus gewelltem Kunststoff war von Knöterich umrankt, aus den Dachrinnen schauten Grasbüschel hervor. Ein Pfad aus Steinplatten verschwand beinahe völlig unter Gestrüpp, und rechts und links der Eingangstür standen die Brennnesseln schulterhoch.

Nun ja, von einem fleißigen Mann, der sich tagein, tagaus um den Garten des Hotels kümmert, kann man ja wohl kaum verlangen, dass er auch noch daheim mit derselben Akkuratesse das Unkraut jätet.

Das Erschreckendste an dem Anwesen aber war ein etwa zwei Meter hoher Metallzaun, der das ganze Grundstück zu umfassen schien. Ein massives, verzinktes Gitter, an dem sich Ackerwinden und Kletten emporrankten.

»Meine Güte, Julius, was ist das?« Herbie packte an das Gitter und ruckelte daran. Es war starr und unnachgiebig. »Warum macht jemand so was?«

Der wollte sich die Leute vom Hals halten. Zeugen Jehovas, Avon-Beraterin …

Als Herbie halbherzig am Tor rüttelte, gab dieses völlig unerwartet nach und schwang auf. Gut geölt, ohne einen Laut.

Überraschung!

Herbie kaute auf der Unterlippe. »Ich weiß, du findest das jetzt wieder blöd, aber …« Er gab sich einen Ruck und schlang die Hundeleine um einen der metallenen Pfosten des Gitterzauns.

Wenn er damit abhaut und durchs Dorf rennt, kannst du anfangen zu beten.

Agamemnon legte den Kopf schief und sah zu, wie Herbie die Leine mehrfach verknotete. »Wenn du den aufkriegst, ist der nächste Knoten, den ich für dich fabriziere, ein Henkersknoten, mein struppiger Freund.«

Der Hund winselte entmutigt und legte sich flach auf den Boden. Herbie setzte die Umhängetasche ab, so weit, dass Agamemnon nicht drankam. »Da drin ist feines Fresschen für dich. Pass schön drauf auf!«

Der Abend warf schon lange Schatten, die Sonne schickte sich an, hinter dem nächsten Hügel zu verschwinden. Herbie trat vorsichtig durch das Metalltor ein und tastete sich langsam auf dem maroden Plattenweg voran, dicht gefolgt von dem leise summenden Julius. Der Hund winselte ihnen hinterher.

»Denkst du auch das, was ich denke?«

Wenn jemand sich so einzäunt, lässt er nicht das Tor offen.

»So ist es. Hier war jemand drin, da wette ich drauf.«

Sie hatten die Haustür erreicht, und Herbie tippte mit dem Finger gegen das Milchglas. Sie blickten einander an und runzelten die Augenbrauen. Auch diese Tür war nicht verschlossen und schwang auf. Dieses Mal allerdings mit einem deutlich vernehmbaren Quietschen.

Dahinter herrschte Dunkelheit.

Ein schaler Geruch empfing sie, als sie eintraten. Leicht faulig, wie modriges Holz, ein wenig süßlich wie etwas, das in der Mülltonne vor sich hingammelt.

Bodenfliesen mit Schachbrettmuster, ein kleiner Haufen ausgetretener, lehmverkrusteter Schuhe und Stiefel, eine Wandverkleidung aus Feder- und Nutbrettern. Alles wirkte ärmlich und ungepflegt. Rechts stand eine Tür offen: das Wohnzimmer. Die Wände waren mit einer zeitlos hässlich marmorierten Strukturtapete beklebt, eine Pendelleuchte aus den Fünfzigern wartete auf ihre modische Wiederentdeckung, eine Schrankwand, ein Makramee-Wandteppich, ein Sofa und zwei Sessel mit beigefarbenem Cordbezug.

Und der größte Flachbildschirm, den Herbie je gesehen hatte. Eine Stereoanlage, gewaltige Lautsprecherboxen in modernem Design, wandgroße Regale voller CDs und DVDs und Bücher.

Gute Güte, wir sind im falschen Haus!

»Keinesfalls, mein Bester.« Herbie deutete auf ein paar gerahmte Fotos an der Wand über dem Sideboard. Bäetes mit einer Angelrute, Bäetes mit einer Flinte, Bäetes auf einem Motorrad. Aufgenommen in unterschiedlichen Lebensabschnitten, aber zweifellos jedes Mal Bäetes.

Und dann sah er eine Weltkarte, sicher zwei Meter in der Breite, aufgespannt auf eine Holzplatte. Lauter kleine Nadeln mit bunten Köpfen steckten darin. Die meisten standen dicht gedrängt in Europa und rund um das Mittelmeer, aber da waren auch einige in den USA, in Afrika und Asien positioniert.

Jetzt sah Herbie auch, dass einige der Fotos anscheinend zu den Orten gehörten, die hier markiert waren. Das Angelbild konnte zu Kanada gehören, das Szenario auf dem Foto mit der Flinte deutete auf eine Safari in Afrika.

»Ganz schön reiselustig, unser Hausmeister.«

Allerdings. Wer hätte das gedacht? Der Eifeler auf Großwildjagd. Statt Karnickel, Fasan, Fuchs und Eichhörnchen die großen Vier.

»Du meinst die großen Fünf: Elefant, Nashorn, Leopard, Löwe und Büffel.«

Nein, Elefanten zähle ich lieber nicht dazu. Zumal jene in Porzellanläden. Sonst müsste man ja die Jagd auch auf dich freigeben.

Herbie hatte ein paar DVDs aus dem Regal genommen. Der Geschmack des Verblichenen war offenbar breit gefächert gewesen. Er betrachtete die Hüllen. Arnold Schwarzenegger als Herkules, Chuck Norris als Chuck Norris und reichlich junge, nackte Damen in Rollen, bei denen die Namen eher eine zu vernachlässigende Rolle spielten.

Die Bücher im Regal waren dafür thematisch eingeschränkt. Sagen des klassischen Altertums, Deutsche Heldensagen, Das Nibelungenlied …

Herbie zuckte plötzlich zusammen. Im Hintergrund ertönte ein leises Geräusch. Etwas polterte dumpf in nicht allzu großer Entfernung. Er fuhr herum und spähte in den Hausflur. »Da ist einer!«

Uiuiui, unheimlich!

Herbies Herzschlag beschleunigte sich augenblicklich. »Der Besuch ist offenbar noch im Haus.«

Unvorhergesehen, unangemeldet und unter Umständen unwillkommen.

»Jetzt halt mal die Klappe.«

Du bist doch sowieso der Einzige, der mich hört.

Dann sah er die offene Tür unter der Treppe.

»Im Keller«, flüsterte er. »Es ist noch jemand im Keller.«

Dann wäre es jetzt wohl das Vernünftigste, abzuhauen.

Herbie schlich langsam auf die offenstehende Tür zu.

War ja klar.

Vorsichtig spähte er um die Ecke. Steinerne Stufen verschwanden nach unten in der Finsternis. Allerlei Dinge waren darauf abgestellt worden. Ein Blecheimer, ein Sack Kartoffeln.

Wieder rumorte es irgendwo dort unten. War das ein Einbrecher? Oder war hier jemand ganz legitim dabei, etwas zu besorgen? Jemand, der erlaubterweise Zutritt zum Haus des Toten hatte. Hatte Bäetes Erben? Womöglich gab es Nachbarn, die ab und zu nach dem Rechten sahen.

Am Vernünftigsten wäre es gewesen, einfach zu rufen. Irgendwas. Schon allein, damit sich derjenige, der da im Keller hantierte, nicht zu Tode erschrak.

Dann sah Herbie den Schein einer Taschenlampe, der kurz das Ende der Treppe erhellte, und er wusste, dass sich hier jemand heimlich Zutritt verschafft hatte. Jemand, der hier nicht hingehörte. Eine Taschenlampe nutzte man nur, wenn man kein Licht einschalten wollte. Die hellen Strahlen huschten auf dem grauen Betonboden hin und her und verschwanden wieder. Neue Geräusche ertönten. Sie klangen metallen, wie Stangen oder Rohre, die gegeneinanderschlugen. Das Klimpern von Schlüsseln mischte sich darunter.

Na, du wirst ja wohl nicht da runtergehen.

Herbie hielt den Atem an und setzte den Fuß auf die erste Stufe. Ganz langsam stieg er hinab, und Julius folgte ihm kopfschüttelnd.

Du hast ein Handy, und du könntest die Polizei rufen, aber was tust du stattdessen? Es ist manchmal schmerzhaft, dir zuzusehen.

Als er unten angekommen war, spürte Herbie, wie ihn die Angst überkam. Er hätte sich bewaffnen sollen. Ein Hammer, ein Bügeleisen ... irgendetwas hätte er schon gefunden.

Eine Chuck-Norris-DVD.

Aus einer offenstehenden Tür drang schwaches Flackern zu ihnen herüber und ließ die Ausmaße der Kellerräume erahnen. An den Decken entlang verliefen Rohre, teilweise mit aufgeplatztem Dämmmaterial ummantelt. Bierkisten und Werkzeugkästen schälten sich aus dem Dunkel heraus.

Dein struppiger Freund da draußen könnte sich jetzt vortrefflich als Blindenhund betätigen.

Herbie ging auf die Tür zu, hinter der in einem angrenzenden Kellerraum weiterhin geräuschvoll mit irgendwelchen Gegenständen hantiert wurde.

Als er langsam seinen Kopf vorschob und um die Ecke spähte, fiel es ihm schwer, etwas zu erkennen. Die Taschenlampe war offenbar abgelegt worden, um einen Arbeitsplatz zu beleuchten. Eine Gestalt stand gebückt vor einem Schrank. Was war das da im Inneren? Waren das Gewehre? Ja, es handelte sich um einen Waffenschrank.

Na prima, da hast du ja eine Waffe. Gleich ein ganzes Arsenal davon.

Die Schattenhand, die riesenhaft gegen die Wand geworfen wurde, tastete sich durch das Innere des Schranks. Das Klappern der Gewehrläufe, die gegeneinanderschlugen, war wohl das Geräusch, das Herbie gehört hatte.

Ach nein, falsch, er hat ja die *Waffen.*

Herbie beschloss, das Überraschungsmoment zu nutzen. Er tastete nach dem Lichtschalter, aber seine Hand berührte einen Besenstiel, der sofort umkippte und mit einem schabenden Geräusch an der Wand entlangschrammte.

Julius stöhnte gepeinigt auf. *Ich korrigiere mich: Du brauchst keinen Blindenhund, du brauchst einen Blödenhund!*

Als der Besen auf dem Boden aufschlug, brandete der Knall so laut wie eine Explosion durch den Keller.

Die Gestalt griff augenblicklich nach der Taschenlampe und fuhr herum. Herbie wurde vom unbarmherzig grellen Licht geblendet. Er versuchte, den Blick mit den Händen zu beschatten, aber als er rückwärts strauchelte, stieß er gegen den metallenen Türrahmen.

Das Licht taumelte auf ihn zu, und mit dem Mut der Verzweiflung warf sich Herbie nach vorne, die Fäuste ausgestreckt, um sofort zuzuschlagen. Er boxte ins Leere, konnte seinen Angreifer nicht lokalisieren. Plötzlich bekam er ein Stück Stoff zu packen, aber es entglitt ihm gleich wieder. Er hörte ein angestrengtes Keuchen, trat mit dem Fuß in die Richtung des anderen, drohte das Gleichgewicht zu verlieren.

Dann traf ihn plötzlich etwas an der Stirn. Ein gigantisches Krachen brandete durch seinen Schädel, und es riss ihn von den Füßen. In seinen Ohren breitete sich ein schrilles Pfeifgeräusch aus. Herbie schlug hart mit dem Rücken auf dem Kellerboden auf, und ein scharfer Schmerz biss sich zuckend durch seine Glieder. Dann drehte sich alles um ihn herum. Er hörte wieder das Klimpern von Schlüsseln, dann trampelte jemand um seinen Kopf herum. Sohlen knirschten auf dem Betonboden, ganz dicht bei seinem Ohr. Er schlug wie wild um sich, bekam ein Bein zu packen. Der andere schlug mit einem harten Gegenstand nach seiner Hand, und er ließ los.

Schließlich entfernten sich die Schritte eilig in Richtung der Kellertreppe.

»Hinterher«, ächzte Herbie. »Ich muss hinter…« Er versuchte sich aufzurichten, aber die Arme knickten ihm immer wieder weg. »Ich wusste, dass irgendwas nicht stimmt, Julius. Ich habe es gewusst!«

Jaja, du und deine Vorahnungen.

Er schaffte es, sich hinzuknien und zog sich an der Türklinke hoch. Mit zitternder Hand schaltete er das Licht ein. Der Waffenschrank war jetzt wieder verschlossen. »Es gibt irgendein Geheimnis um diesen Alten. Und das werde ich herausfinden!«

Er schwankte hin und her. Es war ihm, als würde in seinem Kopf mit einem gewaltigen Schmiedehammer wieder und wieder gegen eine schwere, hölzerne Tür gewummert. »Hörst du das, Julius?«

Was in deiner Birne vor sich geht, kann ich gottlob nicht hören. Das wäre ja entsetzlich.

»Nein, ich meine das da …«

Da war lautes Gebell, das zu ihm herunterdrang. Es war nicht eindeutig festzustellen, ob es nach guter Laune klang oder nach Aggression.

Herbie strauchelte auf die Kellertreppe zu und tastete sich nach oben.

»Er muss an dem Hund vorbei, Julius!«, presste er hervor und hielt sich den Kopf. Er spürte eine feuchte, klebrige Flüssigkeit unter seinen Fingern. Etwas rann ihm in das linke Auge. »Schnell, vielleicht kommen wir noch nicht zu spät. Der Hund, Julius! Meine Güte, hoffentlich ist der Typ nicht bewaffnet! Der Hund!«

Als er, mit vorgebeugtem Oberkörper um das Gleichgewicht kämpfend, ins Freie wankte, war jedoch niemand mehr zu sehen. Der Wind strich sanft durch die Bäume, und der Abend verwandelte sich in ein Schattengewirr.

Welcher Hund? Julius spitzte die Lippen, steckte die Daumen in die Armlöcher seiner Nadelstreifenweste und wandte den Blick suchend hin und her.

»Wie macht er das bloß?« Herbie hielt fassungslos die Hundeleine in die Höhe, an der ein verschlossenes Halsband baumelte, auf dem ein paar Schmucksteinchen glitzernd das schwindende Abendlicht reflektierten. »Wie zum Teufel macht er das bloß?«

Er ließ sich langsam zu Boden sinken und lehnte sich an den metallenen Pfosten der Umzäunung.

»Wenn dem Vieh etwas zustößt, gibt es keinen Flecken auf der Erde, kein noch so weit entferntes, einsames Atoll, auf dem meine Tante mich nicht finden würde.« Herbie tastete nach der Wunde auf seinem Schädel. Im Zwielicht leuchteten seine Fingerspitzen dunkelrot, fast schwarz.

Und nach diesen simplen Kopfschmerzen wirst du dich dann noch zurücksehnen.

Etwas weiter weg wurde in diesem Moment ein Motor gestartet. Das Fahrzeug schien weiter unten an der Straße zu stehen. Bei ihrer Ankunft hatten sie keines gesehen. Doch so sehr Herbie auch den Hals reckte und versuchte, zwischen den Sträuchern hindurch etwas zu erkennen, es war zwecklos. Das Brummen entfernte sich schnell.

Dafür ertönte jetzt ein leises Kläffen.

Ei der Daus, er lebt!

»Wenigstens etwas.« Herbie atmete erleichtert auf. »Jetzt müssen wir ihn nur noch einfangen.« Er wollte sich aufrichten, hielt aber in der Bewegung inne und sah seinen Freund an. »Wer immer das war, der hat den Schlüsselbund von dem Alten«, murmelte er. »Erinnerst du dich, Julius? Als wir ihn getroffen haben, hatte er ein pralles Bündel unterschiedlichster Schlüssel. Ich kann mich ja irren, aber heute Morgen, als er zu Tode geschleift wurde, da steckte, glaube ich, nur noch der einzelne Zündschlüssel im Schloss.«

Er rollte die Hundeleine zusammen und seufzte betrübt auf. »Wo sind wir da nur wieder hineingeraten, Julius?«

Wir?

Mit einem Mal brach ein Wesen durch das Gesträuch auf der anderen Straßenseite. Groß und schwarz und mit federnden Sprüngen. Herbie erinnerte sich an den Besuch bei seiner Tante, als er ihm zum ersten Mal begegnet war.

Der riesige Hund kam auf Herbie zugesprungen und gab halb erstickte Laute von sich. Etwas war zwischen seinen Zähnen festgeklemmt. Ein längliches Paket aus knisterndem Kunststoff, das er Herbie jetzt zwischen die Füße warf. Dann begann er, triumphierend zu bellen und zog ihm schließlich die große, nasse Zunge durchs Gesicht.

»Da bist du ja wieder«, rief Herbie beglückt, und er wunderte sich ein bisschen über seine eigene Freude, die sich bei der Rückkehr des Tieres Bahn brach.

Der kleine Rabauke ist wieder da, wie schön! Julius klatschte begeistert in die Hände. *Und er hat dir etwas mitgebracht.*

»Ja, in der Tat.« Während Herbie versuchte, mit dem linken Ellenbogen die Liebkosungen des Hundes abzuwehren, ergriff er mit der Rechten das Päckchen, in dem etwas Längliches, Hartes zu stecken schien. »Was kann das sein, Julius?« Er wendete es hin und her, aber das schwindende Tageslicht machte es schwer, etwas zu erkennen. Ächzend rappelte Herbie sich auf, suchte im Unkraut am Metalltor seine Umhängetasche und ließ den Gegenstand hineingleiten.

Sein Kopf dröhnte wie ein Notstromaggregat. Er ging noch einmal zurück zum Hauseingang und blickte in den Flur. Erst jetzt sah er neben der Tür ein graues Kästchen, an dem ein rotes Lämpchen leuchtete. »Scheint eine Alarmanlage zu sein.« Er trat zurück. »Und da.« Am Dachüberstand war eine kleine Kamera montiert. »Der olle Bäetes hat offenbar nichts dem Zufall überlassen.«

Ich wundere mich über die moderne Technik. Man hätte doch eher meinen können, er sei der Typ gewesen, der seine Schutzvorrichtungen aus Gürteln und Hosenträgern bastelt.

Herbie griff in die Umhängetasche und förderte die Hundesnacks zutage. »Du hast dir eine Belohnung verdient.«

Nö, die mag ich nicht. Julius verzog den Mund. *Für mich hätten es eher die Pedigree Biscroc Gravy Bones sein dürfen. Ach, du meinst mich gar nicht?*

Herbie warf dem Hund ein paar Milchdrops ins Maul und blickte dann ein letztes Mal nachdenklich in den Hausflur. »Wir sollten das alles nicht so offenstehen lassen.«

Klar, sonst bricht noch einer ein und klaut was.

»Ich würde ja eigentlich zu gerne noch die ganze Bude unter die Lupe nehmen, aber ich habe das Gefühl, dass wir das, was uns wirklich weiterhilft, längst haben.« Er klopfte auf die Umhängetasche. »Dann mal los.« Er zog die Haustür ins Schloss.

13. Kapitel

Ihre Hand wollte nicht aufhören zu zittern. Das half nicht gerade dabei, die Türen leise zu öffnen und zu schließen. Alina schloss die Augen, atmete einmal tief durch und ließ das Türschloss so sanft wie möglich einschnappen. Es machte nur ein ganz leises Geräusch, aber es kam ihr verräterisch laut vor. Keiner durfte wissen, dass sie jetzt noch hier war. Angeblich war sie mit ein paar Freundinnen auf einer Geburtstagsfete in Mechernich. Das glaubte auch ihre Mutter, die sie sowieso überwachte, als wäre sie eine Schwerverbrecherin.

Sie benutzte ein Einkaufsnetz, der Korb hätte zu viele Geräusche gemacht. Das Herz schlug ihr im Hals.

All das war eigentlich viel zu riskant. Sie setzte diese Arbeitsstelle aufs Spiel, dabei war sie wirklich gerne hier. Man arbeitete sich nicht müde, und die Zeiten waren einigermaßen in Ordnung. Das war auf jeden Fall besser als der Job in dieser Schraubenfabrik in Euskirchen oder

der im Supermarkt in Kall. Dass sie die geschmissen hatte, bereute sie nicht.

Der Anfang in diesem Hotel war ihr vorgekommen wie ein Start bei null. Und jetzt geriet wieder alles durcheinander. Schöne Scheiße. Eine andere Wahl hatte sie aber nicht. Egal, was ihre Freundinnen sagten. Die wussten ja nicht, wie das war.

Sie schlich leise die Stufen der Hintertreppe hinunter. Keiner hatte was mitgekriegt. Dazu war im Moment glücklicherweise auch zu viel los. Die Filmleute waren überall und nirgends. Selbst jetzt, hier hinterm Haus, zu dieser späten Stunde musste sie höllisch aufpassen, keinem von ihnen zu begegnen.

Aufmerksam blickte sie sich um. Die Sonne war untergegangen, die Abendvögel pfiffen durch die laue Luft. Rasch überquerte sie das kleine Rasenstück. Das Einkaufsnetz samt Inhalt schlug ihr bei jedem Schritt gegen das linke Bein.

Es war kein Geld, was sie da klaute, kein Schmuck oder so. Es war verdammt noch mal nichts Wertvolles!

Der unheimliche Weg durch das Bachtal wartete auf sie. Ihre Lippen bebten vor Furcht.

* * *

Als Herbie auf dem Hotelvorplatz ankam, waren noch ein paar der Filmleute mit technischen Apparaturen beschäftigt, die sie von hier nach dort und wieder zurücktrugen. Er erkannte darin kein System, und einen Sinn erst recht nicht. Trotzdem sah es so aus, als wäre alles unglaublich wichtig.

Im Halbdunkel vor der Treppe stand Biffy und telefonierte besonders laut, weil sie offenbar glaubte, dadurch trotz der schlechten Funkverbindung am anderen Ende besser verstanden zu werden.

»Glaub mir, alles würde ich dafür bezahlen. Ja, ein russischer Terrier! Siebzig bis fünfundsiebzig Zentimeter. Pechschwarz. Ja, ich weiß, dass die alle pechschwarz sind. Aber sie sind eben auch alle verreist oder auf der Rasseschau oder haben Mumps oder Migräne oder was weiß ich! Bitte, du musst mir helfen! Meinetwegen lackier ein Shetlandpony um oder tacker einen Flokati an ein Hausschwein, aber hilf mir!«

Sie sah, wie Herbie und der Hund sich näherten und dachte gar nicht daran, das Telefonat zu beenden. Sie steuerte nur, während sie sprach, den Durchgang zum Biergarten an und warf, bevor sie hinter den Pfosten der dicht belaubten Pergola verschwand, zuerst noch Agamemnon und dann Herbie einen hasserfüllten Blick zu und sagte mit ätzendem Tonfall ins Telefon: »Alles ist besser als das hier, glaub mir!«

Agamemnon sprang laut bellend hinter ihr her, aber Herbie riss ihn mit der straff gespannten Leine zurück. »Jetzt sei ruhig! Du hast wegen deinem Einsatz von vorhin was gut bei mir. Aber du darfst meine Dankbarkeit nicht überstrapazieren.« Dann zerrte er den Hund in Richtung des Kangoo. »Es bleibt dabei, Julius, der Hund schläft im Auto. Ich brauche heute Nacht meine Ruhe, und ich brauche vor allen Dingen mein Einzelbett für mich. Das Auto ist ja so gesehen auch nichts anderes als eine große Hundehütte auf Rädern.«

Er streute ein paar Hundedrops auf den Beifahrersitz, und Agamemnon sprang, ohne lange zu zögern, hinein. Herbie drehte die Seitenscheibe zwei Fingerbreit herunter und schlug die Tür zu.

Und du glaubst, der Ausbrecherkönig wird drinbleiben?

»Was denkst du? Dass er mit einer Pfote den Wagen kurzschließt und eine Spritztour macht? Oder dass er sich durch den Rücksitz knuspert und durch den Kofferraum ausbüxt?«

Nun ja, man weiß es nicht …

Gewissenhaft schloss Herbie ab, prüfte sorgfältig, ob alle Türen fest verriegelt waren, winkte dem verdutzt dreinblickenden Hund noch einmal zu und sagte halblaut: »Dann mal gute Nacht, mein Freund.«

Ohne Gutenachtkuss? Kein Märchen? Rotkäppchen und der böse Wolf oder so was?

»Er hat die Milchdrops, und ich probiere jetzt meine Zahnbürste aus.« Herbie ging die zwei Stufen zum Hoteleingang hinauf und trat ein. In der Lobby lehnte er sich ermattet an den Tresen und betätigte die Klingel. Dann tastete er wieder nach seiner Verletzung an der Stirn. »Ein Knüppel, ein Backstein, was weiß ich, Julius. Vielleicht auch ein Kolben von einem der Gewehre. Ja, das wird es gewesen sein. Ein Gewehrkolben.«

Wir könnten die Delle mit Gips ausgießen. Vielleicht sieht man dann, was es war.

»Du bist das Mitgefühl in Person, Julius.«

Ich hatte dich gewarnt. Aber du hast ja immer deinen eigenen Kopf. Und der ist jetzt fleckig und zerbeult wie ein Boskoop, der vom Baum gefallen ist. Julius stand vor einem großen Spiegel im Brokatrahmen und strich und zupfte sich seinen grauen Bart zurecht. Ein bizarrer Anblick, da kein Spiegelbild zu sehen war.

»Wir haben immerhin einen bemerkenswerten Fund gemacht, Julius. Und den werde ich bei Tageslicht mal genauer untersuchen.« Er wendete den verpackten Gegenstand in seinen Händen.

In diesem Moment öffnete sich die Tür hinter der Rezeption, und die Hotelchefin kam herein.

»Ach Gottchen, Herr Schönlebe, was haben Sie denn da gemacht?« Mit geweiteten Augen betrachtete sie Herbies Wunde.

»Gestoßen«, sagte Herbie knapp und ahnte, dass er diese Frage in den nächsten Tagen noch oft würde beantworten müssen.

»Gestoßen? An was denn?«

Wenn Sie etwas Gips hätten, gnädige Frau, dann …

»Es war sehr dunkel, und als ich vom Dorf zurückkam, war da dieser Baum. Der Hund hat mich … er hat …«, ja, das erschien ihm plausibel, »mich dagegengezerrt! Genau, er hat gezogen wie ein Wahnsinniger, und da war der Baum und … zack!«

»Der Hund?« Sie blickte sich suchend um.

»Schon im Zimmer«, log Herbie. Er hatte keine Lust, jedem auf die Nase zu binden, dass er das Tier im Auto schlafen ließ. Nachher kam ihm noch irgendwer mit irgendwelchen Tierschutzvorschriften.

»Ich werde Ihnen ein Pflaster holen. Oder, wissen Sie was, kommen Sie mit in mein Büro, da haben wir mehr Licht. Es ist wohl besser, wenn wir die Wunde ein bisschen sauber machen.«

»Das ist lieb von Ihnen.« Seufzend folgte ihr Herbie hinter den Tresen und durch die Tür in ihr kleines Büro.

Es roch nach Holz und altem Papier. Ein klobiger Computerbildschirm der ersten Stunde und eine gelblich angelaufene Tastatur waren offenbar die einzigen Zugeständnisse an das digitale Zeitalter. In den Regalen reihten sich Aktenordner an Aktenordner.

»Es ist immer ein wenig unordentlich, aber ich finde mich zurecht.« Sie drückte Herbie sanft auf den quietschenden Bürostuhl, verließ kurz den Raum und kehrte mit einem feuchten Tuch zurück, mit dem sie sorgsam seine Wunde saubertupfte. »Das ist ein bisschen aufgeplatzt, aber es sieht nicht so aus, als müsste es genäht werden.«

Schade, ich hätte dich gerne unter ihrer Nähmaschine gesehen.

Aus einer Schublade holte sie einen Verbandskasten mit Nachkriegsanmutung, öffnete ihn und kramte darin herum. Ab und zu seufzte sie tief. »Ich weiß nicht, ob das alles nötig war. Diese ganze Fernsehsache, meine ich. Es ist ja doch ein unglaublicher Aufwand, und mit so wenig Personal …«

Sie zeigte auf den Gegenstand in seiner Hand. »Was haben Sie denn da?«

»Das?« Herbie hielt seine Beute hoch. »Das ist …«

»Was das ist, sehe ich. Ein Bolzenschussgerät.«

»Aha.« Herbie wendete es hin und her. Die Folie darum knisterte. In Erzählungen hatte er davon gehört, auch in Büchern darüber gelesen. In seiner Fantasie hatte er sich immer ein ungefähres Bild von diesem todbringenden Gegenstand gemacht, aber er hatte noch nie einen in der Hand gehabt.

»Das braucht man beim Schlachten von Tieren. Da kommt nur ein Bolzen raus, keine Kugel. Und der geht dann wieder rein.«

Jetzt hatte sie ein Päckchen Pflaster gefunden und begann, nach einer Schere zu suchen.

»Sie wollen doch wohl kein Tier töten?« Sie kicherte leise.

Du könntest an dem Hund üben.

»Ähm nein.« Herbie beschloss, das Thema zu wechseln, bevor ihre Fragen unbequem wurden. »Das ist sicher alles sehr anstrengend für Sie. Und jetzt auch noch diese schreckliche Sache mit Ihrem Gärtner.«

»Der Bäetes, jaja.« Ihre Stimme klang plötzlich belegt.

»Stimmt es, dass er krank war?«

Überrascht blickte sie auf. »Oh, das wissen Sie?«

Sie hatte eine Schere gefunden und schätzte mit schiefgelegtem Kopf ab, wie groß das Stück werden sollte, das sie abschnitt. »Er hatte mir versprochen, so lange zu arbeiten, wie es seine Kraft noch erlaubte. Von der Krankheit wollte er gar nichts wissen. Er war ein treuer, treuer Freund, all die langen Jahre. Er war der Letzte, der noch von früher übrig war.« Sie zeigte mit der Schere auf einen vergilbten Zeitungsausschnitt im Kunststoffrahmen. Die Überschrift lautete: *Rundes Jubiläum im Eifelblick.*

»Das ist auch schon wieder viele, viele Jahre her. Elf Leute waren wir damals. Der Bertram und ich hatten neun Angestellte!« Es klang überaus stolz. Ihr Zeigefinger tippte auf verschiedene Köpfe auf dem Foto. »Das da war die Monika, dann die Gisela, da war die Sabine, die Moni, der Vladimir, die Nicola, dann der Volker, der Udo ... hm, tja, wer das da ist, das kann ich gar nicht richtig sehen … Ach, das war die Dings … Die war nur ein paar Wochen hier … Ich komme nicht auf den Namen.«

»Das sieht jedenfalls nach zufriedenem Personal aus.«

»Oh ja, wir haben für alle gut gesorgt. Ab und zu kommen uns noch mal welche besuchen, mit ihren Familien, den Kindern. Von überall her. Aus München, aus Ostfriesland … Manche haben sogar schon Enkelchen.«

Sie schnitt mit großer Sorgfalt ein Pflaster zurecht.

»Mein Mann, wissen Sie, das war eine Seele von Mensch. Ein guter, guter Ehemann und ein echter Freund. Er hat so sehr darunter gelitten, dass wir keine Kinder hatten. Ich glaube, deshalb war er auch so um all die jungen Leute bemüht. Ein guter Geschäftsmann war er nicht. Das hat er alles mir überlassen, die Geldsachen und so. Das war nicht seine Stärke. Nein, er kümmerte sich um die Gäste. Die haben ihn geliebt. Alle haben ihn geliebt. Ich auch.«

Herbie zeigte auf ein gerahmtes Foto auf ihrem Schreibtisch. »Ist das auch Ihr Mann?«

Sie schmunzelte. »Ja genau, das ist auch der Bertram. Erkennt man kaum, nicht wahr? Da war er noch sehr jung. Später war er wegen der vielen Medikamente ja doch ein bisschen fülliger. Am Ende hat er Morphium gekriegt, gegen die Schmerzen. Sein ganzer Körper war vom Krebs regelrecht zerfressen. Mein armer Bertram. Er ist früher mit Seemannsliedern über die Dorfsäle gezogen. *La Paloma … Die Gitarre und das Meer … Junge, komm bald wieder …* Als irgendwann seine Eltern kurz nacheinander krank wurden und starben, da war das hier dann plötzlich Bertrams Hotel, und da hatte er keine Zeit mehr für seine Musik.« Seufzend hielt sie in ihrer Tätigkeit inne und betrachtete mit schiefgelegtem Kopf das Bild. »An unserem Hochzeitstag hat er immer die alte Gitarre hervorgeholt und mir ein Ständchen gebracht.«

Sie drückte aus einer zerknautschten Tube ein wenig Salbe auf ihren Zeigefinger und rieb sie sanft auf Herbies Beule.

Julius schmunzelte. *Das glänzt aber schön. Du siehst tatsächlich aus wie das letzte Einhorn.*

»Jetzt, wo auch der Bäetes nicht mehr da ist, werde ich das Hotel wohl nicht mehr lange halten können. Ohne Personal geht es nicht. Früher war das etwas Besonderes, hier zu arbeiten. Das Dienen, meine ich, das will heute keiner mehr machen. Menschen zu bedienen kann doch so eine befriedigende Tätigkeit sein, finden Sie nicht, Herr Schönlebe? Aber die jungen Leute wollen das nicht mehr. Die wollen keine normalen Berufe mehr ergreifen. Und vor allen Dingen nicht mehr in ihrer Heimat. Die bohren heute lieber Brunnen in Äthiopien oder räumen die Lebensmittelregale in Neuseeland ein. Kann man so was verstehen? Für mich war das damals ein Traum, hier als Zimmermädchen anfangen zu dürfen. Und lauter berühmte Leute kamen hierhin. Die Lena Valaitis war mal hier, der Johannes Rau mit seiner Gattin und auch dieser Nachrichtensprecher … wie hieß der noch?« Sie kräuselte ihre Stupsnase, während sie das große Pflaster auf Herbies Stirn klebte. Der mit der dicken Brille …« Sie verstummte und war offenbar intensiv mit ihren Erinnerungen beschäftigt.

Hatten früher nicht alle Nachrichtensprecher dicke Brillen? Julius lehnte an einem der überquellenden Aktenregale und schien gelangweilt.

»Ihr Zimmermädchen ...«

»Die Alina?«

»Ja, genau, die. Die ist ziemlich fix. Sehr aufmerksam.«

»Das sage ich ihr, da wird sie sich freuen.« Und nach einem kurzen Moment des Nachdenkens wackelte Liesel Zender lächelnd mit dem Kopf.

»Obwohl, ein bisschen nervös.«

»War sie unfreundlich?«

»Ach nein, ich wollte nur noch etwas Wurst zum Frühstück haben.«

Frau Zender lachte auf. »Die Alina ist militante Vegetarierin.«

»Ach so.«

»Aber Sie haben recht, die ist im Moment ein bisschen gereizt. Ist wahrscheinlich alles was viel für sie, das ganze Fernsehgedöns. Früher war das noch schlimmer, da hatte die richtige Nervenkrisen.«

Herbie zog fragend die Augenbrauen hoch, und sie sagte: »Nicht die Stirn runzeln, sonst geht das Pflaster wieder ab!«

Während sie die Utensilien wieder in dem Verbandskistchen verstaute, fuhr sie fort: »Ich habe sie eingestellt, obwohl sie schon allerlei Arbeitsstellen hatte, bei denen sie sich nicht gerade mit Ruhm bekleckert hat. Das weiß man ja in so einem kleinen Ort. Aber sie hat noch eine Chance verdient, finde ich. Sie ist ehrlich und fleißig.«

Und sie behauptet dreist, sie sei heute einkaufen gegangen, obwohl sie das bereits gestern erledigt hatte. Julius hob wichtig den Zeigefinger. Herbie hatte in diesem Moment dasselbe gedacht.

136

Frau Zender legte betrübt das Kinn auf die Brust. »Ich verrate Ihnen mal was. Aber Sie dürfen es keinem weitersagen. Ich habe in letzter Zeit das Gefühl, dass ich das alles nicht mehr allein schaffe. Also, ich meine, ohne meinen Mann. Wenn das alles vorbei ist, werde ich vielleicht ...« Sie sammelte sich einen Moment lang, blickte zu dem Foto ihres Mannes, wie um ihn um Verzeihung zu bitten, und fuhr dann fort: »Dann werde ich vielleicht einen Makler beauftragen. Es gibt sicher ein paar Holländer, die sich für das Hotel interessieren. Und von dem Geld mache ich mir dann einen schönen Lebensabend im Süden, wo es warm ist. Ich sehe es manchmal vor mir, die Sonne, die Oleanderbüsche, das blaue Meer, das Haus an der Düne ... Da lasse ich es mir dann meine letzten zehn, fünfzehn ... naja, vielleicht sogar zwanzig Jahre so richtig gutgehen.«

Ein leises Läuten kam aus der Lobby, Jemand hatte die Klingel auf dem Rezeptionstresen betätigt.

14. Kapitel

Die altmodische Uhr an Liesel Zenders Bürowand zeigte Viertel nach zehn.

»Ach, der Herr von Ameln«, flötete die Hotelchefin zuckersüß, als sie durch die Tür in die Lobby hinausschaute.

Die sonore Stimme des Schauspielers ertönte, und Herbie reckte den Hals, um ihn durch die Türöffnung sehen zu können. »Ja, ich bin es, meine Liebe.« Er griff über den Tresen nach Liesel Zenders Händen. »Gestrandet, wie auf einem einsamen Eiland.« Die Hoteldirektorin kicherte. »Wie in dem Film *Unsere karibische Affäre*!«

»Wo um alles in der Welt sollen wir denn hier nur einen Topf für die Schildkröten herkriegen, Lynn!«, deklamierte von Ameln mit dramatisch verstellter Stimme.

»Schildkröten, genau! Das war Nadja Tiller, nicht wahr!«

»So ist es!«

»Und am Ende haben sie Suppe daraus gemacht. Ein toller Film!«, schwärmte Liesel Zender. »Und letztens habe ich Sie noch in einer Wiederholung von der Schwarzwald-Klinik gesehen. Und bei den Guldenburgs, da waren Sie auch in einer Folge dabei …«

»Ähm, ja.« Von Ameln räusperte sich und schürzte die Lippen. Er hatte erstaunlich wenig Falten, trotz seiner gebräunten Haut. Vermutlich war da schon allerhand gestrafft und geglättet worden. »Sie haben ja nun mitbekommen, liebe, gute Frau … Frau …«

»Zender. Liesel Zender.«

»… liebe, gute Frau Zender, dass ich ganz unverhofft hier zu der Truppe gestoßen in, weil meine alte Freundin – Sie wissen es natürlich – meine Ex-Frau Hilde in Ihrem reizenden Hotel vor der Kamera steht. Eine Art Fügung des Schicksals, wenn Sie so wollen. Heute Morgen bin ich mit dem Flieger aus Rom gelandet, und jetzt bin ich hier, ungeplant, unorganisiert, un… bedacht. Dach … unbedacht – also ohne Dach!« Er lachte charmant. »Ganz ohne Dach und Bett und all so was. Und da dachte ich mir, ich frage Sie mal einfach, ob Sie nicht vielleicht … Hätten Sie wohl noch ein Zimmer für mich? Ein klitzekleines Zimmerchen? In Ihrem schnuckeligen, kleinen, zauberhaften Hotelchen?«

Meine Güte, der kann ja Süßholz raspeln, dass es einen Zuckerkranken aus den Latschen haut.

Liesel Zender wiegte den Kopf hin und her. »Wissen Sie, es ist eigentlich alles belegt. Die Filmcrew hat das Hotel nämlich exklusiv gebucht, wenn Sie verstehen, was ich meine.«

Von Ameln lachte. »Exklusiv, na klar! Aber das ist doch kein Problem! Die freuen sich doch alle, dass ich hier bin! Ich bin der guten Hilde gewissermaßen eine

Stütze! Sie ist ja nervlich ein bisschen … angegriffen, wenn ich das mal so sagen darf.«

Liesel Zender blätterte in ihren Unterlagen. »Ja, wenn das so ist. Also, wenn der Herr Treuheit das befürwortet …«

»Tut er, tut er!«

»Ja, dann hätte ich noch Zimmer zwölf. Ein hübsches Zimmerchen.«

»Zwölf! Wunderbar! Zwölf Apostel! Zwölf Monate! Zwölf …«

»Und es ist nur zwei Zimmer von Zimmer zehn entfernt.« Sie senkte vertraulich die Stimme. »Vom Zimmer von Frau Laresser.«

Frederick von Ameln griff wieder mit beiden Händen nach ihrer Linken und drückte sie ganz fest. »Sie sind eine kluge Frau, Frau …«

»Zender. Liesel Zender.«

»Natürlich!« Er nahm den Zimmerschlüssel entgegen, räusperte sich, und fuhr mit salbungsvollem Ton fort: »Frau Laresser wird es Ihnen danken. Alle werden es Ihnen danken. Und, wo wir gerade dabei sind: Hilde vermisst ihren üblichen Schlummertrunk. Eine schöne, heiße Tasse Kakao mit einem Löffel Honig.«

»Kakao? Jetzt?« Liesel Zender schielte nach der alten Standuhr.

»Den braucht sie, sonst macht sie kein Auge zu. Ich weiß das noch sehr gut … aus früheren Zeiten.« Er zwinkerte ihr vertraulich zu.

Liesel Zender seufzte ergeben und nickte. »Selbstverständlich, Herr von Ameln. Das haben wir gleich.« Sie verließ die Rezeption und warf Herbie einen Blick zu, in dem sich Erschöpfung, Resignation und Fügsamkeit zu annähernd gleichen Teilen mischten. »Ich bin in einem Minütchen wieder da«, rief sie und verschwand in der Küche. »Mit einer Tasse Kakao mit Honig.«

Herbie traute sich aus der Deckung. »Guten Abend.«

Von Ameln lehnte am Tresen und nickte ihm unmerklich zu. »Guten … Ach, Sie sind der mit dem Hund.«

»Ganz richtig.«

»Ich habe Ihr Auto gesehen. Fliesenleger, richtig?«

»Hm.«

»Kann man so sagen.« Herbie bummelte hinter dem Tresen hervor und stellte sich neben ihn. »Also machen Sie das mit dem Hund nur nebenbei?«

»Verletzt?«, fragte von Ameln und deutete auf die Plastiktüte mit dem Bolzenschussgerät, die Herbie immer noch in der Hand hielt. »Damit?«

»Hm?« Herbie tastete nach dem Pflaster. »Ach so, nein, nur gestoßen.« Er zögerte einen Moment, bevor er sagte: »Wissen Sie, eigentlich bin ich ja auch nicht wirklich Fliesenleger.«

Von Ameln nickte und sah immer wieder zur Küchentür, hinter der die Hotelchefin verschwunden war. Er hatte ohne Zweifel kein Interesse an einer Unterhaltung mit Herbie. Sein nächster Blick galt seiner protzigen, goldenen Armbanduhr. Er unterdrückte ein Gähnen. Für von Ameln war die Unterhaltung offenbar beendet.

Was willst du? Ein Autogramm?

Und dann fragte Herbie betont beiläufig: »Heute Morgen sind Sie also mit dem Flieger gelandet?«

Von Ameln nickte. »Direkt aus Rom.«

Herbie dachte an die Aussage der Verkäuferin, und ihm entschlüpfte ungewollt ein »Ach ja?«.

Von Ameln fuhr herum und fixierte ihn mit halb zusammengekniffenen Augen. Es dauerte einen Moment, in dem er seinen Blick forschend über Herbies Gesicht gleiten ließ, bevor er mit einem lauernden Unterton fragte: »Was soll das heißen? Ach ja?«

Huch, warum denn so nervös?

»Nur so«, wehrte Herbie beflissen ab. »Was man so sagt. Ach ja? Ach so? Aha?«

Von Ameln nickte langsam und musterte Herbie eingehend. Er schien zu prüfen, ob Herbie vertrauenswürdig genug für eine Unterhaltung über seine Exfrau war.

»Es ist nicht so, dass ich einfach nur aus Spaß an der Freude hier bin.« Von Ameln senkte die Stimme. »Passen Sie auf, ich sage das jetzt nur einmal. Ich möchte, dass Sie es gleich verstehen. Ich bin nicht zufällig hier. Hilde ist …« Er wandte sich um und schickte einen prüfenden Blick durch die Hotelhalle. »Sie ist nicht ganz auf der Höhe. Emotional, meine ich. Sie ist durchaus ein gewisses Risiko für diese Produktion. Dass sie für ein paar Tage hierhin zurück muss, zurück in die Eifel, das ist ein harter Brocken für sie. Wenn es nach ihr gegangen wäre, hätte man das alles in Köln im Studio gedreht. Aber das ging nun mal nicht. Und jetzt ist sie hier. Und ich bin jetzt auch hier, weil sie ein bisschen Hilfe braucht. Ein wenig Ablenkung.«

»Verstehe.«

»Sie hat mich angerufen. Jeden Abend, seit sie in Deutschland ist. Hat geheult und gesagt, dass es ihr schlecht geht. Und da habe ich gedacht, ich komme einfach mal schnell her.«

»Das finde ich toll. Ich meine, wo man doch hört, dass sie damals bei der Scheidung … na ja, dass das alles nicht ganz so glatt über die Bühne gegangen ist.«

Von Ameln lachte laut auf und zeigt eine Reihe strahlend weißer Zähne. »So, sagt man das?«

»Die Klatschzeitungen sagen es.«

»Na, die müssen's ja wissen.« Er legte Herbie vertraulich den Arm um die Schulter. »Weißt du Junge, wir hatten unsere Differenzen, Hildchen und ich. Das konnte einfach nicht gutgehen auf Dauer. Wir sind zwei starke Persönlichkeiten, das knallt und kracht, dass die Fetzen fliegen. Aber eins ist sicher.« Seine Stimme wurde plötzlich sehr feierlich.« Ich habe Hilde geliebt wie keine Zweite. Und sie mich auch. Und wenn ihr heute jemand Schwierigkeiten machen will und sie bedrängt, dann bekommt er es mit mir zu tun. Da kenne ich kein Pardon! Ich bin immer noch für sie da!«

»Hier schleicht immer ein Typ vom Fanclub rum, der ihr ganz schön auf die Pelle rückt.«

»Fanclub!« Von Ameln guckte angewidert. »Hilde hat mir davon erzählt. Ein elender Schnüffler ist das!«

Sein Arm lag immer noch schwer auf Herbies Schultern.

»Schnüffler?«

»Die sind alle hinter ihrer Vergangenheit her.«

»Ihre Vergangenheit?«

Sag mal hast du jetzt umgesattelt? Von Fliesenleger auf Echo?

»Der soll sich bloß in Acht nehmen «, knurrte von Ameln. »Der soll sich von Hildchen fernhalten, sonst …«

»Sonst?«

»Passagier nach Frankfurt – hast du den Film gesehen?«

Herbie schüttelte den Kopf so gut es in seiner einge-klemmten Haltung ging. »Seit *Wetten dass?* abgesetzt wurde, sehe ich kaum noch fern.«

»War in den Siebzigern. Mit Horst Frank und Karin Dor. Da habe ich einem anderen Schauspieler die Na-se gebrochen. Gleich zwei Mal. Knack, knack. Sollte ei-gentlich nur gespielt sein, aber ich hab's wirklich getan, weil der Typ mir auf den Zeiger gegangen ist. Ich weiß, wie's geht, verstehst du? Hier …« Er tippte an Herbies Nasenwurzel. »Und hier.« Drei Zentimeter tiefer. »Viel-leicht geht es auch drei Mal.«

Herbie versuchte zu nicken. Auch das ging nicht so richtig.

»Was in Hildes früherem Leben passiert ist, das geht niemanden was an.«

Herbie brachte ein Kopfschütteln zustande.

Hinter der Küchentür ertönten leise Geräusche, und von Ameln ließ ihn los. Kurz bevor Liesel Zender zu-rückkam, zupfte er Herbies Kragen zurecht und berühr-te ihn kumpelhaft mt der Faust am Kinn.

Nicht die Stirn runzeln, hat die Krankenschwester gesagt!

Die Küchentür ging auf, und Frau Zender kam mit ei-nem Tablett herein. »So, und hier hätten wir einen schö-nen, heißen Kakao!«, flötete sie.

Irritiert betrachtete sie Herbie, der mit hochrotem Kopf seinen Hemdkragen richtete.

»Ich habe ihm eine Filmszene vorgespielt«, lächelte von Ameln.

»*Passagier nach Frankfurt*«, sagte Herbie mit belegter Stimme.

»Oh ja!«, sagte Liesel Zender versonnen. »Mit Horst Frank. Haben Sie da nicht einem die Nase gebrochen?« Sie kicherte, während sie dem Schauspieler das Tablett reichte.

Zwei Mal. Julius grinste breit.

»Ich wünsche eine gute Nacht!«, rief von Ameln und verschwand in Richtung Treppenhaus.

Frau Zender reichte Herbie mit einem unterdrückten Gähnen seinen Zimmerschlüssel. »So, dann schlafen Sie mal gut, Herr Schönlebe. Und wenn Sie morgen ein neues Pflaster brauchen, sagen Sie nur Bescheid.« Dann schlüpfte sie durch die Tür in ihr Büro.

Herbie betrachtete mit gekräuselten Lippen das verpackte Bolzenschussgerät. »Was für ein schreckliches Ding«, sagte er. »Die Vorstellung, was man damit alles anrichten kann …«

Man kann eigentlich nur eines damit anrichten. Als Lockenstab oder Querflöte ist es jedenfalls ungeeignet.

Herbie schauderte. »Man will es gar nicht in seiner Nähe haben.« Er blickte Julius an. »Ich habe eine Idee.«

Kurz entschlossen verließ er noch einmal das Hotel und ging zum Auto.

Als er aufschloss, hob Agamemnon sofort hellwach den Kopf und winselte erwartungsvoll.

»Ja ganz richtig, ich bin gekommen, um dir noch ein paar Leckerlis zu bringen! So aufopferungsvoll kümmere ich mich nämlich um dich, du altes Schlappohr.« Er warf dem Hund noch ein paar Trixie Milchdrops hin.

Ich ahne, was du vorhast.

»Mir ist wohler dabei. Es ist ja nur bis morgen früh, dann werde ich mir was anderes einfallen lassen.« Herbie blickte sich aufmerksam um, ob nicht zufällig jemand sein Tun beobachtete, und stopfte das Plastikpaket unter den Fahrersitz.

»So, da ist das Ding erst mal sicher. Bewacht von einem großen, schwarzen Höllenhund. Eins muss man diesem zotteligen Untier lassen, es sieht furchterregend aus.«

15. Kapitel

Er hatte seine Zähne ausgiebig mit der nagelneuen Meridol Cello gebürstet und, bevor er die Vorhänge zuzog, noch einmal in die Nacht hinausgeblickt. Ein perfekt gerundeter Vollmond hing am Himmel und verwandelte mit seinem kalten Schein die Hügel der Eifel in eine Installation aus Schiefer, Kohle und Blei.

Trotz der späten Stunde waren anscheinend immer noch Leute ums Haus herum unterwegs. Zuerst dachte er, es sei jemand vom Filmteam, der da die Stufen vom Tal heraufkam, aber dann erkannte er im fahlen Mondlicht Alina. Er wunderte sich schon, dass sie so spät noch unterwegs war, aber nach diesem turbulenten Tag war er einfach zu erschöpft, um einen weiteren Gedanken an sie zu verschwenden.

Dann war er zu Bett gegangen. Die Schmerzen hatten ihn eine ganze Weile nicht einschlafen lassen, und so hatte Herbie noch die Tageszeitung gelesen und ein wenig in der Illustrierten geblättert. Was einem alles entging, wenn man sich über die einschlägigen Medien nicht mit dem nötigen Klatsch versorgte! Die Queen, die Geißens und der Jetset – das war doch alles hochinteressant! Den Artikel von Friedhelm Sterzenbach, dem Vorsitzenden des Hildegard-Laresser-Fanclubs hingegen fand Herbie eher enttäuschend. Es ging darin hauptsächlich um all die Devotionalien, die er in seiner Etagenwohnung in Bamberg gesammelt hatte. Filmplakate, Theaterprogramme, ein paar Seidenhandschuhe aus einem Film mit Curd Jürgens, ein signiertes Skript des Films *Die Morde des Herrn ABC*, der ersten internationalen Produktion, in der sie eine winzige Nebenrolle gespielt hatte, eine Pillendose aus ihrer persönlichen Sammlung … Das alles war erfreulich ermüdend. Kurz vor Mitternacht hatte er noch einmal auf die Uhr gesehen und Julius, der mit übereinandergeschlagenen Beinen auf einem Stuhl am Fußende des Bettes saß, kräftig angegähnt.

»Hoffentlich schläft der Hund gut«, sagte er.

Hoffentlich pinkelt er dir nicht auf die Polstersitze.

»Schlimmer wäre es, wenn er sie allesamt zerkaut.«

Ruhe unsanft, wünschte Julius ihm mit einem milden Lächeln, und dann schlief er irgendwann ein.

Als Herbie am Morgen den Vorhang beiseiteschob, begrüßte ihn ein wolkenloser, blauer Sommerhimmel, so wie an jedem Tag der zurückliegenden Wochen.

Dann hatte er sich geduscht, angezogen, und als er die Tür öffnete, um zum Frühstück hinunterzugehen …

… stolperte er über den großen, schwarzen Hund, der auf dem Boden lag, und fiel der Länge nach in den Flur.

»Verdammt, was machst du hier?«

Wo bleiben denn deine Manieren? Das heißt »Guten Morgen«.

»Drecksvieh«, knurrte die Hundetrainerin Biffy im Vorbeigehen.

Wütend packte Herbie den Hund am Halsband und zerrte ihn die Treppe hinunter.

»Ah, guten Morgen! Ihr seid schon einsatzbereit!«, rief Tom Treuheit ihm zu, als er in der Lobby ankam.

»Kann man so sagen«, knurrte Herbie und steuerte auf den Ausgang zu.

»Abfahrt in zwanzig Minuten!«

Herbie hielt inne und warf ihm einen verzweifelten Blick zu. »Was, schon?«

»Muss sein! Bevor in Monschau die Hölle los ist. Die Holländer haben Ferien!«

Das Auto war natürlich unverschlossen. »Das kann nicht sein! Das kann einfach nicht sein, Julius! Ich habe hundertprozentig abgeschlossen!«

Julius nickte. *Da muss ich dir leider zustimmen. Ich habe es mit eigenen Augen gesehen.*

»Wie hat es dieses Vieh also jetzt schon wieder zustande gebracht auszubrechen, verdammt noch mal?«

Was weiß ich. Er hat eine Scheckkarte benutzt oder den Schlüsseldienst gerufen, wer weiß das schon. Sieh doch lieber mal nach, ob Dein Fundstück von gestern noch da ist.

Natürlich war der Gegenstand in der Plastikhülle verschwunden. Herbie tastete hektisch überall auf dem Wagenboden herum, sein Arm verschwand bis zur Achsel unter den Sitzen, aber es half nichts – das Päckchen war weg.

Hilde Laresser und Frederick von Ameln kamen über den Kies stolziert. Er hielt ihren Oberarm, sie hielt sich am Gurt ihrer Handtasche fest. Es sah oberflächlich nach trauter Zweisamkeit aus, aber wer genauer hinsah, erkannte, dass Haltung und Mienenspiel nur wenig Innigkeit widerspiegelten.

Vor dem Hund blieb die Laresser stehen. Ein heller Staubmantel verlieh ihr die lässige Eleganz, für die sie bekannt war.

»Guten Morgen, du Ungetüm«, sagte sie, und mit einem Blick zu Herbie, der sich ungelenk aus seiner kauernden Position emporkämpfte, fuhr sie fort: »Da sind wir mal gespannt, was dieses Früchtchen sich heute wieder einfallen lässt. Er hat letzte Nacht die Schuhe vom Alfredo zerkaut, die dieser zum Putzen vor die Tür gestellt hat. Mal abgesehen davon, dass hier keiner mehr Schuhe putzt …«, ihr Blick wanderte über die Fassade des alten Hotels, »sollten Sie das Tier nachts nicht frei rumlaufen lassen.«

Nur ganz kurz blieb ihr Blick an dem Pflaster auf Herbies Stirn hängen. Sie griff in ihre Manteltasche, förderte eine Stoffserviette hervor, die zu einem kleinen Päckchen gefaltet war, und entnahm ihr eine Scheibe Wurst. Dann beugte sie sich zu Agamemnon hinunter, und im Bruchteil einer Sekunde war die Wurst im Rachen des Hundes verschwunden.

»Wir werden heute wieder zusammen drehen«, sagte die Laresser ungewohnt sanft und tätschelte den Hundekopf. »Da müssen wir doch nett zueinander sein.«

Der Hund leckte ihr liebevoll die Hand.

Julius wunderte sich ebenfalls über die unerwartet freundliche Geste und legte bedeutungsvoll den Finger an die Nase. *Natürlich könnte sie die Wurst auch vergiftet haben.*

Die beiden steuerten das nicht weit entfernt stehende Cabriolet an, und Hildegard Laresser rief: »In zehn Minuten ist Abfahrt!«

Frederick von Ameln drehte sich noch einmal kurz zu Herbie um und kniff kumpelhaft ein Auge zu.

Herbies Magenknurren klang wie eine bösartige Erwiderung darauf.

»Vielleicht liegt mal wieder das letzte weiche Brötchen für mich bereit«, sagte Herbie mutlos und versuchte mit aller Gewalt, den Hund ins Auto zu schieben.

Biffy kam vorbei und sagte mit ätzendem Ton: »Du hast ihn nicht im Griff, Schönlebe. Dein Hund ist eine elende Missgeburt.« Der Hund hörte das und kläffte laut auf. Herbie schlug ihm erschöpft die Wagentür vor der Schnauze zu.

Oder aber dieses zauberhafte Wesen hat die Wurst vergiftet und ihr untergeschoben. Wer weiß …

»Jetzt ist Abfahrt!«, giftete Biffy und stapfte davon.

»Aber das Frühstück …«

»Jetzt!«

»Komm schon, komm schon, komm schon«, trieb ihn auch Sandy an, die dicke Maskenbildnerin.

Und Alfredo Korn eilte einen Moment später mit rudernden Armen und laut klatschenden Flip-Flops über den Vorplatz und rief laut: »Wir müssen lo-hos, Leute!«

Fluchend stieg Herbie in sein Auto und reihte sich schon wenige Minuten später in den langsam anrollenden Konvoi ein.

Während der ganzen Fahrt nach Monschau rang Herbie mit sich, ob er die Trixie Milk Drops probieren sollte oder nicht.

Vielleicht gibt dir die Diva ja nachher ein Scheibchen Wurst.
In Höfen wurde die gesamte Kolonne vom Starenkasten geblitzt. Ein Fahrzeug nach dem anderen.
Herbie schrie gequält auf.
Ist für dich doch schon eine schöne Tradition. Ein Trost von Julius war selten etwas anderes als schlecht kaschierte Schadenfreude.

Auf dem Parkdeck am Aukloster waren extra für das Filmteam Plätze reserviert worden. Mitten im Zentrum der Altstadt war alles für den Dreh vorbereitet. Schauplatz der vor ihnen liegenden Szenen war eine kleine Fußgängerbrücke über die Rur, unmittelbar auf der Rückseite der Evangelischen Kirche, die extra zu diesem Zweck seit dem Vorabend abgesperrt war. Für den Strom der Touristen bedeutete das eine nicht unerhebliche Beeinträchtigung. Der Werbeeffekt für die Stadt allerdings wurde als enorm eingeschätzt. Viele Film- und Fernsehproduktionen hatten hier schon Station gemacht. Wolfgang Petersen hatte schon in den Siebzigern hier gedreht, und vor nicht allzu langer Zeit waren hier Szenen für einen Actionfilm mit Anthony Hopkins und Ben Kingsley entstanden.

Bevor es losging, stand Herbie mitten auf der Brücke und ließ den Blick schweifen. Das berühmte Rote Haus und die malerisch ineinander verschachtelten Fachwerkhäuser mit den mattgrauen Schieferdächern boten eine imposante Kulisse. Die Rur führte wenig Wasser, einige Felsbrocken ragten aus dem Flussbett hervor.

»Hildchen, Liebling, wir haben uns das so gedacht …«
Alfredo Korn winkte seine Hauptdarstellerin herbei.

»Du kommst mit dem Hund aus dieser Richtung, und der Eike kommt von da.«

»Eike?«

Der Regisseur musterte sie intensiv. »Eike. Der den Kellner spielt.«

»Ach so, der …«

»Du triffst ihn hier auf der Brücke, so wie man eben einen Menschen einfach so trifft. Beim Spaziergang. Ganz unverfänglich. Ihr begegnet euch. Einfach so.« Er streichelte sanft ihre Schulter. »Und zu diesem Zeitpunkt ahnst du noch nicht, dass er dein Sohn ist, weißt du? Das ist sehr wichtig!«

»Mein Sohn.«

»Genau. Davon weißt du noch nichts.«

»Verstehe.«

»Hatten wir alles gestern besprochen. Steht auch im Drehbuch.«

Sie nickte ernst und nahm Herbie die Schlaufe der Hundeleine aus der Hand. Ihre Blicke begegneten sich. Sie sah plötzlich sehr hilflos aus.

»Hildchenschatz?«, fragte Korn. »Alles klar?«

Sie riss sich zusammen. »Ja, klar! Lass uns loslegen.«

Der junge Schauspieler vom Vortag trug heute legere Freizeitkleidung. Oder wenigstens das, was die Filmleute dafür hielten. Er sah aus wie einer Modezeitschrift entsprungen.

Alfredo erklärte den beiden Akteuren ihre Positionen und wie sie sich wann in welche Richtung zu drehen hatten. Dann sah er zu dem Hund, ließ die Luft aus den Backen und sagte nach einem Seufzen: »Das ergibt sich schon irgendwie aus der Szene.«

Der Aufnahmeleiter klatschte in die Hände, alles geriet in Bewegung und bis auf die Schauspieler verließen alle die Brücke. Eine Handvoll gecasteter Statisten spielten Passanten, die in stumme Gespräche vertieft waren, fotografierten oder anderweitige Dinge taten, die man als Passant so machte.

Der Hund trabte brav neben Hilde Laresser über die hölzernen Planken der Brücke, und Herbie nickte zufrieden, obwohl Biffy an seiner Seite raunte: »Er wird es wieder versemmeln, der elende Köter.«

Jetzt hielt Herbie den Moment für gekommen, sich auf die Suche nach etwas Essbarem zu machen.

Noch aus seiner Kindheit war ihm das Café Kaulard in Erinnerung. Ein altes Traditionshaus, in dem es wahrscheinlich nicht auffiel, wenn er sich zu dieser frühen Stunde schon ein Stück Sahnetorte einverleiben würde. Er hatte eine ungefähre Ahnung, wie er hinkam, und zwei Straßenzüge weiter war er schon am Ziel.

Soweit er sich erinnern konnte, hatte sich hier nicht viel verändert. Herrlich nostalgischer Biedermeier-Charme mit wuchtigen Holzornamenten, bläulichen Kacheln und Holzkassetten an der Decke, die Luft voll köstlichem Kaffeeduft, die Kuchentheke überquellend vor Bergen von Printen und prachtvollen Torten. Trotz der Uhrzeit war der Gastraum bereits gut gefüllt.

Als Herbie wenig später ein monumentales Tortenstück serviert wurde, näselte Julius: *Für so etwas gibt es keine Entschuldigung. Das ist pervers.*

Herbie konnte das nicht die Laune verderben. Dies war der erste Lichtblick des Tages. »Weißt du, Julius, ein genialer Kopf funktioniert nur dann gut, wenn der dazugehörige Körper zufrieden ist. Kohlenhydrate, Proteine …«

Zucker, Fett … ich verstehe.

Nach Herzenslust schaufelte sich Herbie den Kuchen in den Mund. »Ich habe noch mal über die Sache mit diesem Metalldings nachgedacht, das aus dem Auto verschwunden ist«, raunte er leise, sodass ihn die Leute am Nachbartisch nicht hören konnten.

Du musst nicht leise sprechen, das sind Holländer.

»Jemand hat es aus dem Auto genommen und dabei den Hund freigelassen.«

Der als Wachhund völlig versagt hat.

»Jetzt fang du nicht auch noch damit an. Es reicht, dass diese blöde Kuh von Tiertrainerin ihn dauernd schlechtmacht.«

Worin man ihr recht geben muss.

»Meinetwegen. Aber ich frage mich: Wie wurde das Auto geöffnet? Hast du Einbruchsspuren gesehen? Ich nicht.«

Er ließ plötzlich die Gabel sinken und starrte zur Kuchentheke im Nebenraum.

Der Mann im braunen Anzug, der dort stand, hatte ihnen zwar den Rücken zugedreht, aber Herbie erkannte ihn trotzdem sofort. Nur wenige Augenblicke später steuerte die kugelrunde Gestalt auch schon seinen Tisch an.

Tschüss, du gute Laune!

16. Kapitel

Friedhelm Sterzenbach hatte sich einfach ohne zu fragen auf den Stuhl vis-à-vis von Herbie plumpsen lassen. Seine Stimmung schien an diesem Morgen nicht die allerbeste zu sein. Er sah aus wie eine übelgelaunte Kröte.

»Sie lässt mich abblitzen, als wäre ich ein lästiger Pressefritze!«, blaffte Sterzenbach statt einer Begrüßung. »Sagen Sie mal ehrlich, habe ich das verdient? Darf man so mit mir umgehen?«

Herbie trank seine Kaffeetasse leer. »Was genau meinen Sie?«

»Ich bin ihr größter Fan, und sie tut so, als wäre ich ein Niemand! Wissen Sie, wie oft ich ihr schon geschrieben habe, dass wir uns treffen werden, wenn sie endlich mal wieder in Deutschland dreht?«

»Oft, vermute ich.«

»Oh ja, oft! Sehr, sehr oft!«

»Und Frau Laresser hat das auch bestätigt?«

»Was?«

»Hat sie bestätigt, dass sie Sie treffen will?«

Sterzenbach ließ sich auf diese Art der Diskussion gar nicht ein. »Bequemer kann es doch für sie gar nicht sein! Sie ist doch ohnehin hier, und da ist es doch geradezu eine Selbstverständlichkeit, dass wir uns treffen! Wir haben uns doch so viel zu erzählen.«

Das glauben wir ihm aufs Wort, was?

Sterzenbach holte seine braune Aktentasche hervor und öffnete sie. Er förderte ein mit Bleistift gezeichnetes Portrait zutage und hielt es Herbie auffordernd hin. »Na?«

Der Kopf war leicht schief geraten, die Augen hatten einen unterschiedlichen Abstand zur Nase, die Lippen sahen aus wie zwei Erbsenschoten.

Na, das ist aber mal apart. Eine Moorleiche? Julius ging sehr nahe ran, um jedes absurde Detail des Portraits ausreichend würdigen zu können.

»Von mir gezeichnet!«

»Wer soll das sein?«

Sterzenbach stutze. »Sie machen einen Witz, oder.«

Herbie lächelte nachgiebig. »Ja, klar, sieht man ja: Inge Meysel.«

»Ach was, Blödsinn!«, ereiferte sich Sterzenbach und rückte seine klobige Brille zurecht. Sein dicker Zeigefinger kreiste über der missglückten Zeichnung. »Hier, gucken Sie mal, die Ohrringe, der Kragen, die Frisur. Das ist Hildegard Laresser in *Das Geheimnis der Schnallenschuhe*, das erkennt man doch sofort! Hat ihr immerhin fast eine Oscar-Nominierung eingebracht. Also, finde ich jedenfalls, dass sie die verdient hätte. Und das hier …« Er kramte wieder in der Tasche und zog ein weiteres Bild hervor. Wieder Bleistift, dieses Mal allerdings noch nicht fertiggestellt.

»Das ist sie in *Ein Schritt ins Leere*. Noch ganz jung. Es ist noch nicht ganz fertig.«

Das unvollendete Bildnis sah noch weitaus absurder aus als das erste.

Julius setzte eine wichtige Kennermiene auf. *Dagegen war Picasso der reinste Fotorealist!*

»Die muss ich ihr unbedingt zeigen. Ich plane ja ihre Biographie, und für die Bildrechte der Fotos müsste ich ein Vermögen bezahlen, und da dachte ich mir, ich zeichne die Bilder am besten alle selbst. Das wird gewissermaßen ein Werk aus einem Guss. Da ist dann wirklich hundert Prozent Sterzenbach drin, in diesem Buch. Äh, und natürlich auch hundert Prozent Hilde Laresser.«

»Zusammen macht das satte zweihundert Prozent«, murmelte Herbie, und Julius schüttelte nur fassungslos den Kopf. *Wann hat man je eine größere Kluft zwischen Anspruch und Realität bestaunen dürfen.*

»Und ich möchte ihr auch persönlich die Einladung zu meinem fünfzigsten Geburtstag überreichen, den ich nächste Woche ganz groß im Dorfgemeinschaftshaus Röbersdorf feiere. Da ist sie ja vielleicht noch in Deutschland, und da kann sie meine Familie mal kennenlernen und auch ein paar Mitglieder vom Fanclub, Bamberger Sektion.«

Herbies Blick verlor sich im Nichts.

He, hallo! Hast du einen Schlaganfall?

In Herbies Kopf klinkte etwas aus. Es geschah geräuschlos, und es fühlte sich so an, als würde ein kleines Scharnier betätigt, ein Haken aus einer Öse gezogen, eine Steckverbindung gekappt, sodass alles, was von jetzt an noch an unnützen Informationen durch die Ohren in sein Hirn drang, ungebremst weitergeleitet wurde, direkt hinein in den Teilbereich, der für umgehendes Vergessen zuständig war.

Er ließ Sterzenbach einfach weiterreden und aß in Ruhe seinen Kuchen auf. Ab und zu nickte er seinem Gegenüber scheinbar interessiert zu. Dann bestellte er noch einen Kaffee.

Beneidenswert, deine Gabe, der Leere einfach ihren Raum zu lassen.

Sterzenbach hatte inzwischen ein Frühstück serviert bekommen und salbaderte weiter und weiter, während er Brötchen, Marmelade, Wurst, Käse und ein wachsweichgekochtes Ei vertilgte. Er schmatzte, hustete und redete ungeniert mit vollem Mund.

Ab und zu zeigte er Fotos und DIN-A4-Blätter mit Texten und Szenenfotos aus Filmen, die er aus dem Internet ausgedruckt hatte.

Julius hatte die Arme verschränkt und saß zurückgelehnt auf seinem Stuhl. Zwischendurch machte er alberne Schnarchgeräusche und sagte immer wieder ganz unerwartet *Langweilig!* oder *Total uninteressant!* oder auch *Will keiner hören!*

Nach einer gefühlten Ewigkeit erwachte Herbie aus seiner Trance und sah auf die Uhr. Es war schon kurz vor elf. Die Zeit war wie im Flug vergangen. Herbie fühlte sich überraschend entspannt.

»Langweile ich Sie?«

»I wo.«

»Ja, also, da ist, wie gesagt, dieses Geheimnis.«

Oho, ein Geheimnis?

Und plötzlich war Herbie wieder bei der Sache.

»Dass Schauspieler ein großes Mysterium aus ihrem Alter machen, das kennt man ja«, plapperte Sterzenbach munter weiter. »Schwuppdiwupp, da verschwinden einfach mal drei, vier, fünf Jährchen. Sollen sie. Wenn sie sich damit besser fühlen oder jünger, bitteschön. Humphrey Bogart … Jennifer Lopez … und auch der Jan Hofer von der Tagesschau! Haben sich alle jünger gemacht, als sie in Wirklichkeit sind.« Er beugte sich über den Tisch zu Herbie herüber und senkte die Stimme. Wegen seines nicht vorhandenen Halses steckte der kugelrunde Krötenkopf jetzt bis zu den Ohren im Kragen seines unmodernen, braunen Jacketts. »Aber bei Hilde … ich darf sie übrigens Hilde nennen. Oder sogar Hildchen, so wie ihre engen Freunde oder ihre prominenten Kollegen das tun …«

»Hat sie Ihnen das erlaubt?«

»Sie hat es mir nicht verboten! Also bei Hilde ist es nicht nur das Alter, das im Ungewissen liegt. Nein, bei Hilde gibt es da gar nichts, was irgendetwas über ihre Kindheit erzählt. Nichts! Kein Mensch außer ihr selbst scheint etwas zu wissen! Angeblich soll sie irgendwo aus der Berliner Ecke kommen, aber das glaube ich nicht.«

»Warum nicht?«

»Gefühl«, sagte Sterzenbach wichtig und winkte der Kellnerin. »Noch eine Limo bitte.« Und an Herbie gewandt fuhr er fort: »Mein Gefühl sagt mir das. Meine Familie kommt aus dem Schwabenland, und ich habe das unbestimmte Gefühl, dass Hilde auch daher stammen könnte. Da ist irgendetwas, das uns verbindet. Oder Berlin. Großraum Berlin, Brandenburg, Mecklenburg-Vorpommern ... so was in der Richtung. Da habe ich eine Tante wohnen gehabt. Vielleicht gibt es ja auch daher so eine starke emotionale Bindung zwischen uns.« Er warf sich in die Brust. »Natürlich habe ich geforscht, weil ich ja in der Biographie alles hieb- und stichfest präsentieren möchte. Ich habe Hilde auch gefragt, aber sie macht da, wie gesagt, ein großes Geheimnis draus. Ich habe mich jedenfalls dazu entschlossen, ihre Geburt in Schwaben zu verorten.«

»Hat sie das denn bestätigt?«

»Sie hat es nicht bestritten!«

»Entdeckt wurde sie aber in der Eifel«, sagte Herbie lauernd. »Bei den Dreharbeiten zum *Hotel Eifelblick* ist sie eingesprungen, weil die Darstellerin des Zimmermädchens krank geworden war. So habe ich es jedenfalls gelesen.«

Sterzenbach wiegte den Kopf hin und her. »Ja, ja, ja, das stimmt natürlich.«

»Und besonders beliebt war sie beim Fernsehpublikum nicht nur wegen der kessen Sprüche, die ihr die Autoren in den Mund gelegt hatten, sondern auch wegen ihres rheinischen Tonfalls.«

»Mag sein, ja, das sagt man sich. Aber das heißt ja nichts.«

»Sie könnte also auch aus der Eifel kommen. Wäre doch naheliegend, oder?«

»Dazu äußert sie sich nicht. Mir gegenüber hat sie jedenfalls ...«

Herbie kniff die Augen zusammen und unterbrach ihn. »Sagen Sie mal, hat Hilde Laresser überhaupt mal irgendwann auf einen Ihrer Briefe geantwortet?«

»E-Mails! Wir verkehren per E-Mail. Das ist unkomplizierter!«

»Hat Sie eine Ihrer E-Mails beantwortet?«

»Sie hat natürlich wahnsinnig viel zu tun. Da kann man ja nun wirklich nicht erwarten, dass sie immer gleich jeden Gruß und jede Frage …«

»Haben Sie die Erlaubnis von Hilde Laresser, ihre Biographie zu verfassen?«, fragte Herbie mit einer gewissen Schärfe.

Ohne Vorwarnung sauste plötzlich Sterzenbachs Faust auf den Tisch, sodass das Geschirr klapperte.

Die Holländer drehten die Köpfe zu ihnen herum.

Julius machte eine beschwichtigende Handbewegung in ihre Richtung. *Beruhiging, Beruhiging, keine bezorgdheid! De jongens maken heel vrolijke gekheid un grappige moppen!*

Herbie sah irritiert zu seinem Freund hinüber.

Ich weiß nicht, was es heißt, aber es klingt doch lustig.

»Ich habe Jahre … nein, Jahrzehnte mit meiner Forschung zugebracht!«, keifte Sterzenbach inzwischen weiter. »Ich weiß alles über Hilde Laresser, was da draußen auf der ganzen, weiten Welt überall geschrieben steht, was man sich über sie erzählt. Ich kenne Hilde Laresser wie kein anderer Mensch auf diesem verdammten Planeten!«, presste er mit zitternder Stimme hervor. »Ich lebe für sie! Und was tut sie? Sie verweigert mir, ihrem besten und ältesten Freund, ein kleines Gespräch, ein harmloses Treffen! Ich frage Sie mal: Tut man so etwas? Nach all den Jahren?« Tränen traten in seine Augen. »Dieses ... dumme ... böse ... Weib!« Seine Hände waren zu Fäusten geballt.

Stumm und mit halb offenstehendem Mund starrte Herbie ihn an.

Jetzt bin ich aber mal gespannt, an welcher Stelle seines Kopfes gleich die Feder rausgesprungen kommt.

Offensichtlich war Sterzenbach sein Gefühlsausbruch im nächsten Moment auch schon wieder unangenehm. Er atmete tief durch, spreizte die Finger, legte die Serviette beiseite und erhob sich umständlich. »Verzeihen Sie, ich müsste mal kurz ...«

Er wackelte mit gesenktem Kopf davon, und Herbie blickte ihm fassungslos hinterher.

Wenn irgendwann deine Biographie ansteht, hätte ich einen heißen Tipp.

In diesem Moment betrat noch jemand das Café, den Herbie kannte.

Hilde Laresser bemerkte ihn nicht. Sie hatte eine Sonnenbrille angezogen, vermutlich, um nicht gleich von jedem Fan wegen eines Autogramms oder eines Selfies angesprochen zu werden. Trotzdem war es heikel, allein und ungeschützt durch das Städtchen zu laufen, wo doch das Filmteam große Aufmerksamkeit erzeugte.

Sollte die Grande Dame nicht am Drehort sein?

Auch Herbie wunderte sich über ihr Auftreten. Sie war ganz rasch durch den Haupteingang hereingekommen und stand nun halb von der Garderobe verdeckt in einer Ecke und blickte aufmerksam durch das Fenster nach draußen.

Herbie erhob sich rasch und ging durch den Verkaufsraum auf sie zu. Sie nahm immer noch keine Notiz von ihm. Irgendetwas da draußen beanspruchte ihre ganze Aufmerksamkeit.

Als Herbie ihrem Blick folgte, entdeckte er Frederick von Ameln. Er saß an einem der zierlichen, weißen Cafétische vor dem Lokal – und er war nicht alleine. Neben ihm, viel näher als nötig, saß Sandy, die Maskenbildnerin. Und von Amelns linke Hand war nicht da, wo sie sein sollte. Die Finger spielten neckisch mit einem Spaghettiträger der jungen, korpulenten Frau.

Hildegard Laresser schrak zusammen, als Herbie an ihre Seite trat.

»Drehpause?«, fragte er arglos.

Sie musterte ihn mit gespitzten Lippen. »Hm, ja, zwangsläufig. Eine halbe Stunde, bis das Chaos am Set beseitigt ist. Möchten Sie eine neue, lustige Geschichte von Ihrem Hund hören?«

Herbie schluckte, und dann wandte er den Kopf zum Fenster. »Später vielleicht. Ich nehme an, Ihnen ist jetzt eigentlich nicht nach lustigen Geschichten zumute.«

Sie stieß ein kurzes, bitteres Lachen aus. »Deswegen?« Ihr forsches Kinn wies nach draußen. »Ach, ich bitte Sie. Er mag mollige Weiber. Große Brüste, pralle Hinterteile … das war schon immer so. Da habe ich ihm nie gereicht, das macht mir schon lange nichts mehr.«

Aber die Tatsache, dass sie ihren Exmann aus sicherer Entfernung beobachtete, strafte ihre Worte Lügen. Das wusste Herbie, und sie wusste, dass er es wusste.

Sie seufzte leise und spielte mit ihrer kleinen, goldenen Armbanduhr.

»Zum Zeichen seiner Reue schenkte er mir dann immer eine besonders kostbare Uhr. Ganz teure Dinger, die heute sicher ein kleines Vermögen wert sind. Sieben Uhren, eine schöner als die andere.« Sie lächelte ihn schief an. »Wenn ich mal nicht mehr bin, kriegt er sie alle zurück. Steht schon so in meinem Testament.«

Herbie wandte sich um und hielt nach Sterzenbach Ausschau. »Ich vermute mal, Sie sind nicht besonders scharf auf ein trautes tête-à-tête mit Ihrem größten Fan.«

Sie schrak erneut zusammen und blickte sich hektisch um. »Ist der etwa hier?«

Und wie der hier ist. Julius spähte erwartungsvoll zum Durchgang. *Das wird sicher ein lustiges Wiedersehen.*

Herbie wies mit dem Kopf in Richtung der Toiletten. »Er ist mal kurz raus. Kann nicht mehr lange dauern, bis er wieder da ist.«

»Oh Gott, helfen Sie mir!«

Er zückte sein Portemonnaie und bezahlte rasch sein außergewöhnliches Frühstück. »Kommen Sie, bevor es zu spät ist.« Dann zog er die Schauspielerin sanft hinter sich her. Als sie die Toiletten passierten, wurde die Herren-Tür gerade geöffnet. Als Friedhelm Sterzenbach heraustrat, eilten sie bereits die Treppenstufen zum Nebenausgang hinauf.

»Du hast was gut bei mir, Junge«, sagte Hilde Laresser und hielt sich an seinem Unterarm fest.

17. Kapitel

Um an die Kartons mit den Marmeladen-Portionsdöschen zu kommen, musste Liesel Zender die kleine Trittleiter ausklappen. Diese Filmleute waren auch heute wieder wie ein Heuschreckenschwarm über das Frühstücksbüffet hergefallen. Nur gut, dass sie immer schon so zeitig unterwegs waren, sonst müsste sie am Ende immer wieder nachlegen.

Erdbeere, Aprikose ... Sie schob die Vorratskartons hin und her. Wo war das Pflaumenmus? Der ungepflegte Regisseur aß nichts anderes. Jeden Tag drei bis vier Brötchen mit Pflaumenmus.

Während ihre Hände auf dem oberen Regalbrett herumtasteten, fiel ihr Blick auf die Mettwürste, die sie auf einem Holzteller unter einem Fliegennetz lagerte. Sie klappte das Netz zur Seite. Seltsam ... Sie hätte schwören können, dass da gestern noch ...

Die Würste schnitt sie allmorgendlich in kleine, fingerdicke Stücke und legte sie zwischen Aufschnitt und

Schinken auf die Servierplatte. Gestern waren es noch fünf Würste gewesen, da war sie sich sicher. Und jetzt lagen vier Stück da.

Früher hätte sie vermutet, dass Bäetes mal wieder was stibitzt hatte. Das war typisch für ihn gewesen. Aber Bäetes war nicht mehr. Und Alina aß kein Fleisch.

Wer also sonst? Der komische Kerl mit dem Hund? Oder …

Plötzlich kam ihr ein Gedanke. Es war nicht viel mehr als eine vage Idee, aber das würde auch einige andere Dinge der letzten Tage erklären.

Sie stieg langsam von der Trittleiter herunter und ging in ihr Büro. Nachdenklich legte sie das Kinn auf die Brust und las die Einkaufsliste für den nächsten Tag.

In diesem Moment klingelte das Telefon, und sie griff nach dem Hörer. Eine Vorahnung ließ sie einen kurzen Moment zögern, bevor sie abnahm.

Ihre Vorahnungen trogen sie selten.

»Hallo, hier Hotel Eifelblick, mein Name ist Liesel Zender, was kann ich für Sie tun?«

* * *

Als Herbie mit Hilde Laresser am Set ankam, war die Stimmung frostig. So langsam zerrten die Eskapaden des Hundes an den Nerven der gesamten Crew.

Nur Julius genoss die Situation sichtlich. Er mochte es eigentlich ganz gern, wenn die Dinge für Herbie nicht so liefen, wie sie sollten.

Frederick von Ameln scheint heute nicht das einzige männliche Wesen in Monschau zu sein, dessen Hormone

sich gebärden wie ein Rudel Klosterschüler in der gemisch-
ten Sauna.

Herbie musste sich von den Filmleuten vorhalten lassen, dass es nur mit sehr viel Überredungskunst gelun-
gen sei, eine amerikanische Diplomatengattin davon
abzuhalten, die Botschaft der Vereinigten Staaten von
Amerika einzuschalten, weil Agamemnon ihre Pekine-
senhündin Melody so hart rangenommen hatte, dass sie
einen Kreislaufkollaps erlitt und beim Tierarzt notver-
sorgt werden musste. Mit der Zusicherung eines stattlichen Schmerzensgelds waren schließlich die Wogen
wieder geglättet worden.

Trotzdem war die Situation angespannt. Monschau war
voller Touristen, und nicht wenige davon hatten Hunde.

Tom Treuheit setzte einen ungewohnt ernsten Blick
auf, als er sagte: »Wir werden das verrechnen müssen.«
Das unweigerliche Knuffen gegen Herbies Schulter war
dieses Mal beinahe schmerzhaft.

Julius musterte den Mann an Treuheits Seite kritisch.
Übrigens, wen du mich fragst, mache ich als ständiger Beglei-
ter eine deutlich bessere Figur

Herbie beugte sich zu Agamemnon hinunter und
raunte ihm ins Ohr: »Ich wäre durchaus in der Stimmung, einen Teil deines Honorars in einen Besuch beim
Tierarzt zu investieren. Keine Ahnung, was so eine Kas-
tration kostet, aber das wäre es mir wert.«

Der Hund legte den Kopf schief und blickte ihn ver-
ständnislos an.

Dann ging der Dreh weiter.

Herbie bewegte sich keinen Meter mehr vom Set weg
und sah zu, wie Hilde Laresser wieder und wieder über

die Brücke schlenderte, den Hund an ihrer Seite, wie sie etliche Male auf den jungen Mann traf und ein Gespräch nach dem anderen mit ihm führte. Und sie tat es jedes Mal so, als wären sie einander gerade erst begegnet. Sehr echt, sehr glaubwürdig.

Während er das beobachtete, wurde Herbie der enorme Unterschied zwischen ihr und diesem Seriendarsteller deutlich. Bei Hilde Laresser war jede Geste, jeder Blick, jedes Zucken um die Mundwinkel eine schauspielerische Offenbarung, bei dem Daily-Soap-Star Eike Christiansen war nichts, was er sagte oder tat, besser als durchschnittliches Laientheater.

Als Hilde Laresser zwischen zwei Einstellungen einen Schluck zu trinken gereicht bekam, kam sie noch einmal auf Herbie zu. »Das muss dir endlos langweilig vorkommen«, sagte sie sanft. »Wieder und wieder dasselbe.«

»Ich finde es interessant.«

Obwohl sie den Mund nicht verzog, zeigten ihre Augen ein kaum wahrnehmbares Lächeln. Irgendetwas war zwischen ihnen geschehen, da vorhin im Café. »Dieser blondgelockte Knabe … strahlend schön wie das Jesuskind, aber kein Fünkchen Talent, findest du nicht auch? Aus einer Seifenoper haben sie ihn rekrutiert. Um das jugendliche Publikum anzusprechen. Hat man Töne!« Sie trank und verzog den Mund. »Wasser! Ein kühler Sancerre wäre mir lieber.« Sie griff in die Manteltasche und warf dem Hund eine Scheibe Wurst zu. »Er macht sich übrigens.«

Der Regieassistent rief zur nächsten Aufnahme.

Gegen vier hatten sie dann endlich alles im Kasten, was für diesen Drehtag geplant gewesen war, und die

Karawane von Fahrzeugen rollte wieder vom Parkplatz am Aukloster südlich aus der Stadt hinaus und weiter in Richtung Schleiden.

Julius saß schläfrig und in sich gekehrt auf dem Rücksitz, und Agamemnon hatte sich neben ihm auf dem Sitz zusammengerollt und schnarchte. Ab und zu blickte er auf und hechelte ein bisschen.

»Hast du gehört, du machst dich«, sagte Herbie bei einer dieser Gelegenheiten und lächelte dem Hund zu. »Das sagt eine Weltklasse-Schauspielerin!«

Julius zog die Augenbrauen hoch. *Bahnt sich da wohl plötzlich eine große Freundschaft an?*

»Sie scheint Vertrauen zu mir zu haben, Julius, hast du nicht auch den Eindruck?«

Julius grunzte abfällig. *Sie wird schon sehen, was sie davon hat.*

»Ist dir nicht aufgefallen, dass beim ganzen Team kein einziger Mensch zu sein scheint, mit dem sie irgendwie vertraut wirkt? Das sind doch alles Verrückte, die nur daran interessiert sind, ihren großen Namen ausschlachten zu dürfen.« Er sah in den Rückspiegel. »Sie wirkt irgendwie verloren, finde ich. Nicht einmal ihrem Ex-Mann kann sie vertrauen.«

Als sie auf den Vorplatz des Hotels rollten, fiel ihnen als Erstes der Polizeiwagen auf.

Tom Treuheit, der offenbar als einer der Ersten vom Set zurückgekehrt war, unterhielt sich gestenreich mit zwei Polizisten, während sein Begleiter stumm danebenstand.

Als Herbie den Wagen geparkt hatte, kamen die beiden Uniformierten im Schlenderschritt zu ihm herüber, und noch bevor er aussteigen konnte, beugten sie sich zu ihm hinunter.

»Ist das Ihrer?« Sie deuteten auf die Rückbank.

Wer? Ich?

Der Hund kläffte einmal. Es klang wie ein »Ja«.

»Was denn jetzt schon wieder?«, seufzte Herbie entkräftet.

»Ihr Hund hat offenbar gestern einen kleinen Ausflug ins Dorf gemacht.«

»Ähm, ja? Er ist von zu Hause reichlich Auslauf gewöhnt.«

Der zweite Polizist fragte: »Auslauf mit einem großen Fahrradständer im Schlepptau?«

18. Kapitel

Herbie fand Tom Treuheit im Biergarten. Er stand dort, engumschlungen mit seinem Begleiter, und sie küssten sich sehr intensiv. Verlegen räusperte sich Herbie.

»Sind sie weg?«, fragte Treuheit.

»Ja, gerade eben.«

Der Produktionsassistent atmete auf. »Ich dachte schon, sie wären wegen unserem Zeug hier.«

»Zeug?«

Treuheit griff in die Tasche und holte eine Metalldose heraus. Er klappte sie auf und präsentierte eine Handvoll säuberlich gedrehter Joints. »Anders hält man das doch hier nicht aus. Auch einen?«

Herbie winkte ab.

»Haben wir vorgestern Abend von einem komischen Typen gekauft, der im Dorf an der Bushalte rumgelungert ist. Ich glaube, der wird irgendwie gesucht. Aber danach haben sie gar nicht gefragt. Die sind gekommen, weil …«

»Ich weiß, der Hund hat ein Auto demoliert.«

»Ein Auto demoliert? Krass.« Treuheit rückte seine Schirmkappe zurecht. »Und wie?«

»Mit einem Fahrradständer.«

»Okay.« Die zwei warfen sich einen irritierten Blick zu.

»Und ich soll jetzt dringend zu dem alten Mann hin, dem das passiert ist, und das von Mann zu Mann regeln, bevor es zur Anzeige kommt. Könnt ihr wohl mal ein Stündchen auf meinen Hund aufpassen?«

»Och Mann, wir wollten eigentlich gerade …«

Julius grinste breit. *Sie wollten gerade eine Runde Halma spielen. Oder Fang den Hut.*

Treuheit seufzte ergeben. »Ja, okay, zieh ab.« Er streckte die Hand nach der Leine aus. »Aber mach nicht zu lange.«

* * *

Herbie hatte bei der Ermahnung durch die beiden Polizisten gleich das Gefühl gehabt, den Namen Tolkemit erst kürzlich schon einmal gehört zu haben. Dann war ihm eingefallen, dass Bäetes vor seinem Ableben den Namen seines früheren Lehrers erwähnt hatte.

»Wenn er der Lehrer von Bäetes gewesen ist, dann …«

… hat er auf ganzer Linie versagt.

»… muss er ein biblisches Alter haben«, vervollständigte Herbie seinen Satz.

Die Angaben, die ihm die Polizisten gemacht hatten, waren ungenau. Es schien, als hätte das Haus des Lehrers keine Hausnummer. Es dauerte eine Weile, bis Herbie ein Haus am Ortsrand fand, auf das die Beschreibung passte: Ein ehemaliges Forsthaus, halb verkleidet mit rustikalen Eichenschwarten und einer verblichenen Wandmalerei auf dem Giebel. Ein kaum noch zu erkennender, großer Vogel, auf einem Ast sitzend, umrahmt von Zweigen und Tannenzapfen, gab dem Haus den Namen: das Eulenhaus.

Siegfried Tolkemit schnitt Rosen. Vielmehr ließ er Rosen schneiden. Eine ältliche Frau in Kittelschürze schob eine quietschende, kleine Schubkarre hin und her und zwickte mit der Rosenschere die Reste der welken Blüten aus den gewaltigen Sträuchern, die beinahe die gesamte Rückseite seines Hauses bedeckten. Tolkemit wies hierhin und dorthin und sagte: »Weiter hinten, hörst du! Weiter hinten!«

Er selbst saß in leicht erhöhter Position mitten auf dem Rasen auf einem knisternden, alten Korbstuhl und benutzte ein Stöckchen, um die Frau von einer Stelle zur anderen zu scheuchen.

Herbie hatte an der Haustür geklingelt, aber es hatte niemand reagiert. Daher war er rechter Hand ums Haus herumgegangen, hatte ein kleines Tor geöffnet und sich in einem riesigen Blumengarten wiedergefunden.

»Dahinten!«, schnarrte der Alte gebieterisch. »Ein bisschen höher! Noch höher! Weiter rechts. Nein, rechts, habe ich gesagt! Kannst du denn rechts und links nicht unterscheiden?«

Mit einem Räuspern machte Herbie auf sich aufmerksam.

Der Alte sah ihn und winkte ihm mit einer sehnigen Hand, die an eine Vogelklaue erinnerte. »Kommen Sie mal nach vorne!«

Herbie tat, wie ihm geheißen, und fühlte sich auf fatale Weise an seine frühe Schulzeit erinnert. Er dachte an die demütigenden Gänge zur Tafel, die stets seinen Tagträumereien gefolgt waren, während derer der Unterricht an ihm vorübergerauscht war. An der Tafel hatte er dann stets große Mühe gehabt, sich zu vergegenwärtigen, welches Unterrichtsfach überhaupt gerade an der Reihe war.

Tolkemit musterte ihn von Kopf bis Fuß mit strengem Blick. Seine Lippen waren dünn und von einem ungesund leuchtenden Violett. Die stecknadelkopfgroßen Äuglein saßen lauernd in dunklen Höhlen hinter einer runden Hornbrille. Der Kopf des Alten war kahl wie ein Totenschädel, die Ohren standen seitlich diabolisch spitz zulaufend ab, und die dazugehörigen Ohrläppchen waren absurd groß.

»Na, da wollen wir mal sehen. Ich vergesse nie ein Gesicht, wissen Sie. Ich kenne Sie genau! Sie sind der … nein, sagen Sie nichts! … Robert Gietz, Jahrgang 1962, Klassensprecher von 58 bis 59!«

»Nein, mein Name ist …!«

»Sagen Sie nichts! Ruhe! Christian Leitzbach! Sie waren ein vorlauter Schüler! Drei Klassenbucheintragungen. 1961, wegen Abschreibens in der Klassenarbeit, 1962 wegen …«

Herbie unterbrach ihn: »Oh nein, nein, ich bin keiner Ihrer Schüler, Herr Tolkemit. Mein Name ist Herbert Feldmann.«

»Zeugen Jehovas? Ein Vertreter? Ach nein, waren Sie nicht einer von den kleinen Sternsingern, die mir vor dreiundzwanzig Jahren …«

»Es geht um meinen Hund, der gestern einen kleinen Schaden bei Ihnen angerichtet hat.«

Mit einem fröhlichen Krähen warf der Alte die Hände in die Luft. »Da kommt ja der Missetäter!«

Julius hatte großes Vergnügen. *Vielleicht kommst du ja mit ein paar Stunden Nachsitzen davon.*

»Sie sind gekommen, um sich Ihre Strafe abzuholen, sehe ich das richtig?«

Herbie nickte schuldbewusst. »Mein Hund ist ein bisschen ungestüm, wissen Sie. Er ist ein verspieltes Jungtier, das seine Kräfte noch nicht so richtig einzuschätzen weiß.«

Tolkemit wedelte mit dem Zeigefinger. »Da muss man von Anfang an Zucht und Ordnung reinbringen! «

Man weiß es gar nicht. Ist das der Korbstuhl, der so knistert, oder sind es seine morschen Knochen?

»Sie haben wohl recht. Ist das ein Zeigestock?«

Der Alte wog den hölzernen Stab in seinen sehnigen Händen. »Oh ja, eine Erinnerung an wunderbare Tage aus längst vergangener Zeit.«

»Jedenfalls bin ich gekommen, um den Schaden zu begleichen.« Herbie fischte sein Portemonnaie aus der Gesäßtasche. »Ich habe gehört, es ist eine Delle in Ihrem Auto?«

»Ganz richtig, Herr Feldmann. Eine Delle. Ellipsenförmig, an der breitesten Stelle viereinhalb Zentimeter.«

»Ich hätte nicht gedacht, dass Sie noch Auto fahren.« In dem Moment, in dem Herbie das gesagt hatte, ärgerte er sich auch schon über seine eigenen Worte.

Die Augen des Alten blitzten auf. »Ach, und wieso sollte ich, bitteschön, kein Auto mehr besitzen?«, kam es lauernd.

»Na, Sie fahren doch sicher nicht mehr.«

Julius schüttelte betrübt den Kopf. *Wenn du doch wenigstens ab und zu mal nachdenken würdest, bevor du den Mund aufmachst.*

Siegfried Tolkemit sprang von seinem Stuhl hoch.

»Ich bin zwar sechsundneunzig, aber noch topfit, Sie vorlauter Bengel.« Wie zur Bestätigung schüttelte er seine dünnen Ärmchen und Beinchen aus. »Die Straßenverkehrsregeln beherrsche ich immer noch aus dem Effeff, und wann immer es neue Vorschriften gibt, studiere ich sie ein!«

»Sicher, sicher«, sagte Herbie kleinlaut und fingerte zwischen den Geldscheinen herum. »Es wird ja nicht die Welt kosten.«

»Heute Morgen habe ich umgehend einen Sachverständigen herbeigerufen, und der hat den Schaden auf etwa zweitausend Euro taxiert.«

Herbie blieb der Mund weit offenstehen.

Wenn das mal nicht ziemlich exakt die Schauspielgage deines Leihhundes ist! Julius konnte ein hämisches Feixen nur schwer unterdrücken.

»Das investiere ich natürlich sehr gerne in die Reparatur meines Wagens. Der ist zwar schon dreiundzwanzig Jahre alt, hat aber kein noch so kleines Rostfleckchen. Ich bin ja auch erst vierunddreißigtausend Kilometer damit gefahren.«

Herbies Mund öffnete sich nur noch weiter.

»Sie glauben mir nicht?« Er winkte mit einem seiner Krallenfinger. »Kommen Sie, ich zeige es Ihnen.«

»Doch«, sagte Herbie tonlos. »Ich glaube Ihnen ja.«

»Ich zeige Ihnen den Schaden! Sieglinde, schütte uns doch bitte einen Kaffee auf. Ich werde kurz mit Herrn

Feldmann in die Garage gehen, und dann setzen wir uns in etwa sechs bis sieben Minuten ins Esszimmer. Ein paar Plätzchen wären auch schön.«

Der Wagen war ein Fiat Punto in Metallicblau, der tatsächlich aussah, als wäre er gerade frisch vom Band gelaufen. Auf Hochglanz poliert, ohne eine einzige tote Fliege auf den Scheinwerfern.

Die Fliegen haben wahrscheinlich alle Zeit der Welt, um dem Wagen auszuweichen.

»Ich habe noch die allerersten Wischerblätter. Bei Regen fahre ich nicht.«

Die Garage war kaum größer als der darin befindliche Wagen. Sie quetschten sich an dem Fahrzeug vorbei, und Tolkemit deutete mit seinem Zeigestock auf eine Stelle am vorderen linken Kotflügel. Tatsächlich war dort eine deutlich sichtbare Macke, bei der das blanke Metall durchschimmerte.

»Ich hatte ihn gestern Abend vorm Haus geparkt, weil ich Frau Kessel noch nach Hause bringen wollte. Wir sind liiert, wissen Sie. Möglicherweise haben Sie ja das Gerede über unsere Beziehung zur Kenntnis genommen, denn Frau Kessel war früher mal meine Schülerin. Sie war die Beste, die Allerbeste. Möglicherweise, weil ich sie besonders gefördert habe. Aber sie hat dann doch nur einen Landwirt aus Engelgau geheiratet, dabei hätte sie jeden Beruf der Welt ergreifen können, mit ihren Fähigkeiten. Aber es musste ja der strohdumme Kerl sein. Nun ja, der ist ja nun auch endlich verstorben.«

»Und wer hat meinen Hund gestern Abend gesehen?«
Du willst wissen, wer dich beim Herrn Lehrer verpetzt hat?
»Das war ich selbst.«

»Und Sie sind sicher, dass das mein Hund war?«, startete Herbie einen letzten zaghaften Versuch, doch noch aus der Sache rauszukommen.

Tolkemit zückte ein Handy. Es wollte so gar nicht zu seinem Besitzer passen.

Mit wenigen Bewegungen seiner dünnen Finger hatte er ein Foto aufgerufen. »Ich nehme an, es ist der einzige große, schwarze russische Terrier, der gestern Abend durch unser Dorf gerannt ist und einen Fahrradständer hinter sich her schleift.«

»Wahrscheinlich«, sagte Herbie kleinlaut.

»Und selbst wenn da doch mehrere solcher Hunde unterwegs gewesen sein sollten – das da sind doch wohl Sie, der hinter dem Hund herläuft, habe ich recht?« Er hatte das nächste Bild geöffnet.

Herbie nickte ergeben. »Klar, das war mein Hund.«

»Auch der Fahrradständer?« Tolkemit zeigte auf das Pflaster auf Herbies Stirn.

»Hm? Ach so, nein. Baum oder so ähnlich.«

Tolkemit führte ihn durch eine Metalltür ins Haus. Dort blubberte bereits wie bestellt eine Kaffeemaschine vor sich hin. Herbie sah auf die Uhr.

Gleich schellt die Pausenklingel.

Das Esszimmer war überaus bieder und penibel ordentlich eingerichtet. Eine Esstischgruppe aus dunklem Holz stand vor einem Panoramafenster, in dem Kakteen und Usambaraveilchen in Reih und Glied aufgereiht standen.

Herbie folgte den Anweisungen des Lehrers und setzte sich an das Kopfende des Resopaltischs.

»Sieglinde, wir sind soweit!«, rief Tolkemit.

Im Nebenraum antwortete die Frau: »Ich komme sofort!«

»Zucht und Ordnung«, sagte Tolkemit und federte in den Knien. Er schien gar nicht daran zu denken, sich zu Herbie an den Tisch zu setzen. »Damit wird man alt. Das sollten Sie sich hinter die Ohren schreiben, junger Mann.«

»Ich habe übrigens einen ehemaligen Schüler von Ihnen kennengelernt«, sagte Herbie. »Hubert Leyenkaul.«

»Ach, der Bäetes!«, kam erneut die Stimme von nebenan, untermalt von Geschirrgeklapper. »Wir haben gehört, was mit dem passiert ist. Schrecklich, schrecklich.« Es klang fast ein wenig schadenfroh.

»Hubert Leyenkaul!«, schnarrte der Alte verächtlich. »Ein ganz übler Störenfried! Hatte nichts als Flausen im Kopf!« Er tippte sich gegen die glänzende Stirn. »All die Missetaten und Vergehen habe ich hier gespeichert, wissen Sie. Elefanten vergessen nicht, sage ich immer. Der Hubert Leyenkaul hat einmal den Papierkorb in Brand gesteckt. Und den Mädchen hat er immer unter den Rock geguckt.

Haben wir das nicht alle gemacht?

Herbie wandte schockiert den Kopf zu Julius, was Tolkemit dazu veranlasste, mit dem Zeigestock auf den Tisch zu tippen.

»Hallo, hier ist vorne. Leyenkaul war ein Lümmel, einer wie viele andere ungezogene Bengels hier aus der Eifel. Ich war noch sehr jung, als ich Lehrer an der Volksschule wurde. Bin mit meinen Eltern aus Ostpreußen hierher gekommen. Ein anderer junger Bursche hätte vielleicht kapituliert, aber ich habe diese Schulkinder von Klasse eins bis Klasse acht in den Griff gekriegt. Und womit?«

Mit Zuckerbrot und Peitsche?

»Mit Zucht und Ordnung?«, vermutete Herbie.

»So ist es! Auch diesem Leyenkaul hat das nicht geschadet, wenn er mal ab und zu ein paar hinter die Löffel kriegte, das können Sie mir glauben.«

Herbie hatte das Gefühl, dass es interessant werden konnte, wenn er den Greis noch ein wenig erzählen ließ.

Ach, und was soll da Interessantes herauskommen? Julius schürzte skeptisch die Lippen. *Lausbubengeschichten und Pennälerstreiche. Stehst du auf so was?*

»Leyenkaul hatte eine ausgesprochene Vorliebe für antike Sagen und so«, sagte Herbie arglos. »Hätte man ihm gar nicht zugetraut. Er sagte, er habe das alles von Ihnen gelernt.«

Tolkemits Gesicht erstrahlte, und die ledrige Haut spannte sich über den kleinen Bäckchen. »Oh ja, das habe ich ihm vermittelt! Hopfen und Malz waren noch nicht ganz verloren, als ich merkte, dass ich ihm historische Fakten mithilfe der Götter- und Heldensagen vermitteln konnte.«

»Die Namen hatten es ihm anscheinend angetan.«

»Namen?«

»Lateinische Namen, Götternamen, diese ganze Namenssymbolik …«

Frau Kessel kam endlich mit dem Kaffee und schenkte ihnen ein. Das Gespräch war für einen Moment unterbrochen.

»Sieglinde, Liebes, dieser junge Mann war zwar nicht bei mir in der Schule, aber er macht einen manierlichen

Eindruck, nicht wahr? Wir plaudern gerade über Hubert Leyenkaul.«

»Oh je.« Sie winkte ab. »Man will ja nicht von einer gerechten Strafe sprechen, aber, der hat sich in seinem Leben so einiges geleistet ...« Ihr Gesichtsausdruck veränderte sich ins Sensationslüsterne. »Immerhin hat er nicht lange leiden müssen.«

Herbie erschrak über die Kaltblütigkeit der alten Frau. Dann aber verstand er, was sie meinte, als sie sich vorbeugte und zischte: »Krebs.«

»Krebs?«

»Bauchspeicheldüse. Der wäre ganz elend zugrunde gegangen, der Bäetes. Ich weiß es aus dem Wartezimmer.«

Na, das sind ja mal Neuigkeiten!

Tolkemit nickte ernst. »Pankreaskarzinom. Nicht mehr operabel. Die Quittung für ein Lotterleben.«

»Hier sind schon viele schlimme Dinge im Dorf passiert. Der Herr Fredel von der Kreissparkasse war ein ganzes langes Wochenende mit Fronleichnam und Brückentag unter seinem elektrischen Garagentor eingeklemmt und ist elend verhungert und verdurstet!« Sie schlürfte am Kaffee. Es sah sehr genüsslich aus.

»Bitte, Sieglinde, wir haben keine Zeit für Kaffeeklatsch!«

Aber sie ließ nicht locker: »Und das Mädchen von den Dedenborns hat in den Siebzigern dem kleinen Ingo vom Doktor Rech mit der Gartenschaukel das Genick gebrochen.«

»Sieglinde, es reicht!« Tolkemit schlug mit dem Stock auf den Tisch.

»Auf mich machte der Leyenkaul ja einen ganz sympathischen Eindruck«, log Herbie, um die Unterhaltung zum Thema zurückzuführen.

Sieglinde Kessel kräuselte nachdenklich die Stirn. »Der trieb sich doch früher immer mit Stroedter Lud rum.«

»Ludwig Stroeter ... eieiei ...« Tolkemit malmte mit den Wangenknochen. »Der hat einmal das Milchgeld gestohlen. Alle haben es gewusst, aber man konnte es ihm nicht beweisen. Und wenn ich vorhin gesagt habe, dass Leyenkaul ein schlimmer Finger war, dann gilt das umso mehr für Stroedter. Ganz, ganz verkommener Vertreter. Der malte immer nackte Frauen auf die Tafel. Sehr detailliert, wie man leider feststellen musste. Einmal hat er wieder so was gemacht und hat den Namen von Annegret Broich druntergeschrieben. Ein blitzgescheites Mädchen in der Klasse darüber. Das hat ihm beinahe einen Schulverweis eingebracht. Die hat er übrigens auch arg bedrängt, und da ist auch einmal etwas vorgefallen, das bei dieser Annegret ganz schlimme seelische Schäden angerichtet hat.«

Herbie wäre jetzt gerne zu Leyenkauls Bäetes zurückgekehrt, aber Tolkemit hatte den Schwerpunkt seiner Erinnerungen inzwischen verlagert.

»Das arme Kind ist mit seinen Eltern schließlich weggezogen. Ich hatte ja stets die Vermutung, dass da auch diese ständigen Belästigungen durch Ludwig eine Rolle gespielt haben, und möglicherweise auch die Drohungen seines Vaters, der den verkommenen Jungen immer noch verteidigt hat.« Tolkemit spitzte die bläulichen Lippen. »Es mag Sie verwundern, dass ich auch heute noch über all das sinniere, aber im Rückblick sieht man die Dinge zumeist klarer.«

Sag ich ja immer: Alter schützt vor Scharfsinn nicht.

Sieglinde Kessel war noch einmal in die Küche gegangen und kehrte jetzt mit einem Schälchen voller Plätzchen zurück. Tolkemit nickte anerkennend. »Schön, dass ich nicht noch einmal darum bitten musste.« Er schob sie Herbie hin. »Hier, die Guten, ohne Zucker.«

Auch Sieglinde Kessel hing offenbar immer noch den Erinnerungen an ihre Schulzeit hinterher und schüttelte bedauernd den Kopf. »Wäre der Lud nicht so früh bei dem Verkehrsunfall ums Leben gekommen, wäre der sicher komplett auf die schiefe Bahn geraten.«

Das klingt ja buchstäblich nach Rettung in letzter Sekunde. Ein finaler Rettungsunfall gewissermaßen.

»Der hat auch das Mädchen aus Köln umgebracht«, raunte sie Herbie zu. »Garantiert. Und als er dann mit dem Motorrad verunglückt ist, zwischen Tondorf und Blankenheim, da hat man die Ermittlungen eingestellt.«

»Umgebracht?« Herbie horchte auf.

Na, das war ja klar. Bei so was wirst du immer direkt hellhörig.

Sieglinde Kessel nickte nachdrücklich und wollte gerade auch sich noch eine Tasse Kaffee einschenken, als Tolkemit sich vernehmlich räusperte und sagte: »Denk dran, du bist noch nicht mit den Rosen fertig, Sieglinde, nicht wahr. Und wir wollen ja auch noch zum See.«

»Welches Mädchen ist denn umgebracht worden?«, fragte Herbie rasch, als Sieglinde Kessel schon Anstalten machte, folgsam den Raum zu verlassen.

»Gunda hieß die. Eine ganz schreckliche Geschichte, die seinerzeit die ganze Gegend erschüttert hat. Ein brutaler Mord an einem Mädchen, mitten in unserer schönen Eifel. Das war die Tochter einer Fabrikantenfamilie aus Köln. Die wollte einen Jungen von hier heiraten, den hat sie hier in den Ferien auf der Kirmes kennengelernt. Der Lud hat sie ja immer belästigt und bedrängt, dabei wollte die doch den Freddy heiraten. Und weil sie ihm nicht nachgegeben hat, hat der Lud sie …«

»Sieglinde!«, sagte Tolkemit streng und spielte auffällig mit dem Zeigestock. »Das sind alles nur bloße Mutmaßungen! Die Rosen warten. Und außerdem wollen wir in vierzig Minuten losfahren, vergiss das nicht.«

Aber sie war noch mitten im Strudel ihrer Erinnerungen. »Der Lud war ein gemeiner, gemeiner Kerl. Mit einem Bolzenschussapparat soll er es gemacht haben! Der Freddy hätte ihm persönlich die Gurgel rumgedreht, wenn da nicht dieser Motorradunfall passiert wäre.«

»Sieglinde!«, sagte Tolkemit scharf.

»Bolzenschussgerät.« Herbie starrte sie an. »Wurde es gefunden? Das Tatwerkzeug, meine ich.«

Sie schüttelte den Kopf. »Die Ermittlungen wurden eingestellt, als der Lud tot war.-

Herbie biss in ein Plätzchen und verzog das Gesicht. Es schmeckte, als hätte er in ein Stück Tafelkreide gebissen.

»Köstlich, oder?«, schnarrte Tolkemit. »Hirse. Wir leben gesund. Weder Zucker, noch Nikotin oder Alkohol!«

»Soll ich Ihnen ein paar einpacken?«, fragte Sieglinde Kessel.

»Sieglinde, es wird jetzt Zeit!«, sagte Tolkemit ermahnend und tippte ungeduldig mit dem Zeigestab auf die Rückenlehne eines Stuhls. »Sonst fahre ich ohne dich!«

»Jajaja, ich mach ja schon.« Sie raffte die Kittelschürze zusammen und eilte davon.

»Wir fahren zusammen baden. Jeden zweiten Abend. Es gibt da eine Stelle am Rursee, da sieht man nicht, wenn wir unbekleidet sind. Das stählt den Körper!«

Julius steckte sich mit einem jaulenden Geräusch die Zeigefinger in die Ohren und begann laut, ein Lied zu summen. Herbie war noch viel zu sehr in Gedanken versunken, um das gerade Gesagte in seiner vollen Tragweite zu erfassen.

»Nun, das war doch eine nette Plauderei. Die Namen der Götter – ein interessantes Thema. Es gibt hier nur sehr wenige, mit denen ich mich darüber austauschen kann. Sie haben es ja selbst gehört, die gute Sieglinde plappert viel lieber über so einen jahrzehntealten Mord. In Mesopotamien betete man übrigens die Sumerischen Götter an, und dann gab es natürlich noch die babylonischen Götter. Vielleicht hat Ihnen der Hubert ja auch davon etwas erzählt.«

»Bedaure, nein.«

»Natürlich müsste man auch noch die germanische Götterwelt betrachten …«

»Darf ich Ihnen noch einen Vorschlag machen«, unterbrach ihn Herbie. »Ein Freund von mir hat eine Autowerkstatt gar nicht weit von hier. Der könnte die kleine Beule an Ihrem Auto für kleines Geld fachmännisch bearbeiten.«

Wie bitte? Du willst ihn nicht allen Ernstes diesem Zottel aus Zingsheim ausliefern! Der Wagen ist zweiundzwanzig Jahre alt! Wenn Köbes den erst in den Fingern hat, ist er Schrott!

Tolkemit musterte Herbie mit zusammengekniffenen Augen. »Wie bitte? Sie wollen mir doch nicht etwa ein krummes Ding vorschlagen.«

»Nein. Neinein!«

»Gut, ich lasse Ihnen dann den Kostenvoranschlag für Ihre Versicherung zukommen.« Er zückte eine Visitenkarte, und Herbie notierte auf einem Zettel seine Adresse und Telefonnummer.

Ach, du hast den Hund versichert? Wie umsichtig! Dann bist du ja aus dem Schneider.

»Siegfried«, murmelte Herbie, als er im Hinausgehen die Visitenkarte betrachtete. »Hat dem Hubert Leyenkaul sicher imponiert, Ihr Vorname, was? Ach, übrigens: Kriemhild, das war das Letzte, was Leyenkaul noch hat sagen können. Kriemhild und Eifel. Ach, und Hera … Heraclium … Ich kriege es nicht mehr ganz zusammen.«

»Kriemhild, Eifel, Hera?«

»Hera – Die Obergöttin, also die Chefin von diesen Griechen! Das kann es natürlich auch gewesen sein!« Herbie war wegen dieser Möglichkeit überaus verblüfft.

Der Alte dirigierte ihn mit dem Zeigestab zur Tür hinaus.

»So, junger Mann, das wäre es dann jetzt aber auch. Es geht bei uns immer pünktlich um achtzehn Uhr los!«

Der blaue Express wird aus der Garage geholt, und dann fahren sie gemeinsam nackig die Fische erschrecken.

19. Kapitel

Herbie seufzte mutlos. »Da sind tausend Gedanken in meinem Kopf, aber ich kriege sie nicht sortiert. Odysseus, Hera, Kriemhild und weiß ich noch wer. Wer soll das alles sein? Ein Mord an einem Mädchen, ein verunglückter Motorradfahrer, eine Filmdiva, von der keiner weiß, wo sie herkommt. Und jetzt auch noch ein sterbenskranker Bäetes. Ich bin überfordert.«

Julius zupfte auf dem Rücksitz an den Falten seiner Weste herum. *Nun ja, »Überfordert« ist doch dein zweiter Vorname. Wahrscheinlich gibt es auch irgendeine antike Gottheit, die für stetige Überforderung steht. Sisyphos vielleicht. Der mit dem riesigen Geröllbrocken. Herbert Sisyphos Feldmann, passt doch.*

Während sie aus dem Dorf in Richtung Hotel fuhren, hatte Herbie die Finger grimmig um das Lenkrad geklammert. »Es ist doch wie verhext, Julius. Gerade noch ist da die Aussicht auf zwei schöne, satte Tausender, mit denen ich mir mal was erlauben kann, ohne meine Tante anzubetteln, und dann kommt die nächste Katastrophe, und ich bin das Geld schon wieder quitt.«

Im Grunde genommen gehörte das Geld sowieso dem Hund.

»Und was soll er damit? Mal ordentlich shoppen gehen? Zum Hundefriseur, sich Strähnchen machen lassen? Brillis auf die Eckzähne?«

Sparen. Für die harten Zeiten. Viele Schauspieler müssen zwischendurch stempeln gehen, habe ich gehört. Ist nicht auch Lassie völlig mittellos dahingeschieden?

Als er hinter dem Ortsausgang die Straße hinauffuhr, blendete ihn die rote Abendsonne. Im letzten Moment nahm er rechter Hand das große, steinerne Feldkreuz wahr, das er auch schon am Vorabend beim Hin- und Rückweg passiert hatte.

Dieses Mal stand jemand davor. Eine schlanke, elegante Gestalt. Herbie trat auf die Bremse. Es war Hilde Laresser.

Er fuhr die Seitenscheibe herunter und beugte sich über den Fahrersitz in ihre Richtung. »Machen Sie noch einen kleinen Spaziergang?«

Julius räusperte sich. *Sprichst du jetzt schon Frauen am Bordstein an?*

Zuerst sagte Hilde Laresser nichts. Sie strich sich nur eine Strähne ihres grauen Haares aus dem Gesicht und blickte rechts und links die Straße entlang. Dann vergrub sie die Hände in den Taschen ihres Sommermantels und kam zu ihm herüber, wobei sie sehr aufmerksam schaute, wohin sie ihre Schritte setzte.

Sie beugte sich gerade zum Beifahrerfenster hinunter, als aus dem Abendrot ein Taxi auf der Gegenfahrbahn heranrollte und hielt.

»Oh, verstehe«, sagte Herbie. »Scheint doch ein größerer Ausflug zu werden.«

»Ich ... ich ...« Hilde Laresser seufzte kurz auf, bedeutete ihm mit einem stummen Fingerzeig zu warten, und überquerte die Straße. Sie holte eine Brieftasche hervor und reichte dem Taxifahrer einen Geldschein. Es wurden ein paar Worte gewechselt, und als das Taxi wieder weggefahren war, kehrte sie zurück, öffnete die Beifahrertür und ließ sich wortlos auf den Sitz fallen.

»Kann ich Sie irgendwo hinbringen?«, fragte Herbie verblüfft.

»Fahr los«, sagte sie matt.

Herbie gab langsam Gas und fragte: »Warum haben Sie sich denn nicht am Hotel abholen lassen?«

»Schnüffelst du mir hinterher?« Es klang nicht feindselig, sondern eher müde und kraftlos, so als hätte sie jede Gegenwehr aufgegeben.

»Ich schnüffle nicht«, sagte Herbie beleidigt.

Oh wohl, tust du doch. Dauernd und überall. Deine Nase steckt mehr in fremden Angelegenheiten als in deinem eigenen Gesicht. Julius lehnte sich zwischen ihnen nach vorne und hatte die Arme auf den Rücklehnen abgelegt.

»Na gut, dann fahr los. Am besten, du wendest da vorne. Wir müssen in die Gegenrichtung.«

Herbie sah auf die Uhr. »Eigentlich sollte ich Tom Treuheit ablösen. Er passt auf Agamemnon auf.«

»Agamemnon?«

»Der Hund. Er heißt gar nicht Ackermann.«

»Künstlername, was?« Sie lachte leise auf. »Fahr los, der Typ passt schon auf deinen Hund auf, keine Sorge. Der Hund ist wichtig. Es gibt nur noch einen allerletzten

Drehtag, und den muss dein Hund gesund und munter überstehen. Danach würde er ihn am liebsten am Spieß grillen, das sehe ich diesem Typen an der Nasenspitze an.«

Herbie legte den Gang ein und fuhr los. In der Einmündung der kleinen Seitenstraße, die zum Hotel führte, wendete er. »Der letzte Drehtag«, sagte er nachdenklich. »Nicht nur der Hund muss den überstehen.«

»Sondern auch ich, meinst du?«

Er spürte, dass sie ihn musterte, erwiderte ihren Blick aber nicht.

Jetzt setz dich nicht schon wieder in die Nesseln! Im Rückblick sah Herbie Julius' mahnend erhobenen Zeigefinger. *Sprich über unverfängliche Sachen. Klimawandel, über die Flüchtlingspolitik, die Organspendepflicht …*

»Naja, ich habe gehört, es ist ein nicht zu unterschätzendes Risiko, wenn Schauspieler, die … also, wenn man ein gewisses Alter …«

Jetzt lachte sie laut auf. »Ich kenne Beispiele, da sind miserable Filme am Ende doch noch zu finanziellen Erfolgen geworden, weil der steinalte Hauptdarsteller mitten in der Produktion abgekratzt ist und alles abgebrochen wurde. Die Versicherung hat mehr gezahlt, als der Schrott je eingespielt hätte.«

Herbie schüttelte fassungslos den Kopf. »Sachen gibt's.«

»Klar, ich bin altes Eisen. Richtig rostiges, altes Eisen.«

»Na, na, na«, unterbrach Herbie sie.

»Keine Schmeicheleien. Ist nun mal so. Alte Krähen wie ich sind eigentlich ein echtes Risiko für so einen Film, aber ich bin mir sicher, dass die Produktionsgesellschaft eine fette Versicherung abgeschlossen hat.« Sie deutete auf eine Abzweigung. »Da rechts.«

Er folgte ihren Anweisungen, ohne eine Ahnung zu haben, wohin die Reise ging.

»Ich wüsste schon ganz gerne, wo wir hinfahren.«

»Das erfährst du schon noch früh genug.«

Herbie überlegte, ob er eingeschnappt sein sollte, entschied sich dann aber, das Beste aus dieser Fahrt zu machen. Sie schien in Plauderlaune zu sein, und Julius hatte natürlich vollkommen recht: Er war neugierig. Das war er immer gewesen, das musste er sich einfach eingestehen.

»Du willst sicher wissen, warum ich mir den Stress noch antue, stimmt's?« Sie wartete keine Antwort ab. »Ich mache es wegen des Geldes. Nein, wirklich. Ich muss mir nichts mehr beweisen. Ich habe keinen Ehrgeiz mehr. Ich kann wirklich nicht behaupten, dass ich scharf darauf bin, unbedingt während irgendwelcher Dreharbeiten den Löffel abzugeben – oder auf der Bühne. Nein, der Tod in der Badewanne ist mir ebenso willkommen wie der Tod im Auto oder der Tod in den Wolken. Nur jetzt muss es noch nicht sein. Erst will ich noch ein paar Jahre Ruhe haben. Ruhe vor diesem ganzen elenden Film-Firlefanz.«

»Heißen Sie eigentlich …«

»Am Set duzen wir uns.«

Es kam ihm nur schwer über die Lippen. »Ist Hildegard Laresser dein richtiger Name?«

»Was denkst du, klingt es echt?«

»Irgendwie schon.«

»Laresser war mein erster Mann. Manfred. Manni. Beleuchter. Ich war ja in diesem Hotel beschäftigt. Kurz nach der Schule habe ich da angefangen.«

»Sie … du kommst also tatsächlich aus der Eifel?«

Sie nickte knapp. »Jetzt gleich auf die Bundesstraße abbiegen. Ja, ich bin aus der Eifel. Und als dieses Filmteam ins Hotel kam, da änderte sich für mich plötzlich alles. Ich habe Manni kennen gelernt. Ein Beleuchter beim Film – Das war für mich die große, weite Welt damals! Und als plötzlich eine Kleindarstellerin krank wurde … also richtig krank … da bin ich eingesprungen. Hab das gespielt, was ich sowieso schon war: ein Dienstmädchen. Betten machen, Frühstück servieren, all diese Sachen. Zuerst sollten es nur drei oder vier Sätze sein, die ich sprechen sollte, aber die haben offenbar sehr schnell einen Narren an mir gefressen. Weil ich schon damals nicht aufs Maul gefallen war. Und dann war ich irgendwann bei allen Deutschen das Evchen. Und das bin ich irgendwie bis heute geblieben, egal, was ich in der Zwischenzeit alles gemacht habe.«

Sie lotste ihn mit sicherer Ortskenntnis durch die Landschaft. Nur zweimal zögerte sie, und sie mussten einen Moment lang anhalten, damit sie sich anhand der Straßenschilder orientieren konnte.

»Du kennst dich ja offenbar bestens aus«, stellte Herbie fest. »Wie lange, sagst du, bist du nicht mehr hier gewesen?«

»Schon sehr, sehr lange nicht mehr. Aber ich weiß noch immer alles ganz genau. Diesen Weg werde ich bis an mein Ende nicht vergessen.«

Sie rollten zwischen Wällen aus haushohen Nadelbäumen durch ein Tal, in das sich auch die letzten Sonnenstrahlen des zu Ende gehenden Tages nicht mehr verirrten. Im Zwielicht der Dämmerung folgte der Kangoo dem kurvenreichen Straßenverlauf, ohne dass Herbie auch nur die leiseste Ahnung hatte, welches Ziel seine Begleiterin für sie ausgewählt hatte.

»Na schön, wenn du schon mit offenen Karten spielst«, begann er zaghaft. »Ich will auch ehrlich sein: Ich heiße nicht Schönlebe. Ich bin Herbie Feldmann.«

»Auch ein Künstlername, so wie bei deinem Hund?« Es klang belustigt.

Oh, du packst aus? Erzählst du ihr auch von mir? Das fände sie sicher hochinteressant!

»Es ist gar nicht mein Hund. Er gehört der Freundin meiner Tante. Sein Name ist Agamemnon von den Gotthelffriedrichsgrunder Osterwiesen. Er ist sauteuer, und meine Tante verarbeitet mich zu Dosenwurst, wenn ihm auch nur ein Haar gekrümmt wird.«

Hilde Laresser brach in schallendes Gelächter aus. »Du meine Güte, was für ein schrecklich finsteres Geheimnis!«

»Ja, okay, ich hoffe, dass deins besser ist. Immerhin ist der Hund in der Obhut dieses komischen Kerls. Das ist ein Risiko für mich.«

Hilde Laressers spöttisches Lachen verstummte augenblicklich. Sehr leise sagte sie: »Mein Geheimnis ist besser, glaub es mir, Junge. Du musst übrigens da raus.«

Sie hatten den Kreisverkehr Losheimergraben erreicht, und die Ausfahrt, auf die sie zeigte, führte geradewegs über die Grenze.

»Nach Belgien?«

»Nach Belgien.«

Er zog überrascht die Augenbrauen hoch und tat, was sie von ihm verlangte.

Julius zuckte auf dem Rücksitz mit den Schultern. *Mach ihr die Freude. Heute sagt sie, wohin es geht, und morgen bist du dran. Dann geht es ins Phantasialand.*

»Die Eifel, mein Junge, die endet ja nicht an irgendeiner Landesgrenze. Ja, ich bin in der Eifel geboren. Allerdings nicht in Deutschland, sondern in einem winzigen Kaff in der Nähe von St. Vith. Gerade mal vier oder fünf Häuser waren das damals. Alles heruntergekommene Bruchbuden.«

»Hast du noch Verwandtschaft da?«

»Keine Menschenseele mehr.«

»Und wir fahren jetzt in dieses Dorf?«

Sie schüttelte den Kopf. »Fahr einfach.«

Als sie aus dem Wald herauskamen, öffnete sich die Landschaft. Ein riesiger Teppich aus Feldern und Hecken breitete sich vor ihnen im Abendlicht aus. Der mulmig-süßliche Geruch von Dünger hing in der Luft.

»Meine Familie lebte später in Büllingen. Da ging ich auch zur Schule. Mein Vater arbeitete bei Pauls im Sägewerk. Ich hatte noch eine ältere Schwester.«

Die Straße wurde leicht abschüssig. Es dauerte nicht lange, und sie passierten das Ortseingangsschild.

»Büllingen«, murmelte Herbie. »Ich glaube, ich war hier irgendwann mal auf einem Flohmarkt.«

Hilde Laresser richtete sich jetzt auf dem Beifahrersitz ein wenig auf. Mit einem raschen Seitenblick registrierte Herbie ihre Hände, die sie angespannt knetete. Sie reckte den Hals und wandte den Kopf hin und her.

»Es hat sich viel verändert«, sagte sie matt. »Und doch ist es irgendwie alles noch dasselbe.« Sie deutete mit dem Finger nach vorne. »Da links.«

Sie hatten das Dorf schon fast durchquert, als sie sagte: »Hier kannst du parken.«

Er lenkte den Wagen auf der linken Fahrbahnseite in eine Parktasche. Sie befanden sich direkt vor dem Friedhof.

Sie legte die Hand auf den Türgriff und sah Herbie an. Er suchte in ihrem faltigen Gesicht nach einer Erklärung, fand sie aber nicht.

Stumm stiegen sie aus und gingen durch das kleine, halb offenstehende Metalltor. Herbie bemerkte jetzt, dass seine Begleiterin leicht zitterte.

»Familie Preist. Du suchst rechts, ich links.« Es klang rau und herrisch.

Es war eine nicht sehr große Fläche, umrahmt von ein paar großen Linden. Grab neben Grab, Reihe um Reihe, große, wuchtige Grabsteine. Zuerst glaubte Herbie, der Friedhof sei neu, aber dann fand er Grabsteine aus den Jahren 1962 und 1977.

Ein wirklich schöner Ausflug aufs Land. Julius streckte den Körper und atmete mit bebenden Nasenflügeln die Luft ein. *Und auch hier riecht man sie noch, die frische Landluft. Macht ihr jetzt ein Picknick?*

»Benimm dich gefälligst, Julius«, raunte Herbie leise. »Das ist nicht der richtige Platz zum Scherzen.«

Er fand keinen Grabstein, in den der Name Preist eingemeißelt war. Als er beinahe alle Reihen abgeschritten hatte und nach links blickte, sah er, dass Hilde Laresser mit gesenktem Kopf stehen geblieben war und auf ein Grab mittlerer Größe hinabblickte.

Langsam ging er zu ihr hin und betrachtete die Inschrift. *Familie Preist.*

Luc Preist las er auf einer Steintafel, die am Fuße des großen Steins aufgestellt war. *1936 - 1999*. Eine weitere Tafel war beschriftet mit *Rosemarie Preist, 1938 - 2004*.

»Deine Schwester?«

Hilde Laresser nickte mit zusammengekniffenen Lippen. »Sie war fünf Jahre älter als ich. Sie und ihr Mann Luc waren die frömmsten Menschen, die ich je kennengelernt habe. So gläubig, so bibeltreu … Das hat mich so angewidert, als ich jung war. Aber sie haben mir geholfen. Das haben sie als ihre Pflicht angesehen. Ich hoffe, sie sind dafür in den Himmel gekommen, so wie sie es geplant haben.«

Hilde Laresser klammerte sich an seinem Unterarm fest, benutzte ihn als Stütze und ging dann langsam mit einem unterdrückten Ächzen in die Hocke. Sie bog ein paar große Blätter einer sehr dominanten Grünpflanze zur Seite, und erst jetzt sah Herbie die dritte Tafel.

Unser geliebter Sohn Ulrich Preist, geboren am 24. März 1962, gestorben am 16. August 1993

»Ich sollte das Kind wegmachen lassen, damals.«

Sie zupfte ein paar welke Blüten aus einem kleinen Strauch am rechten Rand des Grabes. Ihre zitternden Finger strichen über den weißen Kies zwischen den Pflanzen und glätteten die kleinen Steinchen.

»Das hat mir der Manni gemacht. Es hat gleich funktioniert, obwohl wir das eigentlich vermeiden wollten. Ich war knapp achtzehn und wusste, dass damit für mich auf einen Schlag alles aus sein würde, was gerade erst angefangen hatte. Da lagen doch so viele spannende Dinge vor mir. Manni verlangte von mir, dass ich es wegmachen lassen sollte. Dafür versprach er, mich zu heiraten. Aber ein Kind wegmachen lassen?« Sie schwieg einen Moment. »So, und dann stehst du da, mit einer solchen Entscheidung, allein und hilflos, und selbst noch ein halbes Kind. Dabei hatte ich mich doch gerade erst so unglaublich erwachsen gefühlt!«

Sie starrten auf den Grabstein.

Leise murmelte sie: »Damals hieß es mongoloid, heute spricht man vom Down-Syndrom. Meine Schwester hat mir immer Fotos geschickt.«

»Sie und ihr Mann haben ihn aufgenommen?«, fragte Herbie. »Und sie haben es als ihr eigenes ausgegeben?«

»Das war damals leichter, als es heute wäre, viel leichter.«

Mit schmerzverzerrtem Gesicht richtete sie sich wieder auf. Herbies helfende Hand wehrte sie mit einer harten Geste ab.

Dann begann sie zu weinen und presste mit einem Mal den Kopf gegen seine Schulter.

Eine Weile standen sie mit gesenkten Köpfen da, und selbst Julius war anscheinend nicht nach einer dummen Bemerkung. Er hielt sich dezent im Hintergrund und schien sehr intensiv mit dem Aufziehen seiner Taschenuhr beschäftigt zu sein.

»Ich habe mein Kind nie mehr gesehen. Nur zwei Mal in einunddreißig Jahren, ganz heimlich, aus der Ferne. Seit 1972 ging er in eine Behindertenwerkstatt in Amel. Ich habe ihn in den Bus steigen sehen. Damals drehte ich in Brüssel und ein anderes Mal war ich im Synchronstudio in Remagen.«

»Warum hast du ihn nicht besucht?«

»Ich wollte es ihm nicht unnötig schwermachen.«

Schließlich gab sie sich einen Ruck und wandte sich abrupt um. »Lass uns gehen.«

Sie kehrten zum Auto zurück und stiegen ein.

»Jetzt kennst du mein Geheimnis. Meine Schwester hat es nie jemandem erzählt. Sie hat sich eingeredet, es sei tatsächlich ihr Kind. Etwas anderes hätte ihr Glauben ihr auch nicht erlaubt. Sie hat mir nicht mal gestattet, Geld zu überweisen, später, als ich es gekonnt hätte.«

Bevor Herbie den Wagen startete, bat sie um ein Taschentuch. Herbie kramte im Handschuhfach und fand eine Packung Tempos. Sie schnäuzte sich und zwang sich danach zu einem Lächeln. »Tja, und erst da beginnt die eigentliche Vita von Hilde Laresser. Nach dem *Hotel Eifelblick* kriegte ich plötzlich Angebote über Angebote. Ich hatte in dieser Zeit eine kleine Bleibe in Köln. Manni Laresser ging nach England, und ich reiste ihm ein halbes Jahr später hinterher. Ich sehe mich noch aus dem Zug steigen, einen kleinen Koffer in der Hand mit all meiner Habe. Mit der Fähre über den Ärmelkanal, zigmal umgestiegen, und dann in diesem kleinen Nest – Wychwood heißt es – den schweren Türklopfer betätigen, an dem kleinen Häuschen, das er gekauft hatte, um nahe bei den Shepperton-Studios zu wohnen. Alles ganz fremd, ganz unwirklich, das Mädchen aus der Eifel, das noch nichts gesehen hat außer der Eifel, der Eifel und nochmals der Eifel. Manni ist jetzt auch schon vierzehn Jahre tot. Er sagte damals: ›Und? Hast du's wegmachen lassen?‹ Und ich habe ihn angelogen und gesagt: ›Ja, klar, hab ich.‹ Das Häuschen in Wychwood gehört mir heute noch. Ich bin alle paar Monate mal da, wenn ich nach London muss. Die Stockrosen sind immer noch größer als ich, aber anstatt des Türklopfers gibt es heute eine elektrische Klingel.«

Sie sah Herbie an und sagte: »Ob man hier wohl irgendwo was essen kann? Und einen Schnaps bräuchte ich auch dringend.«

20. Kapitel

Alina wollte schreien, durfte es aber nicht. Es musste aus ihr heraus, drohte sie innerlich zu zerreißen, aber sie durfte keinen noch so kleinen Laut von sich geben, damit niemand sie entdeckte, wie sie hier durch die Abendsonne stolperte. Tränen liefen ihr in Strömen über das heiß glühende Gesicht, als sie vorwärtsstrauchelte. Immer wieder glitt sie aus, kam auf dem abschüssigen Weg ins Rutschen und stürzte. Durch ihre modisch löchrige Jeans zog sie sich schmerzhafte, blutende Schrammen an Knien und Unterschenkeln zu.

Alles war vorbei! Endgültig vorbei!

Und doch würde der Horror jetzt weitergehen, nur auf schrecklich verwandelte Art und Weise.

Sie musste sofort diesen ganzen verdammten Chatverlauf löschen. Die bedrohlichen Sprachnachrichten und die fordernden Texte mussten für immer verschwinden. Sie durften nichts bei ihr finden! Sie musste sich überlegen, was sie erzählen würde, wo sie gewesen war. Ein regelrechtes Alibi brauchte sie jetzt.

Niemand durfte sie mit dem Hochsitz in Verbindung bringen. Sie war nie da gewesen!

Bei jedem Schritt, bei jedem harten Auftreffen ihrer Füße auf dem unebenen Boden dröhnte es in ihrem Kopf. Das Bild, das sich dort oben innerhalb weniger Bruchteile von Sekunden bei ihr eingebrannt hatte, verwackelte, verschob sich, flackerte grell auf und verdunkelte sich wieder.

Sie würde nie wieder einen Gedanken fassen können, ohne dass sich dieses Bild darüberschob.

Mit einem Mal hielt sie keuchend inne. Da waren Stimmen! Und Hundegebell! Schwer atmend sah sie sich um. Dann schlug sie sich nach links durchs Gestrüpp. Undeutlich hörte sie das leise Plätschern des Baches. Hier durfte sie nicht sein. Die gewaltigen Pflanzen der Herkulesstaude waren gefährlich, das hatte ihr Bäetes wieder und wieder eingeschärft. Sie hatte Angst vor den Schmerzen, die sie ihr zufügen würden. Und trotzdem hatte sie keine Wahl.

Die Stimmen und das Gekläffe kamen näher und näher.

Sie rannte einfach voran, in gebückter Haltung, mitten zwischen den riesigen Stängeln hindurch. Die großen Blätter streiften ihr Gesicht und ihre nackten Arme. Die Stiele knickten ab, und sie spürte, wie der Saft der Pflanzen ihr über die Haut rann, in die Öffnungen ihres T-Shirts hineintroff. Sie taumelte voran, stürzte erneut, fand mit den Händen auf dem schlammigen Untergrund am Bachufer keinen Halt und fiel mit dem

Gesicht in den kühlen, glitschigen Morast. Fast war es eine Wohltat. Um sie herum waren die riesigen Stängel, die wie Säulen in den Abendhimmel standen, große Dolden, die sich über ihrem Kopf hin- und herbewegten.

Es war der schwarze Hund, der mit zwei Typen vom Fernsehen vorbeikam. Sie bummelten nicht herum, der Hund hatte offenbar Spaß daran, dass ihm die zwei hinterherliefen. Bei all dem Rufen und Kläffen bemerkten sie Alinas Schnaufen nicht. Dabei hatte sie das Gefühl, es würde wie ein Sturmbrausen durch das Tal dröhnen. Sie presste die Lippen fest aufeinander.

Erst als sie sich so weit entfernt hatten, dass man ihre Stimmen kaum noch hören konnte, begann Alina zu wimmern. Es schüttelte ihren Körper, auf dem die ätzenden Säfte der Pflanzen zu brennen begannen, und es wurde lauter und lauter, sodass sie sich anhörte wie ein sterbendes Tier, das im Unterholz darauf wartet, dass der Todeswirbel es endlich mit sich in die bodenlose Tiefe reißen würde.

* * *

Julius sah extrem gelangweilt aus. *Das ist ja zum Sterben öde, wie ihr zwei da in alten Geschichten herumkramt. Klatsch und Tratsch aus Hollywood. Was dagegen, wenn ich ein Nickerchen mache?*

Herbie hatte vorgeschlagen, nach Münstereifel zu fahren. Das war zwar ein gewaltiger Umweg, aber im Café T fühlte er sich zu Hause, das war ihm jetzt wichtig. Er hatte die Hoffnung, dass die wohlige Atmosphäre seines Stammlokals einen beruhigenden Einfluss auf seine Begleiterin haben würde.

Werner und Marcel hatten die berühmte Schauspielerin zwar gleich erkannt, aber die Jungs wussten, wie man mit Prominenz umging. Die aufgeregten Erkundigungen der anderen Gäste beantworteten sie gleichmütig, und sie sorgten dafür, dass Herbie und sein Gast im Wintergarten ein Plätzchen bekamen, wo sie nicht über Gebühr gestört wurden.

»Setzt euch nach hinten, ihr drei«, sagte Werner. »Heute Abend sitzen die meisten sowieso lieber vorne vorm Haus.«

»Drei?«, fragte Hilde Laresser überrascht.

»Kleiner Scherz unter Freunden.«

So verkaufst du mich immer. Als kleinen Scherz. Julius schmollte.

Zuerst aßen sie Fladenbrote, die man mit noch so weit aufgerissenem Mund kaum gebissen bekam. Das hob bereits die Stimmung.

Dann kam der erste Schnaps. Hilde Laresser schüttelte sich und seufzte: »Jetzt geht's mir schon etwas besser.«

»Wie lebt es sich mit einem solchen Sack voll Geheimnissen auf der Schulter?«, wollte Herbie wissen und drehte das leere Schnapsglas zwischen den Fingern hin und her. Als sie nicht gleich antwortete, setzte er hinterher: »War das eine doofe Frage?«

»Ach nein, ich muss nur selber überlegen. Man nimmt sie irgendwann nicht mehr wahr. Ein alter Freund von mir war Multimillionär. Landmaschinen. Man lernt solche Leute in Hollywood überraschend schnell kennen. Am Ende seines Lebens fanden seine Kinder heraus, dass er ihnen den Besitz einer großen, überaus gewinnträchtigen Goldmine in Australien all die Jahre verschwiegen hatte. Sie suchten verzweifelt nach dem Sinn dahinter. Warum hatte er ihnen das verschwiegen? Er erklärte ihnen lachend: ›Das Geheimnis der Goldmine ist, dass ich sie einfach irgendwann vergessen habe.‹ Tja, so ist das mit diesen Geheimnissen. Anderen Menschen erscheinen sie unheimlich bedeutsam, aber dir selbst werden sie von Jahr zu Jahr bedeutungsloser. Meine Kindheit verblasste im Laufe der Jahrzehnte immer mehr. Ich habe kaum noch daran gedacht, auch wenn die Journalisten immer wieder gebohrt und recherchiert haben.«

Die Fans nicht zu vergessen. Julius erhob den Zeigefinger. *Dieser Sterzenbach würde seinen rechten Arm geben, um euch jetzt zuhören zu können.*

»Und dann kommt diese Einladung zum Dreh von diesem dämlichen Fernsehfilm, und die Agentin sagt: ›Das musst du unbedingt machen, Hildchen! Die Herzen der Deutschen werden dir im Sturm zufliegen!‹ Und mit einem Mal bin ich plötzlich wieder hier, wo alles angefangen hat.« Sie winkte Marcel, der mit einem Tablett vorbeikam.

Herbie lehnte einen zweiten Schnaps dankend ab.

»Mein Vater kam bei einem Unfall an der Bandsäge ums Leben, als ich sechs war. Das brachte uns viel Kummer und Elend. Mutter blieb noch ein paar Jahre in Büllingen und zog dann mit einem Typen nach Verviers. Das war der Moment, in dem ich abgehauen bin. Ich war sechzehn, sah aber schon älter aus. Dann habe ich mich in der Eifel rumgeschlagen. Und dann bin ich im Eifelblick gelandet. Meine Schwester war vier Jahre älter, die ist in Büllingen geblieben. Zu meiner Mutter hatte ich den Kontakt komplett abgebrochen. Ich habe von Rosemarie gehört, dass sie zwei Jahre später schwer krank wurde und sehr rasch darauf starb.« Der Schnaps kam, und sie kippte ihn in einem Zug herunter. »Kannst du dir vorstellen, was in mir vorging, als ich heute Morgen diesen unglaublichen Mist drehen musste? Dieses Knäbchen, das meinen heimlichen Sohn darstellen sollte?«

Herbie stieß schnaubend die Luft aus. »Das ist ja schrecklich.«

»Und dann stehst du da, und keiner ist bei dir, dem du dich anvertrauen kannst, der dich versteht und dich mal festhält.«

Ihr verflossener Ehegespons ist ihr da natürlich auch keine große Hilfe.

»Warum ist Herr von Ameln eigentlich überhaupt hergekommen?«, fragte Herbie.

Sie sah ihn überrascht an. »Ja, genau, diese Frage stelle ich mir auch die ganze Zeit. In Deutschland ist er sonst nie, geschweige denn in der Eifel. In Luxemburg hat er ein paar wacklige Geschäfte am Laufen. Irgendwelche riskanten Geldsachen, glaube ich. Aber sonst …«

»Könnte er wegen dir hergekommen sein?«

Sie zuckte mit den Schultern und setzte eine gleichgültige Miene auf. »Eigentlich ist er im Moment liiert. Xaviera Oliver heißt das Pummelchen. Übergrößen-Unterwäschemodell. Genau seine Kragenweite, wenn du verstehst, was ich meine.« Sie deutete mit gekrümmten Fingern eine große Oberweite an und prustete amüsiert. »Es ist nicht offiziell, top secret, aber er jettet dauernd zwischen seiner Wohnung in Rom und ihrer kalifornischen Ranch hin und her. Man hat ja so seine Informanten. Sie heißt bei allen nur *Das Geheimnis von Sittaford Falls*.«

»Will er vielleicht an alte Zeiten anknüpfen und ist deshalb hier?«

»Wohl kaum. Würde er dann mit der Maske rummachen? Ich weiß nicht.« Sie stieß einen tiefen Seufzer aus und strich sich eine Strähne aus der Stirn. »Nein, Fred war mir in keiner Lebenssituation eine wie auch immer geartete Stütze«, erklärte sie mit einem melancholischen Lächeln. Ich denke schon, dass er mich irgendwann geliebt hat, aber er ist diesen ganzen Verlockungen nicht gewachsen. Fred am Filmset mit lauter jungen Dingern, das ist wie die sprichwörtliche Katze im Taubenschlag. Er hat mich immer wieder betrogen. Ich glaube schon, dass es ihm auch jedes Mal leidtat, aber er konnte einfach nicht anders. Da hat er auch vor unseren Kolleginnen nicht haltgemacht. Ich drehte einmal so einen Wüstenschinken im Orient. Schreckliches Ding mit Omar Sharif. Und Fred reiste zusammen mit der pummeligen Andrea Ferreol an. Sie kamen nach Bagdad, und wie sie so gemeinsam aus dem Flieger stiegen, da wusste ich schon, was unterwegs passiert war.«

Herbie betrachtete fasziniert Hilde Laressers Profil. Er kam sich vor wie ein Idiot, weil er die Tatsache, dass er mit einer Schauspielerin von Weltrang hier zusammen in einer schummrigen Ecke eines gemütlichen Cafés an einem Tisch saß, erst nach und nach in ihrer ganzen Tragweite begriff. Er kam sich klein und unbedeutend vor, und gerade keimte in ihm der Wunsch auf, auch etwas aus seinem Leben preiszugeben.

Julius räusperte sich affektiert. *Du wirst doch wohl nicht …*

Das sicherlich mit weitem Abstand Interessanteste in Herbies unbedeutendem Dasein war nun einmal die Tatsache, dass da tagein, tagaus ein dicker, bärtiger Mann an seiner Seite war, den nur er sehen und hören konnte. Ein Monstrum mit einer Vorliebe für gediegene Kleidung und üble Witze.

Herbie öffnete den Mund und setzte an: »Hilde, ich muss dir auch was erzählen. Es ist so …«

In diesem Moment klingelte sein Handy. Ein Blick auf das Display ließ ihn sofort aufschrecken.

Immer wenn du diesen Blick aufsetzt, ist gerade eine Wasserstoffbombe detoniert, oder deine Tante ist dran. Julius grinste, offenbar auch, weil ihm die Unterbrechung der bis jetzt geführten Unterhaltung nur entgegenkam.

»Tante Hettie?« Er sandte Hilde Laresser eine stumme Geste der Entschuldigung. »Wo ich gerade bin? In … Ich bin zu Hause, in Hillesheim.«

Seine Begleiterin fixierte ihn und kniff irritiert die Augen zusammen.

»Die Geräusche? Aus dem Fernsehen!«

Er konnte seiner Tante unmöglich erzählen, dass er nur einen Katzensprung von ihr entfernt im Lokal saß, ohne den kostbaren Hund.

»Der Hund? Hier, an meiner Seite natürlich!«

Julius imitierte ein albernes Hecheln.

»Was sagst du da? Oh, das ist ja …«

Er sandte Julius einen verzweifelten Blick. Dann schaute er zu Hilde Laresser, die sich wohl bereits wunderte, warum er ins Leere grimassierte.

»Aber das ist ... Ich bin natürlich sehr überrascht ... Und auch unheimlich traurig, weil wir uns gerade so gut aneinander gewöhnt haben ... Wie bitte? Oh, na gut ... natürlich geht das ... Sicher, sicher, du kannst dich wie immer auf mich verlassen, Tantchen ... Doch, kannst du.«

Am anderen Ende wurde das Gespräch abrupt beendet.

»Ihre Freundin kommt unerwartet früh zurück, und jetzt muss der Hund zu meiner Tante. Morgen früh!«

»Ach Gott«, sagte Hilde Laresser teilnahmsvoll. »Wie willst du das denn hinkriegen?«

Herbie starrte auf sein leeres Glas und zuckte mit den Schultern. »Ich habe noch keine Ahnung, aber bei meiner Tante ist mir bis jetzt noch immer was eingefallen.« Er sah sie an. »Muss ja.«

Herbie bezahlte, obwohl er bereits innerlich eine Haushaltssperre ausgerufen hatte, weil die Reparaturkosten für das Auto des alten Lehrers drohten.

Dann machten sie sich auf den Rückweg.

Tagsüber hätte Herbie für die Strecke etwa fünfundzwanzig Minuten gebraucht, aber jetzt, in der mittlerweile angebrochenen Dunkelheit, wechselte das Wild munter über die Straße, und mehr als einmal bremste Herbie abrupt ab, wenn er im Wald beiderseits der Fahrbahn funkelnde Augen wahrnahm.

Tom Treuheit saß auf den Stufen des Hoteleingangs und warf einen Ball, dem Agamemnon unermüdlich hinterhersprang. An seiner Seite saß sein Begleiter, der demonstrativ auf die Armbanduhr sah, als sie aus dem Auto stiegen.

»Wurde auch langsam Zeit«, maulte Treuheit. »Wen hast du denn aufgerissen? Kleine Freundin, der du mal zeigen willst, was beim Film so abgeht?« Er hatte Hilde Laresser noch nicht erkannt. Als sie jetzt in den Lichtkreis der Außenlaterne trat, sprang er sofort auf die Beine. »Oh, Frau Laresser ... Hilde, sorry. Ich habe dich nicht erkannt.«

»Geschenkt«, winkte sie gähnend ab.

Und? Wo wird der Flohteppich heute übernachten?

Herbie blickte sich ratlos nach seinem Auto um. Das schrie nicht nach Wiederholung.

»Also gut, Ag... Ackermann«, sagte er seufzend. »Wir gehen aufs Zimmer.«

Der ballspielende Hund ließ sich allerdings nicht zur Bettruhe überreden. Er hatte den Ball vor Treuheits Füße gelegt und kläffte laut. Hilde Laresser griff in ihre Manteltasche und förderte das knisternde Päckchen Wurst zutage. »Eine Scheibe ist noch drin«, sagte sie und drückte es Herbie in die Hand.

»Wir wollen morgen Nachmittag noch mit ein paar Häppchen anstoßen«, sagte Treuheit. »Weil du uns dann doch schon verlässt, Hilde.«

Sie sah ihn skeptisch an.

»Nur ein bisschen knabbern und ein Gläschen zum Abschied. Die Crew reist übermorgen ab.«

»Na, mal gucken, wie's mir morgen geht«, sagte Hilde Laresser matt. Bevor sie ins Hotel ging, wandte sie sich noch einmal zu Herbie um und flüsterte: »Danke.«

21. Kapitel

Alfredo Korn zählte ganz langsam von zehn auf null und ließ dann mit geschlossenen Augen die Luft aus den Backen entweichen.

Der Müllwagen war zuerst laut piepend und mit röhrendem Motor im Rückwärtsgang an den Rand des Vorplatzes gefahren, dann hatten zwei Männer in neonfarbenen Latzhosen die drei Mülltonnen des Hotels polternd über den Kies zu der Kippvorrichtung gebracht, die Tonnen waren geleert worden, wobei die Mechanik sie mehrfach gegen das Metall hatte knallen lassen, um auch noch den letzten Rest herauszuschütteln, dann wurden sie unter elementarem Lärm wieder an ihren Platz zurückgerollt, und mit Zischen und dumpfem Knattern entfernte sich der Müllwagen wieder. Das Ganze dauerte nur knapp vier Minuten, aber der Filmcrew, die ihrer Tätigkeit ununterbrochen zugesehen hatte, kam es vor wie ein halber Tag.

Gerade als endlich wieder Ruhe eingekehrt war, klingelte Herbies Handy.

Rasch drückte er den Anruf seiner Tante weg. Sie versuchte schon den ganzen Morgen, ihn zu erreichen.

»In München am Stachus habe ich mal gedreht«, knurrte Korn, nur mühsam beherrscht. »Da war es schön friedlich.«

Der Himmel war bedeckt, aber die Scheinwerfer zauberten mithilfe der Reflektorschirme goldenes Sonnenlicht herbei, das die blassvioletten Blüten der Glyzinie über dem Hoteleingang aufleuchten ließ.

»Und bitte!«, rief Alfredo Korn, und die Schauspieler gingen in Position.

Evchen war ins Hotel Eifelblick zurückgekehrt. Nur für einen kurzen Besuch. Wundersame Dinge hatten sich in diesen wenigen Tagen ereignet. Verwechslungen und Verwirrungen, Freud und Leid, niemand war verschont geblieben. Weder die Hotelgäste noch das Personal. Das Geständnis der Kleptomanin, die Memoiren des Grafen, der Herzinfarkt des Scheichs … am Ende war doch noch alles gut ausgegangen.

Jetzt war für die frühere Hotelangestellte die Stunde des Abschieds gekommen.

»Wirst du mich mal besuchen?«, fragte Evchen den jungen Mann, dem sie sich gerade erst vor einem knappen Tag als seine Mutter zu erkennen gegeben hatte.

Er nahm ihre Hände ganz fest in seine. »Früher, als dir vielleicht lieb ist.« Sein Grinsen war entwaffnend. Er zeigte zwei bezaubernde Grübchen.

Sie umarmten sich innig.

»Großartig! Sehr schön! Und jetzt Schuss über die linke Schulter!«

Die Kameras wurden umgebaut. Es ging mit professionellen, unaufgeregten Bewegungen vonstatten. Die Schauspieler traten schweigend ein wenig auf der Stelle und warteten auf den nächsten Einsatz.

»Und bitte!«

Tränen füllten von einem Moment auf den anderen Evchens Augen. »Ich kann es nicht erwarten«, sagte sie mit zitternder Stimme.

»Fester, Hildchen. Ein bisschen bestimmter!«

»Ich kann es nicht erwarten!«

»Mit so einem hoffnungsfrohen Blick in die Zukunft!«

»Ich kann es nicht erwarten!«

»Ja, ganz wunderbar! Großaufnahme Augen! Bitte so bleiben!«

Die Stimmung war an diesem Morgen eine ganz andere als an den vorherigen Tagen. Man spürte, dass alles auf einen bestimmten Punkt zusteuerte, auf den Moment, an dem die letzten Szenen abgedreht sein würden, an dem jeder von ihnen wieder in ein anderes Leben zurückkehren würde.

Frederick von Ameln hatte eine halbe Stunde zuvor in der Lobby telefoniert und sich dabei unbeobachtet und vor allen Dingen unbelauscht geglaubt. Herbies Schulenglisch hatte ausgereicht, um seine Worte ins Deutsche zu übersetzen: »Ja, dann verkauf es eben! Wir sind nicht in der Situation, den Preis rauftreiben zu können!«

Eike Christiansen zeigte in den kurzen Drehpausen überall Handyfotos seines fünfmonatigen Kindes herum und erntete damit schiere Verzückung.

Ja, und wir beide werden dann ja auch bald nach Hause fahren. Julius zwinkerte Herbie vergnügt zu. *Dann ist dein Ausflug*

*in die große, schillernde Welt des Films vorbei, und du kannst
dich wieder deinem unbedeutenden, kleinen Dasein widmen.*

Biffy hielt Agamemnon an der kurzen Leine. Der
Hund wartete nicht gerade ungeduldig auf seinen Einsatz, dazu war er viel zu sehr mit der Körperpflege beschäftigt. Besonders mit der intensiven Reinigung seines Unterleibs.

»Ob ich mir wohl schnell noch ein Brötchen und einen
Schluck Kaffee holen kann?«, fragte Herbie leise.

Tom Treuheit sah auf die Uhr. »Ja meinetwegen, mach
mal fix. Der Hund ist in der übernächsten Einstellung
dran.«

*Ich weiß nicht, warum du nicht gleich aufgestanden bist,
als der Hund dich zum ersten Mal zu wecken versucht hat.
Das war um halb fünf. Du hättest das ganze Frühstück für
dich allein gehabt.* Julius spazierte entspannt vor ihm her.
*Ist es dir eigentlich jemals passiert, dass du mal irgendwo zu
früh erschienen bist?*

»Das wird nie der Fall sein, solange dicke, bärtige
Männer vor mir hertrödeln.«

In der Hotellobby begegneten sie einer alten, fetten
Frau, die ein Tablett mit Käsescheiben trug, deren Ecken
sich bereits nach oben bogen.

Oder dicke, bärtige Frauen.

»Oh, ist das Frühstück schon vorbei?«

Sie sah ihn mit blutunterlaufenem Blick an und atmete
rasselnd ein und aus. Es sah aus, als hätte sie seine Frage
nicht verstanden, aber dann sagte sie mit rauer Stimme:
»Eigentlich schon.« Sie versuchte, auf die Armbanduhr
zu sehen, aber das wollte ihr wegen des Tabletts nicht
gelingen.

»Och, ob ich mir wohl noch schnell ein Brötchen schmieren kann?«

Wieder dauerte es eine Weile, bevor sie reagierte. Ihr Atmen klang wie ein alter Blasebalg.

Herzlich willkommen zur Eröffnung der Lungenfestspiele!

»Da drin … wird jetzt aber … umgeräumt, weil heute Mittag …« Sie machte ausgedehnte, geräuschvolle Pausen zwischen den einzelnen Satzfetzen. »der kleine Umtrunk … stattfinden … soll.«

»Ich bin auch sofort wieder weg!«

»Ja, gut«, röchelte sie und kehrte wieder um. Herbie versuchte sie zu überholen, aber das misslang, da sie hin und her schlingerte wie ein alter Kahn.

Als sie schließlich im Frühstücksraum ankamen, suchte er sich rasch ein unbenutztes Gedeck und hielt nach den Brötchen Ausschau.

Es waren bereits ein paar Vasen mit Blumen aufgestellt worden.

»Heut gibt es … nur Brot«, keuchte die Alte. »Keine Brötchen. Kaffee?«

»Kaffee, oh ja, gerne.«

Sie stellte schnaufend die Käseplatte ab und verließ den Raum. Im Hinausgehen hustete sie so laut, dass es klang, als käme mindestens ein Lungenflügel mit heraus.

Irgendwie klingt sie selber wie eine Kaffeemaschine, findest du nicht?

Herbie hatte sein Wurstbrot schon fast zur Gänze heruntergeschlungen, als die alte Frau mit der Kaffeekanne zurückkehrte. Sie schenkte ihm ein, und er hoffte, dass sie ihre Körperöffnungen einigermaßen im Griff behielt, solange sie über seine Tasse gebeugt stand.

Dann trank er hastig und verbrannte sich prompt die Zunge. Er suchte nach irgendetwas, mit dem er kühlen konnte, aber es blieb ihm nichts anderes, als sich selbst Luft in den Mund zu fächeln.

Die fette, alte Frau starrte ihn mit leerem Blick an und atmete schwer. »Noch ein Ei?«, fragte sie nach einer Weile und hustete infernalisch.

Guck genau hin, sie würgt jetzt eins hoch!

»Nein, danke, ich muss zurück zum Set. Mein Hund ist gleich dran.« Herbie warf seinem Freund einen angewiderten Blick zu. Der Schmerz auf der Zunge ließ nach, und er fragte: »Ist die Alina heute nicht da?«

»Nö«, sagte die Alte und begann lärmend, das benutzte Geschirr zusammenzuräumen.

Herbie verließ den Frühstücksraum und lief auf den Hotelausgang zu, als erneut sein Handy klingelte. Er sah den Namen seiner Tante auf dem Display. »Wenn ich nicht bald rangehe, schickt sie die Feldjäger nach mir, Julius.«

Ich denke da eher an ein libysches Killerkommando.

Herbie stellte das Mobiltelefon auf lautlos und wollte gerade wieder hinausgehen, als er aus der Richtung der Rezeption ein Schluchzen hörte.

Er trat leise näher. Das Geräusch kam aus Frau Zenders Büro. Als er vorsichtig um die Ecke lugte, sah er die Hotelchefin zusammengesunken am Schreibtisch sitzen. Sie wischte sich mit einem Taschentuch die Tränen aus den Augen, was ihren Kajalstrich auf bizarre Weise verschmierte.

Sie sah ihn und richtete sich auf. »Guten Morgen, Herr Schönlebe.«

»Alles in Ordnung, Frau Zender?«

Statt einer Antwort sackte sie wieder in sich zusammen und wurde von einem weiteren heftigen Schluchzen geschüttelt.

Herbie machte ein paar unbeholfene Schritte auf sie zu und wusste nicht so recht, wie er sie aufmuntern sollte.

Das scheint sich ja jetzt bei dir als Hauptbeschäftigung herauszukristallisieren, dieses Trösten alter Damen.

Herbie zögerte einen Moment, aber die alte Frau tat ihm leid, und er strich ihr sanft über die Schulter. »Was ist denn so Schlimmes passiert?«

»Die Alina ist krank! Von einem Tag auf den anderen!«

»Ach, wie ärgerlich! Was Schlimmes? Ich meine, fällt sie länger aus?«

»Die Mutter sagt, sie weiß auch nicht, wann sie wiederkommt. Das ist alles so komisch. Ich dachte, die würde es jetzt endlich ernst meinen, das mit dem Arbeiten!«

»Aber sie ist doch fleißig, und …«

»Aber ihre Mutter sagt, dass sie gar nicht krank ist, sondern nur simuliert!«

Herbie verzog den Mund. »Das ist nicht schön.«

»Was soll ich denn jetzt nur tun? Die Frau Henrich ist zwar eingesprungen, aber das ist ja nichts von Dauer.«

Allerdings nicht. Die ganze Frau Henrich ist nicht mehr von Dauer.

»Kann ich Ihnen denn vielleicht irgendwie helfen?«

Du vergisst doch wohl nicht, dass du in ein paar Minuten wieder am Set sein musst, damit du den Aufpasser von diesem Vieh spielst.

»Reden Sie doch mal mit dem Mädchen«, kam es sehr schnell und sehr hoffnungsvoll von der alten Frau. Ihr schwarz umpinselter Blick schien aus den tiefsten Tiefen ihrer Seele zu sprechen. »Bitte.«

»Ich weiß nicht …«

Sie schluchzte wieder. »Heute Nachmittag soll doch die Frau Laresser verabschiedet werden, und die Presse soll kommen.«

»Die Presse?«

»Ja, die durften ja bis jetzt nicht zu den Dreharbeiten. Aber jetzt, wenn alles vorbei ist, da werden sie eingeladen. Es werden sicher viele kommen. Und da kann ich ja wohl schlecht die Frau Henrich bitten … Ich meine, Sie haben doch gehört, wie die hustet und schnauft.« Sie war aufgestanden und ging zu einem Tablett auf dem Sideboard. Sie lockerte die Zellophanfolie und fasste darunter. »Meine feinen Frikadellchen habe ich extra gemacht, und den Kartoffelsalat nach dem Rezept von meiner Mutter.« Sie nahm eine der Frikadellen und biss hinein. »Hier, Sie auch eine?«

Zögernd nahm Herbie an. »Na ja, ich könnte mal schnell ins Dorf fahren und Alina fragen, ob sie wirklich nicht kommen kann.«

Julius grunzte verächtlich. *Für eine schnöde Frikadelle. Du bist in erschreckendem Maße käuflich.*

Unversehens schlang Frau Zender ihre Arme um ihn. »Sie sind ein Goldschatz, Herr Schönlebe!«

»Aber nur ganz kurz!« Er ließ die ganze Frikadelle in seinem Mund verschwinden und sah ihr zu, wie sie hektisch nach einem Zettel auf ihrem Schreibtisch suchte, schließlich einen fand und eine Adresse darauf schrieb. Dann verließ er das Büro.

Draußen war inzwischen die nächste Umbaupause im Gange.

Herbie pirschte sich an die Hundetrainerin Biffy heran.

Sehe ich das richtig? Würgt sie etwa den Hund?

»Nein, sie hält ihn nur fest.«

Ihre Fingerknöchel sind ganz weiß. Und er hechelt sehr schnell.

»Halt die Klappe, Julius.«

Herbie hatte Biffy erreicht, und Agamemnon leckte ihm sofort das Frikadellenfett von den Fingern.

»Ähm, Biffy ...«

»Was willst du?«, sagte sie mit schneidend scharfem Ton. »Ich muss hier auf deinen talentlosen Köter aufpassen.«

»Das machst du gut, das machst du sehr gut!« Herbie hob beschwichtigend die Hände.

»Also was?«

»Du hast das ja hier im Griff«, säuselte Herbie mit einem gespielten Lächeln. »Ich meine, den Hund, die Leine ... alles. Alles fest im Griff.« Er lachte nervös.

»Was denn, verdammt noch mal?«

Mit alten Frauen kannst du's besser.

»Könntest du dir wohl vorstellen, dass ich mal kurz ins Dorf verschwinde? Ein Notfall quasi.«

»Du bist hier sowieso total überflüssig. Zieh meinetwegen ab.«

Das war ja schon recht deutlich.

Herbie überlegte kurz, ob er sich bedanken sollte, verschwand aber dann wortlos. Er musste sich beeilen, um das Auto noch während der Umbaupause zu starten und vom Platz zu fahren.

Er war gerade eingestiegen, als es an seine Scheibe klopfte.

Hilde Laresser lächelte ihm zu, und er fuhr die Scheibe hinunter. »Guten Morgen«, sagte sie. »Es geht auf das Ende zu.«

Die Vieldeutigkeit ihrer Worte ließ ihn stutzen.

»Du hast da was.« Sie deutete auf seinen Mundwinkel.

»Oh, Frikadelle«, sagte er und wischte es mit dem Finger weg.

»Wohin fährst du?«

»Ins Dorf. Ich muss rasch was erledigen.«

»Aber du bist doch nachher noch da, wenn ich abreise, oder?« Es war ein warmer, vertrauensvoller Klang in ihrer Stimme.

»Aber sicher! Geht ganz fix!«

Julius hatte sich auf dem Rücksitz breitgemacht und räusperte sich vernehmlich. *Na, das wird ja nachher beim Abschied ganz, ganz großes Kino. Ich lege schon mal mein Taschentuch parat.*

»Hilde, können wir wieder?«, rief Tom Treuheit von irgendwoher. »Und jetzt auch der Hund bitte!«

Herbie und Hilde Laresser winkten einander kurz zu, dann fuhr er los.

22. Kapitel

Das Haus von Alinas Familie fand er gleich. Die Verkäuferin im Supermarkt hatte vorgestern etwas von Alinas großer Familie erzählt. Und die wohnte allem Anschein nach in diesem heruntergekommenen, zweistöckigen Haus neben dem Sportplatz. Vorsichtshalber verglich er Straße und Hausnummer noch einmal mit der Notiz auf dem Zettel, den ihm Liesel Zender in die Hand gedrückt hatte. Ja, hier war er richtig.

Ein ganzer Fuhrpark von klobigen, bunten Plastikfahrzeugen, -baggern und -anhängern lag auf der vertrockneten Wiese um das Haus herum verstreut, wie nach einem verheerenden Verkehrsunfall in Entenhausen. Dazwischen lagen erschlaffte Fußbälle, enthauptete Puppen und ein Planschbecken ohne Luft und ohne Wasser.

Geschrei kam von überallher, in verschiedenen Tonlagen. Vor, nach und während des Stimmbruchs angesiedelt.

Ab und zu kamen Kinder um die Ecke gerannt und bewarfen einander mit Gegenständen. Aus einem offenen Fenster im ersten Stock wummerte beinharte Rockmusik. Herbie glaubte, Alinas Fahrrad wiederzuerkennen, das neben dem Eingang auf dem Boden lag.

Julius sah an der verwitterten Fassade empor. *Ich würde mal sagen, der Zustand des Hauses ist irgendwo zwischen Rohbau und Abriss einzuordnen.*

Die Haustür stand offen, und Herbie stieg die zwei Stufen hinauf, die offenbar als Dauerprovisorium aus Gerüstdielen zusammengezimmert worden waren. Einen Klingelknopf suchte er vergeblich.

Dann pack doch einfach an die beiden blanken Drähte.

»Hallo!«, rief Herbie. »Ist jemand zu Hause?« Er spähte in den Flur, in dem ein kleiner Berg von aufgetürmten Schuhen das Bild komplettierte.

Ich kann dir sagen, wo sie jedenfalls nicht sind: Im Kindergarten, in der Schule oder auf der Arbeit.

Eine Frau kam aus einer Seitentür. Sie trug eine enge Jeans und ein knappes, orangefarbenes T-Shirt, unter dem ein praller, weißer Bauch herausquoll. An ihrer Seite hielt sie ein Kleinkind, das auf irgendetwas herumkaute. »Wat is denn?«

»Guten Tag«, sagte Herbie. »Ich komme vom Hotel.« Als sie nicht gleich reagierte, setzte er hinterher: »Vom Hotel Eifelblick.«

Sie kam langsam näher. Ihre Augen verengten sich. »Ja, un? Ich hab der Frau Zender doch jesacht, dat dat Alina krank is.«

»Sie hat mich gebeten, mal zu fragen, ob sie sich nicht doch noch aufraffen kann, helfen zu kommen. Im Hotel ist wirklich Land unter.« In dem Moment, in dem er das sagte, wusste er auch schon gleich, dass er sich die Mühe dieses Besuchs hätte sparen können.

»Land unter? Weiß die überhaupt, wat dat is?«, blaffte die Frau, die ihre strähnigen, braunen Haare zu einem Pferdeschwanz zusammengebunden hatte. »Dat Alina is krank. Wat dat hat, weiß ich net. Dat hat ja dauernd wat.«

Sie drehte den Kopf halb zur steinernen Treppe zu ihrer Linken und brüllte: »Alina!«

In diesem Moment kam ein verhärmt aussehender, bärtiger Mann mit bemerkenswert unmoderner rotblonder Vokuhila-Frisur um die Hausecke. Er hielt eine Zange und eine Rolle grün ummantelten Draht in der Hand und steckte in einem fleckigen Poloshirt und Jogginghose. »Wer is dat?«, fragte er mit heiserer Stimme.

»Vom Hotel. Wejen dem Alina.«

»Dat is krank.«

Bei keinem der beiden entdeckte Herbie einen Ehering.

»Okay, ich wollte nur fragen kommen. Frau Zender ist ziemlich verzweifelt, weil Alina ausfällt.«

»Wat sollemer denn machen? Dat Alina zur Arbeit hinprüjeln?«, fragte die Mutter rotzig und wandte sich wieder zur Treppe. »Alina!«

Der Mann klapperte aggressiv mit der Kneifzange und raunte Herbie zu: »Faul is dat. Stinkfaul!«

Das wiederum war Herbie bislang nicht so vorgekommen. Er hatte das Mädchen eigentlich als gescheit und zupackend kennengelernt.

Julius an seiner Seite schien Herbies Gedanken zu lesen und nickte zustimmend. *Überhaupt scheint hier eine*

merkwürdige Verschiebung der Wahrnehmungen vorzulie-
gen. Was kann die Verkäuferin wohl gemeint haben, als sie
sagte, Alina habe ihrer Mutter viel Ärger bereitet?

»Alina!« Das Rufen wurde lauter und schriller. Jetzt drehte sich die Mutter um und stapfte wütend, unablässig den Namen ihrer Tochter rufend, die Treppe hinauf.

»Sind Sie Alinas Vater?«, fragte Herbie den Mann.

Der lachte schnarrend, warf Draht und Zange auf die Gehwegplatten und holte ein Päckchen Tabak aus den Tiefen seiner Jogginghose hervor. Während er sich eine Zigarette drehte, sagte er: »Dann würd dat hier anders laufen. Dann würd ich hier mal andere Saiten aufziehen, kannste mir glauben. Die macht ja wat se will. War ja mal 'n paar Jahre Ruhe, aber jetzt jeht dat plötzlich wieder los!« Er leckte das Papierchen an und spuckte Tabakkrümel ins Gras. »Seit zwei, drei Tagen is die total durch 'n Wind.« Er senkte die Stimme und schob seinen Kopf ganz nahe an den von Herbie. »Der Typ is aus'm Knast raus.«

»Aha, wer denn?« Herbie erinnerte sich undeutlich an den Artikel, den er in der Tageszeitung gelesen hatte.

»Der Jens, die Drecksau! Wenn der in die Nähe vom Alina kommt, dann pitsch ich dem die Eier ab!« Wie um seine Drohung zu bekräftigen, hob er die Zange auf wedelte damit herum.

»Sie meinen den jungen Mann, der aus der JVA Rheinbach geflohen ist?«

»Jenau der.« Er zündete die krumme Zigarette an. »Die Alina war total verknallt in den, dabei war der Typ viel älter. Die war richtig abhängig. Auch mit Drogen un so! Die wollten abhauen! Alina hat bei dem jewohnt un war drei Wochen wie vom Erdboden verschluckt! Mit zwölf Jahren! Jo, un dann wurd der anjeklaacht, von wejen Minderjährije un so, aber der is abjehauen. Von hier nach da, un von da nach da … Monatelang. Un immer hat der anjerufen un SMSse jeschickt un so, aber die haben den nie jekricht. Un dann hat der versucht, in Zülpich 'ne Tankstelle auszurauben, un da hamsen jekäscht!« Er ließ geräuschvoll die Zange zusammenschnappen.

Herbie dachte an die Irrfahrten des Odysseus. Seit Tagen spukten ihm die mythologischen Andeutungen des alten Bäetes im Hinterkopf herum, und plötzlich hatte er zum ersten Mal das Gefühl, einen Sinn darin erahnen zu können.

»Odysseus«, murmelte er leise.

»Nee, Jens.«

»Hm? Ja, natürlich.«

»Wenn der wieder hier in't Dorf zurückkommt, dann jnade dem Jott!«, knurrte der Mann und blies Herbie den Rauch ins Gesicht. »Der packt die Alina nie mehr an, dat schwör ich dir!«

Die Mutter erschien wieder auf der Bildfläche. Das Kleinkind an ihrer Seite hatte jetzt zu plärren begonnen. Es hatte einen hochroten Kopf, Rotz lief ihm aus beiden Nasenlöchern, und sein Geschrei schwoll an und ab wie eine Sirene.

»Dat Alina macht die Tür net auf!«, schrie die Mutter dagegen an. »Kammer nix machen!«

Herbie zuckte mit den Schultern. »Na gut, dann werde ich das Frau Zender so weitergeben. Sie wird zwar nicht begeistert sein, aber da kann man wohl nichts machen.«

»Nee, kammer net«, rief die Mutter.

»Nix zu machen«, bestätigte der Typ.

Sie sahen ihm hinterher, und Herbie hatte das Bedürfnis, sich so schnell wie möglich vom Acker zu machen. Trotzdem wandte er noch einmal den Kopf um. In einem Fenster im oberen Stockwerk entdeckte er Alina. Er sah sie nur ganz kurz. Sie sah sehr traurig aus, und er glaubte, Flecken auf ihrem Gesicht zu erkennen. Dann war sie auch schon wieder verschwunden.

»Ich glaube, sie ist wirklich krank«, flüsterte er Julius zu.

Bei der Familie würde ich auch krank.

»Wie gut, dass ich allein deine Familie bin.«

Er stieg in den Wagen und wollte gerade starten, als schon wieder sein Handy vibrierte.

»Oh nein, lange werde ich sie nicht mehr hinhalten können, Julius!«

Aber es war dieses Mal nicht seine Tante, sondern eine fremde Nummer wurde angezeigt. Sie hatte eine hiesige Vorwahl.

»Hallo?«, sagte Herbie zaghaft.

»Tolkemit hier!«, ertönte ein fröhliches Krähen am anderen Ende. »Siegfried Tolkemit. Vielleicht erinnern Sie sich an mich?«

»Oh, aber sicher erinnere ich mich an Sie. Wir haben uns ja erst gestern kennengelernt.«

Frag ihn, ob er angezogen ist.

»Ich wollte Ihnen nur sagen, dass ich Ihren Rat befolgt habe und Ihren Bekannten kontaktiert habe.«

»Meinen Bekannten?«

Er meint den untalentiertesten Autoschrauber der westlichen Hemisphäre.

»Köbes? Aus Zingsheim?«

»Ja, ganz recht, er hat den Schaden an meinem Auto begutachtet.«

»Oh, wie erfreulich. Und was sagt er?«

»Er sagt, das könne man alles auch deutlich günstiger reparieren. Ich bin wirklich erstaunt, wissen Sie. Er meint, mit maximal zweihundert Euro sei der Schaden im Nu behoben.«

»Zweihundert? Statt zweitausend?«

»Erstaunlich, nicht wahr?«

»Das ist ja klasse!« Herbie war unkonzentriert. Der Anruf des Alten störte ihn jetzt nur. Er fingerte an der Mittelkonsole des Autos herum.

»Seiner Meinung nach spart man viel Geld, indem man anstelle des kostspieligen Spezialmaterials handelsüblichen Baumarktspachtel verwendet. Und Grundierung, so meint er, werde sowieso völlig überbewertet.«

»Ach.« Herbie spürte, dass sich am anderen Ende eine Veränderung in der Tonlage einstellte. Herbies Finger begannen nervös mit dem Zettel zu spielen, auf dem in kleiner, zittriger Schrift Alinas Adresse geschrieben stand.

»Und eine Lackierung könne man mühelos umgehen.« Ja, der Klang von Siegfried Tolkemits Stimme hatte deutlich an Wärme verloren.

»Aha, und was empfiehlt er stattdessen?«, fragte Herbie vorsichtig.

»Einen aufklebbaren Rallyestreifen in einer Modefarbe meiner Wahl.«

»Hm.«

»Sind Sie noch dran, Herr Feldmann?«, kam es schneidend scharf.

»Ja.«

»Ich glaube, Ihr Freund trinkt. Und ich denke, er ist ein gewissenloser Betrüger.«

»Naja.

»Was denken Sie wohl, werde ich auf dieses Angebot eingehen?«

»Sagen Sie es mir.«

»Machen Sie sich nicht lächerlich!«, kam es jetzt gallebitter aus dem Handy. »Ich werde stattdessen jetzt doch Anzeige erstatten.«

Herbie legte die Stirn auf das Lenkrad und hauchte: »Jaja, tun Sie, was Sie nicht lassen können, Herr Tolkemit.«

»Auf Wiederhören, Herr Feldmann!«

»Auf Wieder… oh, halt, Herr Tolkemit, noch eine Frage!«

»Was denn?« Es klang ausgesprochen garstig.

»Dieser Odysseus, der olle Grieche, der ist doch elend lange durch die Gegend gereist, nicht wahr?«

Willst du dich nur wieder ein bisschen interessant machen?

»Odysseus? Er wurde zuerst an die Küste der Kikonen verschlagen, dann geriet er ins Land der Lotophagen, von dort zur Insel des Zyklopen, schließlich zur Insel Aiolos, an die Küste der Lästrygonen, danach auf die Insel Aiaia …«

»Ja, danke, danke, danke. Also er war verdammt viel unterwegs.«

»Eine Irrfahrt, richtig.«

»Das Wichtigste ist für mich: Kehrte er nach Hause zurück?«

»Nach Ithaka? Allerdings.«

»Ich danke Ihnen, Herr Tolkemit. Trotz allem. Einen schönen Tag noch.« Er wollte gerade den Knopf drücken, um das Gespräch zu beenden, als er noch einmal die quäkende Stimme des Alten hörte: »Moment, Herr Feldmann! Mir gingen die beiden Namen Hera und Kriemhild nicht aus dem Kopf. Ich bin nicht gleich darauf gekommen, aber es gibt etwas, das diese beiden starken weiblichen Sagengestalten vereint.«

Herbie sah Julius ratlos an.

Interessiert uns das?

»Beide Frauen waren getrieben von Eifersucht.«

Herbie zuckte mit den Schultern. »Gut, Herr Tolkemit. War nett mit Ihnen zu plaudern. Schöne Grüße an Frau Kessel.«

Sie soll sich schon mal ausziehen!

Herbie starrte nach Beendigung des Gesprächs starr durch die Frontscheibe des Kangoo. In seinen Händen hielt er noch immer das Zettelchen. Es war eine Quittung der Metzgerei Engel aus Marmagen.

»Odysseus, hat Bäetes gesagt. Odysseus!«

Bäetes hat so einiges gesagt. Und er hatte einen Flachmann …

»Ach, jetzt fang doch nicht wieder damit an! Der Alte war meinetwegen lattenstramm, aber er hat diesen Jens, oder wie auch immer er heißen mag, gesehen, da wette ich drauf! Vielleicht hat ihn das das Leben gekostet!«

Herbie startete den Wagen. »Jens O. stand in der Zeitung. O Punkt. Das klingt ja schon wie Odysseus! Jens O. ist von seiner Irrfahrt zurückgekehrt, Julius, das war es, was der alte Bäetes meinte! Er ist zurück im Dorf!

Nun, für einen entflohenen Sträfling scheint es mir sehr ge-
fährlich und unbedacht, ausgerechnet in seinem Heimatort
Unterschlupf zu suchen, findest du nicht?

»Kommt ganz drauf an, wie skrupellos er ist.«

Herbie gab Gas.

23. Kapitel

Inzwischen war ein Taxi am Hotel vorgefahren. Der Wagen war ein für diesen Drehtag gebuchtes Gefährt eines Taxiunternehmens aus Kall. Der Taxifahrer hingegen war ein Komparse, den eine Kölner Agentur extra für diese Einstellung gecastet hatte. Offenbar war jedoch irgendeinem Praktikanten ein kleiner, aber dennoch bedeutsamer Fehler unterlaufen: Der dicke, knollennasige Mann besaß keinen Führerschein und hatte in seinem ganzen Leben noch nie hinter einem Steuer gesessen.

Alfredo Korn war nur mit großer Mühe unter Kontrolle zu bringen. Ein Wutausbruch epischen Ausmaßes stand bevor, da waren sich alle Beteiligten sicher.

»Das kann doch verdammt noch mal nicht so schwer sein! Er muss doch nur im ersten Gang fünf Meter über den Kiesplatz rollen und den Wagen ausmachen.

Das Ausmachen beherrschte der Mann aus dem Effeff. Aber es ging ungewünscht abrupt vonstatten und ließ den Wagen einen Satz nach vorne machen wie ein angeschossenes Karnickel.

Tom Treuheit war gerade dabei, ihn mit den allernotwendigsten Kenntnissen des Autofahrens zu versorgen, als Herbie aus dem Dorf zurückkam.

Er hielt Ausschau nach Agamemnon. Der war immer noch in der Gewalt der erbarmungslosen Tiertrainerin Biffy, die ihn so fest hielt wie ein Skipper das Segel bei Windstärke acht.

»War er noch nicht dran?«, fragte Herbie leise. Ohne sich zu ihm umzudrehen, knurrte sie: »Das dauert und dauert. Ich bin froh, wenn es endlich vorbei ist.«

»Soll ich …«

»Den Teufel wirst du! Ich halte das Vieh! Pavel hat ihn vorhin gehalten, als ich auf dem Pott war. Und sofort ist der Köter wieder abgehauen!«

»Tja, dann ist es wohl besser, wenn du weiter …«

»Kann mir gar keiner bezahlen!«, sagte sie gallig.

Herbie pirschte sich langsam rückwärts in Richtung Hoteleingang. Die Verzögerung kam ihm sehr zupass. Wenn alle noch eine Weile beschäftigt waren, konnte er einen letzten Erkundungsgang machen.

Was hast du vor? Du bist total unentspannt. Lass uns doch ein bisschen bei der 30-Minuten-Express-Ferienfahrschule zugucken.

»Ich will wissen, wohin Alina in den letzten Tagen ihre heimlichen Ausflüge unternommen hat. Du erinnerst dich? Sie war voller Kletten und ganz verschwitzt, als sie mir mein Zimmer zeigte.«

Unser Zimmer!

»Und dann habe ich sie doch im Dunkeln durch den Garten schleichen sehen. Das Mädchen hütet ein Ge heimnis, und ich habe auch schon so eine Ahnung, was sich dahinter verbirgt.«

»He, wo willst du hin?«, rief Biffy mit röhrender Stimme. »Machst du dir jetzt 'nen Lenz, während ich auf dein Vieh aufpasse?«

»Bin gleich wieder da!«

»Der Köter hat 'ne Ratte gekillt. Hinten, bei den Mülltonnen! Die kannst du selber wegmachen!«

»Kein Problem! Mach ich gleich!« Dann wandte er sich um und lief ins Haus. »Erinnerst du dich, Julius? Sie hat den Hinterausgang benutzt. Es muss hier eine Treppe oder so was geben, die ins Souterrain führt.« Er blickte sich hektisch um. Niemand war zu sehen. An den Toiletten vorbei pirschte er sich einen Gang entlang, an dessen Ende ein Schild *Kein Zutritt* gebot.

Manchmal denke ich, sie müssen für dich nur solche Verbote draufschreiben, um sicher sein zu können, dass du reingehst.

Herbie öffnete vorsichtig die Tür.

Es roch schwach nach gerösteten Zwiebeln. Links konnte er durch eine Türöffnung in die Küche sehen. In irgendeiner Ecke schepperte Geschirr. Dem gleichzeitig ertönenden Röcheln nach war es Frau Henrich, die es scheppern ließ.

Er ging weiter. Auf der rechten Seite drang der Geruch von scharfen Putzmitteln aus einer Tür. Als Herbie hineinspähte, schraken zwei Frauen jäh zusammen, als sie ihn sahen.

»Alles okay«, sagte Herbie beschwichtigend. »Gewerbeaufsicht, keine Panik.«

»Angemeldet!«, rief die eine mit osteuropäischem Akzent. »Sind angemeldet! Alle beide!«, die andere.

»Okay, okay, dann mal weitermachen!«

Sie begannen, eilig mit Lappen und Eimern herumzu-
wuseln.

Jetzt erreichte er eine Milchglastür, hinter der das Tageslicht leuchtete.

Wenige Schritte später stand er im Freien auf einer
kleinen Treppe, die mit verwitterten, grauen Fliesen belegt war, und hatte einen kleinen, halb vom Unkraut
überwucherten Platz aus Waschbetonplatten vor sich.
Dahinter fiel das Gelände des Obstgartens zum Tal hin
ab. Er wandte sich um und blickte an der Rückwand
des Hotels empor, an der der Putz rissig und ungepflegt
aussah.

»Ich fürchte fast, die alte Dame wird ihren Lebensabend noch ein bisschen umorganisieren müssen.
Sie stellt sich das zwar sehr einfach vor, aber es wird für
sie nicht gerade ein Kinderspiel werden, den alten Kasten an den Mann zu bringen.« Er versuchte, sich in der
Aufteilung des Hauses zu orientieren und glaubte, sein
Zimmerfenster entdeckt zu haben. »Das da oben müsste
es sein. Zimmer 42. Von da aus habe ich Alina den Berg
raufkommen sehen.«

Und den Hund bergab. Dort geht es zum Bach runter.

Zur Rechten stand ein kleiner Anbau aus Ziegelstein.
Neugierig wie er war, warf Herbie auch dort einen Blick
hinein. Dies schien das Reich des alten Bäetes gewesen
zu sein. Gartengeräte und ein paar Stapel alter Dach-
pfannen, alte Kartoffelsäcke, Pumpspritzen verschiede-
ner Größe, ein Sortiment unterschiedlichster Mausefal-
len, Blechdosen mit Totenköpfen und Flaschen, deren
Inhalt ausgesprochen ungesund aussah.

Das ist die berühmte Casa Monsanto. Andere nennen es auch liebevoll Roundup Cottage.

Es war eine bemerkenswerte Unordnung, über die sich ein besänftigender Teppich von Staub und Spinnweben gelegt hatte. Herbie schloss die hölzerne Tür wieder, die schief in den Angeln hing. Dann überquerte er den kleinen Platz und stieg die Stufen aus Holzbohlen hinunter. Eine ausgetretene Spur im dürren Gras führte zwischen den Bäumen hindurch und traf nach wenigen Metern auf den Pfad, den er selbst vor drei Tagen auf seinem Weg zum Bach genommen hatte.

Er stolperte talwärts und strauchelte dabei mehrmals, sodass er fast gestürzt wäre.

Wie üblich schritt Julius mit betonter Gelassenheit neben ihm her und zupfte sich immer wieder Jackett und Weste zurecht. *Immer hübsch langsam, alter Knabe, keine Eile. Hier ist diesmal kein Hund, den du verfolgen musst. Andererseits: Auf deiner Birne ist ja noch Platz für ein weiteres schönes Pflaster.*

Sie erreichten schließlich den Bach. »Kletten«, sagte Herbie schwer atmend und zupfte an seinem Hemd herum. »Überall Kletten.«

Meinst du mich?

Herbie drehte sich im Kreis herum. »Da vorne sind die Herkulesstauden. Hier war es!«

Ich war dabei.

Die Stauden standen mannshoch, sodass der Bach am Fuße ihrer Stängel gänzlich verschwand. Bäetes hatte ihnen nichts mehr anhaben können. Und doch war eine deutlich sichtbare Schneise in den Wall aus grünen Stämmen geschlagen. Herbie registrierte sie, konnte sich aber keinen Reim darauf machen und vermutete, der Hund oder ein anderes verwegenes Tier sei dort hindurchgepflügt.

»Hier unten haben wir Bäetes getroffen, und er hat genau da oben hinaufgestarrt.« Sein Finger wies zum Berghang auf der anderen Seite des Baches. Er keuchte ununterbrochen, und sein Brustkorb hob und senkte sich heftig.

Du hörst dich an wie die alte Frau Henrich. Was soll denn da sein?

»Da!«, rief Herbie aufgeregt. »Guck doch hin! Siehst du das etwa nicht?«

Bäume, Sträucher ... Was ist das? Etwa ein blaubrüstiger Sumpfzumselknurrhabicht auf der Balz? Nein, nur eine Rauschwalbe.

»Der Hochsitz! Der ist doch nun wirklich nicht zu übersehen!« Herbie hatte sich schon wieder in Bewegung gesetzt.

Ah ja, nun wollen wir also Wild beobachten.

»Quatsch! Wir werden ein Nest ausheben!« Mit weit ausholenden Schritten lief er über den kleinen, glitschigen Pfad, der den Bachlauf begleitete.

Nach wenigen Metern erreichten sie eine hölzerne Brücke, die den Bach überquerte, der an dieser Stelle gerade einmal einen knappen Meter breit war. Sie sah nicht sehr vertrauenerweckend aus, aber es trieb Herbie unaufhörlich voran. Dahinter stieg der Weg wieder bergan.

»Hier lang, Julius!«

Keine Sorge, ich verliere dich schon nicht aus den Augen. Du trampelst schließlich durchs Gehölz wie eine Herde Wildsäue beim Vollmondausflug.

Herbie strauchelte, fing sich wieder, lief weiter, rutschte auf dem Laub weg und hangelte sich an querstehenden Ästen den Berg hinauf.

Und schließlich erkannten sie am Ende der Schneise, die der kleine Weg ins Gestrüpp schlug, den Hochsitz. Bedrohlich ragte er in den grauen Himmel. Ein großer, dunkler Kasten mit einem quer verlaufenden Schlitz, durch den man ins Tal hinabblicken konnte. Ein finsterer, hölzerner Bunker auf vier massiven, großen Stützen, die kreuzweise verstrebt waren.

Herbie hatte plötzlich das unbestimmte Gefühl, beobachtet zu werden. Ein unangenehmer Gedanke.

Klug wie ich bin, habe ich natürlich gleich geahnt, wen du hier anzutreffen hoffst. Einfältig wie du aber nun mal bist, hast du dir sicher keine Gedanken darüber gemacht, wie du dich deines Lebens erwehren kannst, wenn diese Begegnung aus dem Ruder läuft.

Herbie hielt japsend inne und sah Julius grimmig an. »Klugscheißer.«

Immer wieder gerne.

»Er wird keine Pistole oder so was haben.«

Ach, und warum nicht? Einem Knacki auf der Flucht sollte es doch eigentlich keine Mühe bereiten, irgendwo ein Schießeisen aufzutreiben.

Herbie dachte an den Waffenschrank von Bäetes zurück, und mit einem Mal wurde ihm noch unbehaglicher zumute.

Er verließ den Weg und stieg im Schutz der Bäume weiter bergan. Es gelang ihm nur schwer, das laute Keuchen zu unterdrücken. Dafür schnaufte er jetzt durch die Nasenlöcher wie ein Dampfbügeleisen.

Die Holzpfähle rückten näher und näher. Das Laub raschelte um seine Füße herum. Immer wieder knackte morsches Holz unter seinen Schritten.

Trapp, trapp – der Trapper, tripp, tripp – der Indianer.

Eine hölzerne Leiter führte zu einem schmalen Podest an der Rückseite der Kanzel hinauf, die von Nahem noch größer aussah als vom Tal aus.

Herbie starrte in die Höhe. Vermutlich konnte man es in so einem Ding durchaus ein paar Tage aushalten.

So, und dein kluger Plan sieht jetzt also vor, dass du da raufkletterst, anklopfst und sagst: Hallo, ich bin die Avon-Beraterin von der GEZ und möchte gerne mit Ihnen über Jehova sprechen.

Als er sah, dass die Tür des Hochsitzes aufstand und sanft vom Wind hin und her bewegt wurde, sagte Herbie: »Er ist nicht drin.« Dann drang Gepolter zu ihnen herunter, und ihm sträubten sich die Nackenhaare. »Mist, er ist doch drin«, flüsterte er mit angehaltenem Atem.

Ist das gut für uns? Julius beobachtete interessiert, wie Herbie umständlich das Handy aus seiner Hosentasche holte.

»Kommt drauf an. Das sollten jetzt allerdings besser mal die anderen in die Hand nehmen«, wisperte er.

Ach, du meinst, noch klügere und noch mutigere Leute als du? Ja, wer könnte denn das wohl sein?

Herbie hatte gerade angesetzt, um die Nummer des Polizeinotrufs zu tippen, als er beinahe auf ein totes Tier getreten wäre. Es war eine Krähe, die zwischen den dürren Grasbüscheln am Boden lag, und deren ausgestreckte Flügel bläulich glänzten. Der Schnabel stand weit offen, die Klauen waren verkrümmt.

Einen halben Meter weiter lag noch ein Vogel, beinahe mitten unter der Kanzel. Und Herbie entdeckte auch noch einen dritten, der etwas weiter weg am Fuße eines Nadelbaums verreckt war.

Plötzlich polterte es wieder über ihren Köpfen, und die Tür flog mit einem lauten Knall vollends auf. Ein schwarzer Vogel flatterte durch die Öffnung ins Freie, schwang sich schrill krächzend in die Luft und entfernte sich mit lautem Flügelschlag über die Bäume hinweg.

Herbie und Julius sahen einander mit schreckgeweiteten Augen an.

Ich glaube, ich weiß, was du jetzt gerade denkst. Und ich denke, du hast recht.

Herbie steckte das Handy weg und ging zu der hölzernen Leiter. Mit zitternden Händen machte er sich an den Aufstieg.

Als er das Podest erreicht hatte, gelang ihm ein erster Blick in das Innere der Kanzel, aber dort drinnen herrschte Finsternis. Die Sehschlitze waren geschlossen, vermutlich eine Vorsichtsmaßnahme, um eine Entdeckung zu verhindern.

Schließlich schob er sich auf Knien auf die hölzerne Plattform und fasste nach der Tür, die sich noch immer hin und her bewegte.

Aus dem Dunkel schälten sich jetzt Konturen heraus. Er sah einen Schuh, ein Bein, eine Hand, deren Finger verkrampft waren wie die Klauen der toten Krähen.

Er holte erneut das Handy heraus und schaltete die Taschenlampen-Funktion ein.

Der junge Mann lag mit verkrümmten Gliedern auf dem Holzboden, halb über einem zerwühlten

Schlafsack. Flaschen lagen herum, leere Joghurtbecher, ein Fernglas.

Herbie traute sich kaum hinzusehen, weil er befürchtete, die Krähen hätten sich möglicherweise bereits am Körper des Toten gütlich getan. Aber seine Furcht war unbegründet. Der Körper war unversehrt, soweit man das angesichts des offenbar grausamen Endes sagen konnte, das ihn ereilt hatte.

Ob er sich hier zu Tode gelangweilt hat? Ich sehe gar kein Blut.

»Gift«, hauchte Herbie, dem das Herz vor Aufregung im Hals schlug. »Es ist ganz sicher Gift. Keine Ahnung, welches genau. Ich kenne mich da nicht so aus. Bei Blausäure riecht es nach Bittermandeln, das ist das Einzige, was ich weiß.«

Die hellblauen Augen starrten ins Nichts, der Mund stand weit offen, Reste eines weißlichen Schaums waren in seinen Mundwinkeln und in der Halsbeuge getrocknet.

Neben ihm lag eine weitere tote Krähe. Die bizarre Ähnlichkeit zwischen der Haltung der beiden leblosen Körper war verblüffend.

Jedenfalls hat das Zeug schnell gewirkt. Hans Huckebein hat es nicht mal nach draußen geschafft.

Gleich neben der Krähe lag ein altmodisches Einkaufsnetz. Darin befanden sich eine braunfleckige Banane, eine zerrupfte Schachtel Butterkekse und mehrere ungeöffnete Päckchen Zigaretten. Auf dem kleinen, hölzernen Sitz erkannte er eine offene, zerdrückte Senftube, und dicht neben dem linken Ohr des toten Mannes lagen ein paar zerpickte, zerfressene Brocken dessen, was offenbar nicht nur den Krähen, sondern auch dem erst kürzlich aus der Haft entsprungenen Jens O. zum Verhängnis geworden war.

Herbie beugte sich gerade hinunter, um es näher in Augenschein nehmen zu können, als ein rhythmisches Summen ertönte. Herbie verspürte ein kaum merkliches Vibrieren des hölzernen Bodens. Irgendwo in dem abscheulichen Tableau, das sich vor ihm ausbreitete, meldete sich ein Handy, und unter der Hand des Toten leuchtete es kurz auf. Direkt daneben lagen mehrere durchsichtige Tütchen, in denen getrocknete Pflanzen steckten.

Was haben wir gelernt? Nichts anfassen!

»Nichts anfassen hilft uns nicht weiter«, knurrte Herbie und zog ein Tempotuch aus der Hosentasche. Es gelang ihm, das kleine Mobiltelefon zwischen den steifen, blassen Fingern des Mannes hervorzuziehen.

»*kan noch was brauchen meld dich tom*«, las Herbie.

Julius schüttelte den Kopf. *Groß- und Kleinschreibung, Interpunktion … alles Fehlanzeige. Die Höhlenmenschen hätten beim Diktat besser abgeschnitten.*

Vorsichtig, um auch ja keine Fingerabdrücke zu hinterlassen, betätigte Herbie ein paar Tasten auf dem reichlich unmodernen Gerät. »Wollen doch mal sehen …«, murmelte er.

24. Kapitel

Das Taxi war inzwischen nicht mehr da. Auch der Regisseur und seine beiden letzten noch verbliebenen Darsteller waren verschwunden, der Regieassistent, die Maskenbildnerin, der Produktionsassistent und sein stummer Begleiter waren nirgendwo mehr zu sehen – und Herbie hatte eine Ahnung, wo sie sich befanden. Nur noch Kabelträger und Monteure waren damit beschäftigt, die Beleuchtungsapparaturen, Traversen und Kameras abzubauen. Transporter wurden hin und her rangiert, und laute Rufe und Kommandos schallten um das Haus.

Es war nur ein ziemlich ungenauer Gedanke, der Herbie zu den Mülltonnen trieb. Die drei dunkelgrauen Behälter standen dort, wo die Müllmänner sie am Morgen zum großen Ärgernis der gesamten Filmcrew wieder hingeschoben hatten. Hinter einem kleinen Mauervorsprung an der rechten Hausecke, halb umrankt von einem großen Rosenbusch mit weißen Blüten warteten sie auf neuen Abfall. Hier hatte schon lange keiner mehr die verblühten Knospen herausgepflückt. Der kleine Abstellplatz, der in den Parkplatz mündete, war über und über mit verwelkten Rosenblättern bedeckt.

Herbie brauchte nicht lange zu suchen. Beinahe wie bei einem orientalischen Opferzeremoniell lag eine tote Ratte regelrecht aufgebahrt rücklings auf dem Blüten-bett.

Herbie betrachtete das Tier eingehend, tippte mit dem Fuß dagegen und murmelte: »Ich sehe überhaupt keine Bissspuren, Julius. Du etwa?«

Willst du eine Obduktion durchführen?

»Ich nicht«, sagte Herbie mit auf die Brust gelegtem Kinn. »Ich nicht. Aber vielleicht andere.«

Sie ist jedenfalls mausetot. Warum heißt es eigentlich mausetot und rattenscharf und nicht umgekehrt?

»Sie ist nicht gebissen worden. Der Hund war das nicht. Schau dir doch mal an, wie sie da liegt. Ich muss an diese toten Krähen denken. Und auch an diesen Jens.«

Du wirst so langsam immer wunderlicher.

»Aber guck doch nur, wie sie aussieht. Alle viere von sich gestreckt, das Maul weit offen.«

Wie soll sie denn deiner Meinung nach aussehen? Die Pföt-chen über der Brust gekreuzt? Im schwarzen Anzug? Was suchst du?

Herbie schaute aufmerksam in die versteckten Ecken des Abstellplatzes.

»Da oben am Hochsitz waren mehrere Krähen. Nicht nur eine. Würde mich gar nicht wundern, wenn auch hier …«

Er reckte den Hals, um zu gucken, ob er womöglich etwas zwischen einer Kiste mit Altpapier und einer rostigen Tonne voller Metallschrott entdecken konnte. Er sah hinter zwei Wäschekörben voller leerer Glasflaschen nach, aber er fand keine weitere tote Ratte.

Enttäuscht blickte er auf die Uhr. »Hätte ja sein können. Was meinst du, Julius? Die Polizei müsste jetzt langsam da sein, oder?«

Es sei denn, sie haben erst mal die gewerkschaftlich vorgeschriebene Mittagspause an der Bratwurstbude gemacht.

»Das gibt es nur im Film, Julius.«

Aber wir sind hier doch beim Film!

Herbie ignorierte das Geschwafel seines Freundes, der seine Nase gerade über eine Rosenblüte hielt und mit geweiteten Nasenlöchern den Duft einsog.

»Sie werden jeden Moment da oben ankommen, und dann kann es nicht mehr lange dauern, bis sie …« Er atmete tief durch.

In diesem Moment erkannte er eine rundliche Gestalt, die sich quer über den Vorplatz einen Weg zwischen den Arbeitern hindurch bahnte und sich dem Hoteleingang näherte. Es war Friedhelm Sterzenbach. Er schlenkerte gut gelaunt mit seiner Aktentasche.

Herbie nickte zufrieden. »Fein, fein, wie bestellt. Meine SMS hat ihn also erreicht. Ich wusste, dass er sich das nicht entgehen lässt.«

Sterzenbach stapfte die Stufen zum Eingang hinauf, trat sich auf der Fußmatte unnötig lange die Schuhe ab und ging dann hinein.

Herbie wandte sich mit fragendem Gesichtsausdruck seinem Freund zu. »Und? Was denkst du, soll ich es tun?«

Ach, mein Bester, seit so vielen Jahren bin ich jetzt schon Zeuge hochnotpeinlicher Situationen. Ich habe so oft den ab-

surdesten Gelegenheiten beiwohnen dürfen, in denen du dich hemmungslos zum Narren gemacht hast. Nur zu! Geh da rein!

»Ich tu's!« Herbie atmete tief durch und betrat das Hotel.

Zuerst spähte er nur durch einen kleinen Spalt in den Frühstücksraum. Da waren sie alle versammelt. Alfredo Korn, Hilde Laresser, Frederick von Ameln, Tom Treuheit …

Herbie zählte. »Mit mir sind's dann dreizehn bei Tisch«, flüsterte er. »Wie passend.«

Und ich werde wieder nicht mitgezählt.

Die kleinen Frühstückstische waren zu einer großen Tafel zusammengeschoben worden. In der Mitte standen Blumen und die mit Folie abgedeckten Speisen. Gläser und Sektflaschen waren überall verteilt. In einer Ecke des Raumes war ein großes Roll-up positioniert worden. *Hotel Eifelblick – Die Rückkehr* stand darauf in großen Lettern. Darunter war eine Montage aus der Hotelfassade, dem Antlitz von Hilde Laresser und einem Szenenfoto mit Martin Forster und zwei kleinen Kindern mit blumenbekränztem Haar zu sehen. Für den Besuch der Presse war offenbar alles bestens vorbereitet.

Herbie erkannte die kugelrunde Figur Sterzenbachs, der ihm den Rücken zugewandt hatte und wild mit den Armen ruderte. »Aber Sie haben mich doch herbestellt! Hilde … Hildchen … Sie … du …«

»Aber wie käme ich denn darauf?«, fauchte Hilde Laresser und stürzte den Inhalt ihres Sektglases herunter.

Frederick von Ameln wedelte mit dem ausgestreckten Zeigefinger vor Sterzenbachs Nase herum. »Ich sage dir, verzisch dich, Freundchen, sonst kriegst du's mit mir zu tun!«

»Aber man hat mir versprochen, ich dürfte ein Exklusiv-Interview für den Fanclub machen, bevor die Presse …«

Herbie trat ein, ohne dass jemand Notiz von ihm nahm. Nur der Hund, der an Biffys Stuhlbein festgebunden war, wedelte mit dem Schwanz und kläffte.

Er sah zu Julius hinüber, der sich gegen das Sideboard lehnte und erwartungsvoll die Szenerie betrachtete. Sie nickten einander zu.

Nun, dann leg mal los, mein Lieber.

Herbie nahm ein leeres Sektglas und eine Gabel und klimperte. Es wurde lauter und lauter, und irgendwann verstummten alle und sahen zu ihm herüber.

»Hallo zusammen«, sagte er mit einem freundlichen Lächeln. Er spürte, dass seine Mundwinkel vor Nervosität zuckten. »Ich habe mich leider etwas verspätet.«

»Macht doch nichts, macht doch nichts!«, rief der Regisseur, der in sichtlich gelöster Stimmung war, zweifellos, weil die Dreharbeiten endlich ein Ende gefunden hatten.

»Wurde auch Zeit«, maulte Biffy und wollte den Hund schon losknoten. Alle waren bereits im Begriff, sich wieder ihren Gesprächspartnern zuzuwenden, als Herbie erneut seine Stimme erhob.

»Ich komme zu spät, weil ich bedauerlicherweise vor etwa einer Stunde einen Toten gefunden habe.«

Die Blicke aller waren sofort wieder auf ihn gerichtet.

»Einen Toten?«, fragte Hilde Laresser zweifelnd.

»Eine Leiche, ganz genau.«

»Wo?«, fragte Tom Treuheit. »Wer?«

»Einen jungen Mann, der erst vor ein paar Tagen aus dem Knast fliehen konnte und hierher zurückgekehrt ist. Ein gewisser Jens.« Er wandte sich lächelnd an Tom Treuheit und seinen Begleiter. »Ihr beide kennt ihn. Er hat euch Gras verkauft.«

»Wie bitte?«, fuhr Alfredo Korn hoch. »Ein Knacki? Ihr kauft Stoff von einem Knacki?«

Tom Treuheit drehte unbehaglich sein Käppi hin und her. »Der Typ war im Knast? Konnte ich doch nicht ahnen! Er hat uns einen Freundschaftspreis gemacht. Hat gesagt, dass er dringend Geld braucht. Wir konnten doch nicht wissen, dass der …«

»Ihr habt sie wohl nicht alle! Und jetzt ist der Typ tot?« Korn rang die Hände.

Herbie hob beschwichtigend die Hände. »Ja, so tot, wie man nur sein kann. Aber das sollten wir mal einen Moment hintenanstellen. Zunächst einmal möchte ich euch etwas anderes erzählen. Eine Geschichte von einem anderen Toten.«

Bis hierhin war es gut. Du musst an die richtige Reihenfolge denken. Julius hatte die Hände ans Revers gelegt und wippte mit den Fußspitzen auf und ab.

»Was wird das hier? Mord im Orient Express, oder was?« Von Ameln ließ von Sterzenbach ab und baute sich dafür jetzt vor Herbie auf.

»Lass ihn doch, lass ihn!«, rief Alfredo Korn. »Der Typ ist gut! Besser als sein Hund jedenfalls. Ich will hören, was er zu erzählen hat!«

In diesem Moment kam Liesel Zender mit einem Tablett voller Kaffeetassen und einer großen Pumpkanne herein. Sie mühte sich dabei sichtlich ab, und Sandy stand auf und half ihr.

Überrascht blickte die Hotelchefin sich um. »Was ist denn hier los?« Als sie sah, dass alle geradezu an Herbies Lippen klebten, merkte sie, dass sie störte.

»Noch eine Leiche«, flüsterte ihr Pavel zu. Sie erschrak und ließ sich auf einem Stuhl nieder, den ihr Treuheits Begleiter hinschob.

Herbie ging langsam zum Fenster und strich bedächtig über das Fensterbrett. »Wir alle wurden vor zwei Tagen Zeugen eines schrecklichen Vorfalls. Ein Rasentraktor schleift eine Leiche hinter sich her, mitten hinein in die Filmaufnahmen. Wir alle sind da, als er angetuckert kommt, mit seiner schrecklichen Ladung im Schlepptau.«

Präsens ist gut. Das macht es so schön amtlich.

»Spielst du hier Meisterdetektiv, oder was?«, ließ von Ameln nicht locker. Er setzte sich breitbeinig rücklings auf einen Stuhl und sah Herbie feindselig an.

»Der Alte ist einem Unfall zum Opfer gefallen«, warf die Maskenbildnerin ein.

»Jaja, nach einem Unfall sah es aus. Sollte es ja auch. Alkohol, eine selbstgebastelte Apparatur … Aber ihr könnt mir glauben: Genau das war es nicht. Ich bin eben kein Meisterdetektiv, sondern nur ein Mensch mit gesundem Menschenverstand …«

Julius prustete laut los, und Herbie warf ihm einen tadelnden Blick zu.

»Aber wenn ich ein Detektiv wäre, dann wäre das für mich ein Mord nach Maß! Jemand hat Bäetes getötet.« Er sah kurz nach draußen, doch dort auf dem Vorplatz war weiterhin nur das Hin und Her der Filmleute zu sehen.

»Lasst mich euch zuerst einmal etwas über Hubert Bäetes Leyenkaul erzählen. Dieser alte Kerl ist hier im Dorf aufgewachsen. Er ist nie rausgekommen, hat keine Ausbildung absolviert und arbeitet hier im Hotel seit einer Ewigkeit, stimmt's, Frau Zender?«

»Ja, genau.« Sie nickte heftig.

»Er war nicht immer so wie in der letzten Zeit, richtig?«

»Früher hat er nicht so viel getrunken, das ist wahr.«

»Er war früher kräftig, fleißig, immer zur Stelle, wenn es Arbeit gab. Sein alter Lehrer hat mir erzählt, dass er in der Schule ein schlimmer Finger war, aber das schien sich ja gelegt zu haben. Bäetes lebte allein in einem alten Haus mit einer, wie ich finde, bemerkenswerten Sicherheitsinstallation. Drei Meter hohe Zäune, Kameras, Alarmanlage. Warum war das so? Nun, ich will das mal zurückstellen.«

Julius räusperte sich. *Meine Güte, was stellst du denn noch alles zurück? Ich hoffe, du hast ein Drehbuch für deine Beweisführung, das besser ist als das von dieser Hotelschmonzette.*

Herbie biss sich nervös auf die Unterlippe. »Ja, also … Zäune, Kameras, Alarmanlage – da kommen wir später zu. Wir wollen wieder zum Tag von Bäetes' Tod zurückkehren. Eben haben wir gesagt, alle waren da. Aber stimmt das überhaupt?«

»Klar waren wir alle da!«, rief Eike Christiansen. »Wir haben doch alle zusammen gedreht!«

Herbie wedelte mit dem Zeigefinger. »Na, na, na, das stimmt ja nicht so ganz. Als der alte Bäetes niedergeschlagen wurde, waren einige von uns eben nicht da. Du zum Beispiel nicht, Tom!«

Treuheit schrak zusammen. »Ich war nur ganz kurz … Außerdem habe ich ihn gesehen, wie er gestorben ist, da mitten im Filmset!«

»Aber den Schlag hat man ihm vorher versetzt!« Herbie hob wichtig den Zeigefinger. »Du warst nur ganz kurz weg! Und da warst du nicht der Einzige!« Herbie hatte begonnen, langsam um den Tisch herumzugehen. »Hilde Laresser war zum Beispiel auch nicht da.«

»Ja und?«, sagte sie ruppig und wandte sich zu ihm um. Ihr Blick schien ihn an den Vorabend erinnern zu wollen, als sie ihm gegenüber vertrauensvoll ihre Lebensbeichte abgelegt hatte.

Hinter Frederick von Ameln blieb Herbie schließlich stehen. »Dieser Mann beispielsweise stieß sogar erst kurz nach dem Tod zu uns. Darf ich mal fragen, wo Sie da gerade herkamen?«

»Vom Flughafen, habe ich doch gesagt!«

»Sie wollen sagen, Sie waren nicht schon am Vortag gelandet und waren in der Zwischenzeit in Luxemburg?«

»Wie kommst du denn darauf?« Von Ameln sprang auf, und seine Rechte fuhr auf Herbies Hals zu.

Mit einem ohrenbetäubenden Gebell sprang in diesem Moment der große, schwarze Hund auf und schoss auf von Ameln zu. Mit gefletschten Zähnen und gesenktem Kopf baute er sich in Angriffsstellung vor ihm auf und knurrte.

Herbie sah fasziniert zu dem Hund hinunter.

»Ruhig, Agamemnon«, sagte er mit einem Unterton von nicht mehr zu leugnender Sympathie.

»Nein, Arco«, meinte Treuheit.

»Ich denke Ackermann«, fragte Biffy skeptisch.

Herbie klatschte in die Hände. »Lasst uns weitermachen!« Er wandte sich wieder an von Ameln, der angesichts des Hundes ein paar Schritte zurückgewichen war. »Man hat Sie gesehen. Im Dorf. Am Tag vorher. Und ich wurde Zeuge eines Telefonats. Es läuft nicht eben gut mit den Finanzen, richtig? Da haben Sie sich wahrscheinlich gedacht, Sie schmeißen sich mal an Ihre vermögende Exfrau ran.«

»Ich habe es gewusst«, sagte Hilde Laresser mit Grabesstimme.

»Hildchen, ich …« Von Ameln riss die Arme hoch, der Hund knurrte wieder.

Sterzenbach ballte die Fäuste. »Du willst Sie ausnehmen!«, quiekte er. »Sind es ihre teuren Uhren?«

»Uhren?« Liesel Zender sah sich ratlos in alle Richtungen um. Was sich hier in ihrem Frühstücksraum abspielte, schien ihr Fassungsvermögen zu überschreiten.

»Hildchen, glaub das bloß nicht, hörst du! Ich bin gekommen, um dich wiederzusehen, sonst nichts!«

»Fuck off!«, sagte sie kalt und schenkte ihr Glas noch einmal voll.

»Das hat aber alles nichts mit unserem toten Bäetes zu tun«, sagte Herbie laut und warf wieder einen Blick aus dem Fenster.

»Erwartest du noch jemanden?«, fragte Sandy.

»Ja, allerdings, das tue ich. Ihr müsst wissen, dass ich vorhin am Hochsitz die Polizei angerufen habe. Sie werden wohl in der Zwischenzeit die Leiche gefunden haben, die da ja immerhin schon seit gestern rumliegt. Es dürfte nur noch eine Sache von Minuten sein, bis sie hierher kommen.«

»Die Polizei?«, fragte Sterzenbach ängstlich. »Hierhin?«

»Keine Sorge«, sagte Herbie. »Sie haben nichts zu befürchten. Sie hätten niemals den Mumm gehabt, den diese Morde erforderten.«

Warum sagst du ihm nicht einfach, dass er viel zu dämlich dazu gewesen wäre? Bring doch mal ein bisschen Stimmung in die Bude!

»Nein, da steckt jemand von einem anderen Kaliber dahinter. Ein gefährlicher Gegner, das wurde mir klar, je mehr ich hier in der Gegend herumgefragt habe. Jemand, der all mein Tun sorgfältig beobachtete. Diese Person hat mitgekriegt, dass ich sogar inzwischen noch einem weiteren Mord auf die Spur gekommen bin.«

»Noch ein Mord?«, fragte Achim, der Tonmann erschrocken.

»Ganz richtig. Vor vielen Jahren, in den Sechzigern! In der Zeit, als die geheimnisvolle Hilde Laresser …« Er blickte zu ihr hinüber.

Sie hatte die Augen weit aufgerissen. Er sah Furcht und Enttäuschung, er erkannte, dass sie sich in diesem Moment sicher war, dass er gleich ohne zu zögern ihr lebenslang gehütetes Geheimnis herausposaunen würde.

»… als die geheimnisvolle Hilde Laresser, von der bis heute noch immer niemand weiß, woher sie kommt, Deutschland den Rücken gekehrt hat. Vor allem der Eifel, dem Ort, der sie groß gemacht hat. Sie hat das Hotel hinter sich gelassen, in dem sie entdeckt wurde. Je mehr ich versucht habe, durch dieses Gewirr von Informationen, die auf mich eingeströmt sind, durchzusteigen, umso klarer erkannte ich, dass ich eigentlich auf doppelter Spur ermittelte. Da ist dieser Mord in der Vergangenheit, und da ist die geheimnisvolle Filmdiva. Alle Welt gräbt in ihrer Vergangenheit herum! Ich ja auch! Aber auch wenn ich zuerst glaubte, da liege möglicherweise ein handfestes Mordmotiv, weiß ich doch jetzt, dass das Geheimnis um Hildegard Laressers Jugend in keiner Verbindung zu unseren Fällen steht.«

Die Schauspielerin schloss erleichtert die Augen und sackte in sich zusammen.

Julius klatschte ein paar Mal anerkennend in die Hände. *Auch wenn dich alle für doof halten, ich weiß, dass du manchmal ein echter Gentleman sein kannst.*

»Da gab es einen Mord an einem jungen Mädchen aus der Stadt. Ein Mädchen namens Gunda, das im Begriff war, den Freddy vom Dorf zu heiraten. Sie wurde brutal ermordet, mit einem Bolzenschussgerät, mit dem man auch Schweine tötet.«

»Ist das jetzt noch echt, oder wird das ein Drehbuch?«, fragte Korn.

»Echt, alles echt. Der Schuldige war schnell ausgeguckt. Ludwig Stroedter, ein übler Bursche aus dem Dorf. Bevor man ihn aber zur Rechenschaft ziehen konnte, starb er bei einem Unfall.«

»Noch ein Mord?«, fragte Treuheit und grinste ironisch.

»Nein … äh … nein, das war kein Mord, er kam bei einem Motorradunfall ums Leben. Unterbrecht mich jetzt bitte nicht!« Herbie kniff kurz die Augen zusammen, um sich zu konzentrieren. »Der Tod von diesem Stroedter genügte allen. Kein Mensch kam auf die Idee, dass die junge Gunda in Wirklichkeit gar nicht sein Opfer gewesen war. Jemand anderes lachte sich dafür ins Fäustchen. Der wirkliche Mörder nämlich! Für den war jetzt alles in bester Ordnung. Aber es gab da fatalerweise noch jemanden, der ganz genau wusste, wer in Wirklichkeit die junge Gunda tötete. Ja, damals war er noch jung, unser Bäetes. Und bis heute war er im Besitz der Mordwaffe. Wie er daran kam? Bäetes war immer aufmerksam, er war immer neugierig. Er muss den Mord beobachtet haben. Wir wissen, wie schwer es ist, in so einem Dorf Dinge zu tun, die niemand wissen darf. Und das Bolzenschussgerät hat er an sich genommen. In Plastik verpackt hat er es, mit Sicherheit wegen der Fingerabdrücke. Er hat das Ding jahrzehntelang gehütet wie seinen Augapfel. Deshalb auch der ganze Sicherheitszinnober an seinem Haus!« Herbie machte eine große, weit ausholende Geste. »Bäetes glaubte sich sehr sicher, mit dem Schlüsselbund, den er nie aus der Hand gab. Aber das war ein tödlicher Irrtum!« Jetzt hatte er sich in Stimmung geredet. Während er versuchte, die Erkenntnisse um die Abläufe des Geschehens in die richtige Reihenfolge zu bringen, gewann sein Vortrag zusehends an Dramatik.

»Der Tod wartete auf Bäetes ausgerechnet an seiner vertrauten Arbeitsstelle. Zack – ein Schlag, und der Mitwisser ist endlich tot. Aber!« Herbies Finger schnellte hoch, und mit einem Mal senkte er die Stimme zu einem finsteren Raunen: »Ein weiteres Mal wird ein Mord beobachtet! Dieses Mal von jemandem, der aus seinem Versteck im Hochsitz eine fabelhafte Aussicht genießt. Es scheint so, als wären es rächende Geister der Vergangenheit, die dem Täter dieses Mal schon wieder einen Mitwisser bescheren!«

Brrr, Brauner. So wie du hier rumdeklamierst, klingt das alles nach Shakespeare im Eifelformat.

Aber Herbie war jetzt nach ein bisschen Showtime. »Und wenn ich mich nicht täusche, habe ich da gerade jemanden auf der anderen Seite dieser Milchglastür in die Halle eintreten sehen. Alles so wie erwartet!«

»Die Polizei?«, fragte Friedhelm Sterzenbach.

»Nein, noch nicht«, sagte Herbie. »Zuerst haben wir noch einen hübschen Gastauftritt, um mal beim Filmjargon zu bleiben.« Er rief laut: »Dann mal hereinspaziert!«

25. Kapitel

Alina bot ein Bild des vollkommenen Elends. Ihre Augen waren verquollen und gerötet, und auf Händen und Armen, am Hals und im Gesicht hatte sie große, rötliche Blasen, die sehr schmerzhaft aussahen.

»Liesel Zender schlug die Hände vor den Mund. »Alina, Kind, was hast du denn bloß gemacht!«

Herbie legte dem Mädchen vorsichtig die Hand auf die Schulter. »Danke, dass du gekommen bist.«

»Ich hatte ja keine andere Wahl.«

Pavel schob ihr einen Stuhl neben den von Frau Zender. Die rang leise jammernd die Hände, und man sah deutlich, dass sie Alina gerne geherzt und getröstet hätte, dass sie aber davor zurückschreckte, sie in den Arm zu nehmen und ihr womöglich Schmerzen damit zuzufügen.

»Es waren die Herkulesstauden, stimmt's?«, fragte Herbie sanft.

Das Mädchen nickte stumm.

»Diese scheußlich wuchernden Pflanzen stehen unten am Bach. Man kommt daran vorbei, wenn man zum Hochsitz geht. Ein Weg, den Alina in den letzten Tagen mehrmals genommen hat. Denn dort oben wartete Jens, ein frisch entflohener Sträfling. Ihr fester Freund vor seiner Verhaftung. Deine Nummer war in seinem Handy eingespeichert.«

»Das hatte ich ihm besorgt. Ein altes Ding von meiner älteren Schwester.«

»So was dachte ich mir. Alina ist hier, weil sie eine SMS vom Handy ihres toten Freundes bekommen hat. Diese SMS stammt von mir.« Er beugte sich zu ihr hinunter und sprach einfühlsam und leise, aber dennoch laut genug, dass es alle hören konnten. »War er immer noch dein Freund?«

Sie reagierte nicht.

»Oder war es nicht vielmehr so, dass du mit all dem endlich abgeschlossen hattest, als er in den Knast ging? War es nicht in Wirklichkeit eine Erleichterung, dass er nicht mehr seinen schlechten Einfluss auf dich ausüben konnte?«

Sie nickte jetzt zaghaft, ohne ihn anzusehen.

»Und dann ist er plötzlich wieder da! Und alles fängt von vorne an. Ach, wäre er doch wieder weg!«

Hinter Alinas Rücken beugte er sich beiläufig über die Leckereien, die noch immer unter der Folie darauf warteten, verzehrt zu werden. »Ich weiß nicht, wie es euch geht, aber ich habe Hunger.« Er zupfte das Cellophan von den Frikadellen und nahm eine. Er betrachtete sie von allen Seiten und biss hinein.

Alina fuhr mit einem unterdrückten Laut des Erschreckens herum und starrte ihn an. Dann sprang sie von ihrem Stuhl auf und stieß einen schrillen Schrei aus. Alle fuhren zusammen. Sie versuchte ungestüm, ihm den Rest der Frikadelle aus der Hand zu schlagen.

»Nicht essen! Nicht! Nicht! Nicht!«

Aber Herbie wehrte sie mit dem linken Arm ab und nahm eine weitere Frikadelle. Die warf er Agamemnon in hohem Bogen quer durch den Raum direkt ins geöffnete Maul. »Esst!«, rief Herbie und lief jetzt mit der Platte von einem zum anderen. »Greift zu. Die sind köstlich!«

Julius betrachtete die turbulente Szene mit großem Amüsement und summte. *Zehn Frikadellchen, die standen auf dem Tisch …*

»Nein«, wimmerte Alina und sackte zitternd zusammen. »Bitte nicht essen! Tut das nicht!«

Als Herbie die letzte Frikadelle vom Teller nahm, hielt er sie Alina vor das Gesicht, lächelte breit und ließ sie in seinem Mund verschwinden.

Und dann gab's keines mehr … Julius kicherte vergnügt.

Herbie zog einen Zettel aus der Hosentasche. Mit vollem Mund fiel es ihm schwer, sich deutlich zu artikulieren. »Mmmmedgferei in Marmagen.« Er schluckte. »Hast du nicht eingekauft, nicht wahr?«

Alina starrte ihn mit tränenfeuchtem Gesicht an und schüttelte den Kopf.

»Klar, muss man ja mit dem Auto hin. Das geht nicht mit dem Fahrrad. Aber guck mal, hier …« Er deutete auf die kleine, blasse Druckschrift. »Ein Pfund Auf-

schnitt ... ein halbes Pfund Kochschinken ... Hackfleisch halb und halb. Du isst ja sowieso kein Fleisch
und kennst dich nicht aus. Da frage ich mal besser die
Köchin! Frau Zender, wie viel Hack braucht man wohl
für diese köstlichen, kleinen Frikadellen? 17 Stück –
zwei haben wir ja heute Morgen schon verputzt, nicht
wahr.«

Frau Zender wiegte den Kopf hin und her. »Na, so 500
Gramm in etwa.«

*Herzlich willkommen im Maggi Kochstudio. Gib ihr im
Gegenzug doch mal das Rezept von deinen Dosenravioli an
Rührei.*

»500 Gramm, dachte ich mir. Gekauft wurde allerdings ein ganzes Kilo. Eine ausreichende Menge, um
exakt die doppelte Anzahl an Frikadellen zu braten. Ich
fand gleich, dass das für Filmteam und Presse ein bisschen knapp kalkuliert war. Aber Sie mussten ja plötzlich teilen, Frau Zender. Eine Platte für uns und eine
Platte, die als tödliche Falle gedacht war.« Seine Stimme
nahm jetzt eine dramatische Färbung an. Er richtete sich
auf und sah mit versteinerter Miene auf Liesel Zender
herunter. »Als tödliche Falle für den Mann, der sie bei
dem skrupellosen Mord an Hubert Leyenkaul beobachtet hat!«

Ein Raunen ging durch die versammelte Gesellschaft.

»Am Mord an dem Mann, der Sie all die vielen Jahre
in der Hand hatte. Der mit einfacher Gartenarbeit ein
derart fettes Gehalt verdiente, dass er sich damit ein
gleichbleibend schönes Leben machen konnte. Es war
eine Art Agreement, denn er wollte sie ja nicht ruinie-
ren. Solange das Hotel Eifelblick existierte, war seine

Existenz gesichert. War es nicht so?« Herbie drehte sich einmal um die eigene Achse und breitete die Hände aus wie ein Zauberkünstler.

Was erwartest du jetzt? Applaus? Sie sind alle schreckensstarr!

»Das ist doch alles Quatsch, was Sie hier erzählen! Großer Quatsch! Wieso sollte ich dem Bäetes denn was antun? Der soll mich erpresst haben? Was reden Sie denn da? Und warum, bitteschön soll ich den dann jetzt, nach so einer langen, langen Zeit zum Schweigen bringen? »

»Weil er erst jetzt beginnen wollte zu reden. Hubert Leyenkaul war sterbenskrank! Der Krebs zerfraß seinen Körper, und der Alkohol machte ihn immer geschwätziger. Er wurde zum ersten Mal zur echten Gefahr, weil er nämlich nichts mehr zu verlieren hatte! Mir selbst hat er kurz vor seinem Tod gesagt, dass er *nicht mehr lange mitspielen* würde!«

»Sie lügen ja! Sie lügen hier das Blaue vom Himmel runter!«

»Dieser Jens hat Sie mit seiner Beobachtung konfrontiert, stimmt's?« Ich habe die Nummer des Hotels in seinem Handy gefunden. Sie haben mit ihm telefoniert!«

»Er wird Alina angerufen haben!«, rief Liesel Zender jetzt mit bebenden Nasenflügeln. Es war ihre erste Äußerung zu den ungeheuerlichen Vorwürfen.

»Falsch! Der erste Anruf kam exakt vier Minuten nachdem Sie Bäetes erschlagen haben und dauerte fast fünf Minuten! Alina war zu diesem Zeitpunkt im Dorf unterwegs und kehrte erst kurze Zeit später zurück! Nein, Frau Zender, aus dieser Nummer kommen Sie nicht mehr raus. Der Plan, den Sie fassten, war abscheulich, als Sie merkten, dass Alina sich bei den Lebensmitteln bediente. Alina ist Vegetarierin, ihr drohte keinerlei Gefahr, als Sie die vergiftete Platte in die Vorratskammer stellten! Sie haben Alina buchstäblich dazu gebracht, ihren eigenen Freund zu vergiften!«

In diesem Moment brach Alina in einen Schreikrampf aus. Sie ließ sich einfach nach vorne auf die Knie fallen und schlug mit den flachen Händen auf den Parkettboden. Sandy und Pavel versuchten, sie zu beruhigen. Schließlich ging das Geschrei in ein konvulsivisches Schluchzen über.

»Ein wirklich verteufelter Plan«, sagte Herbie bitter. »Aber er scheint zu funktionieren. Das Mädchen wird des Mordes an ihrem Freund bezichtigt. Alles soll so aussehen, als hätte Alina ihm das Gift absichtlich verabreicht. Die Indizien sprechen allesamt gegen sie. Selbst das Einkaufsnetz hat die vergessliche Mörderin am Tatort zurückgelassen. Die übriggebliebenen vergifteten Frikadellen sind heute Morgen von der Müllabfuhr abgeholt worden, stimmt's?«

Liesel Zender zeigte keinerlei Regung. Sie betrachtete stumm ihre gefalteten Hände.

»Der Jens hat Senf drauf getan und reingebissen«, sagte Alina leise und schniefte. »Er hat plötzlich geschrien, warum das so bitter ist! Zuerst war er stinksauer, aber dann kamen die Krämpfe, und er hat angefangen, wie verrückt zu zittern …« Ihre Stimme bebte. »Dann kriegte er keine Luft mehr. Es war schrecklich!«

»Ich vermute, es war Rattengift aus Bäetes' Schuppen hinterm Haus.« Herbie presste die Lippen aufeinander und atmete tief ein und wieder aus. »Die Wurst war für mich übrigens das fehlende Glied in der Kette«, sagte Herbie achselzuckend. Er blickte zu Hilde Laresser hinüber. »Ohne die Wurst, die du für den Hund mitgenommen hast, wäre ich nicht drauf gekommen. Ich sagte: Vielleicht hat sie die Wurst vergiftet. Und Jul… also … jemand anderes sagte: Vielleicht hat ihr auch Biffy die vergiftete Wurst untergejubelt.«

Herbies Handy klingelte. Er zuckte zusammen und warf einen raschen Blick auf das Display. Nein, Tante Hettie konnte er jetzt überhaupt nicht gebrauchen! Rasch unterdrückte er das Klingeln.

Als er wieder aufblickte, sah er die Augen aller auf sich gerichtet.

»Du meinst also, sie war das damals mit dem Mädchen?«, fragte von Ameln ungläubig. »Und jetzt zwei Männer? Ich glaube, du spinnst dir hier einfach wirres Zeug zusammen!«

Oh, oh, oh, wenn man sagt er spinnt, kann er ganz ungemütlich werden.

Aber Herbie blieb gelassen und puhlte sich ein paar Fleischfasern zwischen den Backenzähnen heraus. »Es waren Bäetes' letzte Worte, die eigentlich alles erklären. Wissen Sie, er hatte es mit der Mythologie. Sagen und Legenden und so. Er hat mich auf Kriemhild hingewiesen und auf Hera. Und seit heute Vormittag weiß ich, dass diese beiden Frauen sinnbildlich für Eifersucht stehen. Eifersucht!« Er sah zu Julius hinüber. »*Eifersucht*, nicht *Eifelblick*! Er hat nicht das Hotel gemeint, sondern die Frau, die es leitet!«

Tom Treuheit schüttelte resigniert den Kopf. »Ich verstehe gar nichts mehr.«

»Die junge Liesel war eifersüchtig auf das Mädchen aus der Stadt, das ihr den Mann vor der Nase wegschnappen wollte. Den Mann, der ein großes, schönes Hotel erben würde, der Freddy.«

»Freddy?«, fragte Alina.

»Oh, Verzeihung, Bertram natürlich. Freddy war ja nur sein Spitzname, weil er mit Seemannsliedern von Freddy Quinn durch die Dorfsäle zog. In der Eifel haben fast alle Spitznamen.« Er beugte sich zu Liesel Zender hinunter. »Wie lautete Ihrer?«

»Püppi«, sagte sie matt.

Allerliebst. Hieß nicht so auch die Tochter von Himmler?

»Sie haben mir in der Nacht den Autoschlüssel aus dem Zimmer geklaut, um die Mordwaffe verschwinden zu lassen, habe ich recht?« Er sprach sanft, fast gütig, wie zu einer senilen, alten Großmutter. Dann zeigte er auf das Pflaster auf seiner Stirn. »Und das hier, das waren Sie auch. Und ich meine nicht das Pflaster, sondern das darunter.«

Sie zeigte keinerlei Reaktion.

Die alte Dame hat dich ausgeknockt. Ach, du Schande!

»Die Polizei!«, rief Eike Christiansen. »Da kommt ein Polizeiwagen!«

Alle starrten zum Fenster hinaus.

»Tja, fehlt jetzt eigentlich nur noch die fast sechzig Jahre alte Mordwaffe«, sagte Herbie. »Immerhin ein sehr, sehr wichtiges Indiz. Lassen Sie mich mal raten: Sie sind die ganze Zeit nach dem hübschen alten Motto verfahren: Der Täter lässt bitten. Sie bringen Menschen dazu, andere Menschen umzubringen, Sie lassen die verdächtigen Überreste Ihrer Tat von der Müllabfuhr beseitigen. Sollte wohl als Nächstes der Schrotthändler Ihnen einen Dienst erweisen?«

Jetzt wandte sie ihm ruckartig das Gesicht zu. »Sie verdammter Mistkerl!«, zischte sie.

»Na fein, dann werde ich den Polizisten mal raten, als Erstes die Tonne mit dem Altmetall da draußen unter die Lupe zu nehmen.«

26. Kapitel

Kurze Zeit später war Friedhelm Sterzenbachs große Stunde gekommen. Den Vertretern von der Presse präsentierte er den Inhalt seiner Aktentasche. Er posierte unter dem Schriftzug *Hotel Eifelblick*, ließ sich mit den missglückten Portraits von Hilde Laresser ablichten, zeigte für die Kameras bedeutungsschwanger auf die Stelle, an der die Leiche des alten Hausmeisters gelegen hatte, und die Polizei hatte darüber hinaus ihre liebe Not, ihn immer wieder von den Mülltonnen wegzuscheuchen.

Die Beamten hatten sich innerhalb kürzester Zeit vervielfacht. Zu den Uniformierten kamen irgendwann Männer und Frauen in Zivilkleidung hinzu, und das Gelände, auf dem die Filmfahrzeuge inzwischen ungeduldig auf die Abfahrt warteten, platzte regelrecht aus allen Nähten.

Jeder der Anwesenden war befragt worden. Im Frühstücksraum hatten sie sich alle einzeln den unerbittlichen Fragen zu den Vorgängen der letzten Tage stellen müssen.

Das Ganze zog sich über Stunden hin, und der Kaffee aus Liesel Zenders Thermoskanne war längst alle.

Tom Treuheit lief unentwegt nervös herum und rauchte ohne Unterbrechung, allerdings waren es dieses Mal offenbar gewöhnliche Zigaretten, deren Qualm mal hier und mal da in die Luft stieg.

Dadurch, dass Sterzenbach alle Journalisten mit seinem geballten biografischen Fachwissen bedrängte, bekam keiner von ihnen mit, wie Liesel Zender irgendwann von zwei Beamtinnen am Rande des Vorplatzes hinter den Aufnahmewagen her zu einem wartenden Polizeiwagen geführt wurde.

Herbie war einer der Wenigen, die diesen schmählichen Abgang beobachteten. Er saß mit Julius im Biergarten und genoss ein kühles Pils.

»Aus der Traum vom Lebensabend unter südlicher Sonne«, sagte er nachdenklich.

Sie wird immerhin ein Dach überm Kopf haben. Und mindestens eine warme Mahlzeit am Tag und eine verlässlich geheizte Zelle. Julius zog eine spöttische Schnute. *Im Gefängnis regnets wenigstens nicht rein. Da bin ich mir bei diesem Kasten hier nicht so sicher.*

Herbie blickte an der Hotelfassade hoch. Wie würde es jetzt mit dem alten Kasten weitergehen? Er kannte einige Häuser wie dieses, die schon lange einsam an ihren Plätzen standen. Sie waren zurückgelassen worden, hatten ihren Stolz und ihre Würde verloren, und die vier Jahreszeiten der Eifel spielten ihr grausames Spiel mit ihnen. Einige wenige bekamen ganz unverhofft doch noch eine letzte Chance, wenn ein Investor über zu viel Geld verfügte, aber die meisten starben einen langsamen, bitteren Tod. Irgendwann waren sie dann verschwunden, und nur in den Erinnerungen der Menschen, die sie besucht hatten, bestanden sie fort. Erinnerungen an Schönes, Trauriges und Schreckliches.

Jemand näherte sich mit schweren Schritten. »Wo hast du das denn her?«, fragte Alfredo Korn, zeigte auf Herbies Bier, strich sich das fettige Haar aus der Stirn und ließ sich schnaufend auf einem wackligen Klappstuhl nieder.

»Aus der Hotelküche. Es ist keiner mehr da, den ich hätte fragen können. Ich hab einfach in die Kühlung geguckt.«

»Super, hol ich mir auch gleich.« Korn ließ die Hosenträger flitschen und spielte mit einem gehefteten Packen Papier im DIN-A4-Format.

»Neues Drehbuch?«, fragte Herbie.

Korn nickte. »Kriminalkomödie. *Zwei Hochzeiten, vier Frauen und ein Mord.* Was für ein Titel! Mit Heike Makatsch. In drei Wochen fangen wir an zu drehen. In Berlin. Endlich wieder Stadt!«

Der Polizeiwagen fuhr ab, und sie blickten ihm hinterher.

»Eigentlich hab ich nach der ganzen Chose hier gar keine Lust mehr auf Krimi«, knurrte Korn. Er zeigte zum Polizeiwagen, der jetzt hinter den Buchsbaumhecken verschwand. »Ob die wohl noch mal rauskommt?«

»Könnte sein, dass sie wegen dem Mord an dieser Gunda mit Totschlag davonkommt, dann ist es längst verjährt. Aber für die Morde an Bäetes und Jens O. bleibt sie bis an ihr Lebensende drin, da habe ich keinen Zweifel.«

Julius nickte. *Ich sehe es vor mir: Ein silberhaariges Canasta-Kränzchen im Frauenknast. Lauter reizende alte Damen, die über vergangene Zeiten plaudern.*

»Eine schreckliche Vorstellung«, sagte Herbie. »Aber sie hat es nicht anders verdient.«

»Was?« Korn sah ihn irritiert an.

»Ach, nichts.« Herbie trank seine Flasche leer und erhob sich. »So, dann werde ich mal mein Köfferchen packen. Wenn ich das richtig verstanden habe, dürfen wir endlich los.«

»Bis gleich«, Korn winkte. »Wir sehen uns noch.« Dann begann er, in seinem Drehbuch zu blättern.

Im Zimmer stopfte Herbie seine wenigen Habseligkeiten in die Reisetasche. Im letzten Moment fiel ihm die neue Zahnbürste ein. Die durfte er nicht vergessen.

Bevor er die Hintertür schloss, blickte er sich noch ein letztes Mal im Zimmer um und nickte.

Hach, was hatten wir für schöne Stunden hier! Julius seufzte dramatisch. *Du, ich und das Tier.*

Herbie schloss die Tür fein säuberlich ab, ging hinunter und legte den Schlüssel mit dem klobigen Anhänger auf den Tresen der Rezeption.

Niemand war da, der ihn in Empfang nahm.

»Wir sollten uns gebührend verabschieden«, hörte er plötzlich Hilde Laressers Stimme an seiner Seite.

»Gebührend?« Er wandte ihr den Kopf zu und hob fragend die Augenbrauen.

»Wie … Freunde.«

Herbie nickte. »Gute Idee. Wie Freunde.«

Sie streckte die Arme aus, und er tat es ihr nach. Linkisch wackelte er mit dem Kopf hin und her, weil er nicht wusste, ob er ihn rechts oder links an den ihren legen sollte. Sie half ihm und klammerte sich mit den Armen fest um ihn.

Julius verkniff sich einen Kommentar. Er hatte sich auf einem der alten Brokatsessel positioniert und sah ihnen aus der Entfernung zu.

»Gibst du mir deine Kontonummer?«, fragte sie.

Herbie kniff die Augen zusammen. »Was? Kontonummer? Warum?«

»Ich möchte dich bitten, ab und zu einen Strauß Blumen auf ein Grab zu stellen.«

Herbie lachte. »Sehe ich aus wie jemand, der seine Kontonummer auswendig kennt? Ich sorge schon für die Blumen, mach dir keine Sorgen! Gib mir das Geld einfach, wenn wir uns das nächste Mal wiederse…«

»Wir werden uns nicht wiedersehen«, sagte sie.

Er wehrte ab. »Na, na, das soll man nie sagen, immerhin …«

»Ich werde nicht wieder zurückkehren!« Es klang sehr bestimmt und völlig emotionslos. »Was glaubst du denn, wie alt ich noch werde?«

Herbie machte Anstalten, etwas Beschwichtigendes zu sagen, aber sie wehrte ab. »Ich werde mir irgendwo ein Fleckchen suchen, wo ich meine letzten Jahre in Ruhe verbringen kann. Wo, das ist mir eigentlich egal. Im Cottage in England, im Appartement in New York, im Haus an der Westküste … Das Sterben in Wychwood kann nicht unangenehmer sein als das Sterben in Palm Springs«

»Ich möchte jetzt eigentlich eine Weile lang nichts mehr vom Sterben hören«, sagte Herbie dumpf.

»Tja, siehst du mal, für mich wird das jetzt das ganz große Thema.«

Herbie zuckte mit den Schultern. »Ich werde mir jedenfalls den Film ansehen.«

Sie schüttelte lächelnd den Kopf. »Ich auf keinen Fall.«

Dann umarmte sie ihn noch einmal und drückte ihm mit zitternden Lippen einen Kuss auf die Wange.

Hilde Laresser bückte sich nach ihrem Rollkoffer. Als Herbie ihr helfen wollte, wehrte sie das ab.

»Wo ist von Ameln?«, fragte er.

Sie warf die Arme in die Luft. »Was weiß ich? Vielleicht in der Hölle. Jedenfalls auf und davon. Wahrscheinlich feiert er schon heute Nacht oder morgen früh ein fröhliches Wiedersehen mit Mrs. Oliver auf ihrer Ranch. Das heißt, wenn die ihn überhaupt noch will, so pleite, wie der ist.«

Sie sah ihn noch einmal an. Es dauerte eine kleine Ewigkeit. »Mach's gut, Herbie Feldmann.« Dann stolzierte sie auf den Ausgang zu und zog dabei den Rollkoffer hinter sich her. Mit der linken Hand winkte sie, ohne sich noch einmal nach ihm umzusehen.

Das nenne ich mal einen gebührenden Abgang für eine Diva. Hast du bemerkt, wie sie mit der Hand wedelt? Das habe ich sonst nur bei der Queen gesehen. Julius versuchte, das Winken zu imitieren.

»Eine großartige Frau, findest du nicht?«

Julius grunzte. *Du wirst sie doch nicht am Ende mehr mögen als mich.*

»Wie könnte ich?« Er lächelte schief. »Halt!«

Herbie schoss in diesem Moment ein Gedanke durch den Kopf. Er lief hinter ihr her und erwischte sie gerade noch, bevor sie in den schwarzen Mercedes einstieg, der sie zum Flughafen bringen würde. Der Fahrer verstaute gerade ihr Gepäck im Kofferraum.

»Was denn?« Ihr Ton war schon wieder lässig, fast kühl, aber Herbie wusste inzwischen, wie viel Gefühl sie dahinter verbarg.

»Es ist wegen Alina.«

»Alina?«

»Das Zimmermädchen. Ich fürchte, ihre Zukunft sieht sehr, sehr düster aus.«, sagte er. »Ohne fremde Hilfe kommt sie da nicht wieder raus. Was meinst du? Ich finde, sie könnte ein bisschen Hilfe gebrauchen. Womöglich von jemandem, der früher auch mal hier im Hotel die Betten gemacht hat, genau wie sie. Jemand, der in seinem Leben auch mal nicht mehr weiterwusste.«

Hilde Laresser zögerte kurz und blickte in die Ferne. Ihre Wangenmuskeln zuckten. Sie zog die Augenbrauen in die Höhe und atmete tief durch. »Hm, ja, du hast wahrscheinlich recht.« Dann öffnete sie ihre Handtasche und kramte eine Visitenkarte hervor. Mit einem schlanken, sehr edel aussehenden Kugelschreiber schrieb sie auf dem Dach des Wagens ein paar Notizen auf die Rückseite des Kärtchens.

»Sie soll es so machen wie ich damals. Das alles hier muss sie so schnell wie möglich hinter sich lassen. Ich werde ihr ein Ticket zukommen lassen, wenn sie mir ihre Kontaktdaten schickt. Wenn sie morgens gegen zehn losfliegt, landet sie eindreiviertel Stunden später in Heathrow. Sie soll an die Zeitverschiebung denken.«

Hilde Laresser erklärte das alles sehr kühl, sehr geschäftsmäßig.

»Von da aus fährt alle dreißig Minuten ein Expresszug nach London rein. Jeden Tag geht um 16.50 ab Paddington ein Zug in Richtung Südwesten. In St. Mary Mead soll sie aussteigen. Wenn sie mir am Tag vorher Bescheid gibt, lasse ich sie abholen. Dann sehen wir weiter.« Sie reichte ihm die Karte.

»Es wird natürlich ein bisschen dauern, weil sie der Polizei noch zur Verfügung stehen muss.«

Hilde Laresser nickte. »Gut, ich werde jetzt etwa einen Monat in Wychwood sein. In der Zwischenzeit ist sie wohl hoffentlich auch diese scheußlichen Flecken los.«

Herbie strahlte sie an. Dann drückte er ihr einen Kuss auf die Wange.

Du bist und bleibst ein Grobmotoriker. Bei ihr sieht das alles viel graziler aus!

Sie stieg ein, und er schloss die Tür. Zwei Minuten später war der Wagen davongefahren, und Hilde Laresser war unweigerlich aus seinem Leben verschwunden.

Herbie holte seine Tasche von der Rezeption und trottete zu seinem Kangoo hinüber, den er extra in den Schatten eines großen Transporters gefahren hatte, weil er den Hund darin eingesperrt hatte.

»So, Julius, jetzt sag mal ehrlich: Wie fandest du meine große Auflösung vorhin?«

Wenn ich jetzt sage mittelmäßig, behauptest du wieder, ich würde immer nur rummaulen. Julius machte eine vage Handbewegung. *Sagen wir mal, es war gut, dass ich dir helfend zur Seite stand.*

»Es ist sehr schwer, weißt du. All diese Fakten, die Aussagen und Indizien. Ich weiß nicht, warum das in *Tod auf dem Nil* zum Beispiel alles so einfach aussieht.«

Du bist eben weder Hercule Poirot noch Miss Marple.

»Momentchen mal!« Herbie blieb wie angewurzelt stehen. Sein Auto war jetzt in Sichtweite, und er konnte einfach nicht glauben, was er da sah. »Diese verfluchte Misttöle!«, rief er.

Die Wagentür stand weit offen. Das Auto war leer!

Vielleicht ist er ja kurz ins Dorf, um zum Abschied noch ein bisschen mit dem Fahrradständer um die Häuser zu ziehen.

»Von wegen!« Herbies Mund verzog sich in diesem Moment zu einem breiten Grinsen. Er zeigte nach links, zur Hausecke. Direkt unter dem Fenster von Liesel Zenders Büro hockte Biffy, die Hundetrainerin. Sie glaubte sich wohl unbeobachtet, und wühlte sich mit Wonne durch Agamemnons dichtes, schwarzes Fell. Der Hund schleckte sie dafür mit Inbrunst ab, und sie kicherte und drückte ihren Kopf immer wieder gegen seine Schnauze. Es war ein wonniges Bild inniger Glückseligkeit.

Ach du gute Güte, das ist ja wie im Film. Alles findet plötzlich zum Happy End zueinander. Julius seufzte melodramatisch.

Gerade wollte Herbie etwas rufen, als sein Handy vibrierte.

»Oh, eine Nachricht von Tante Hettie. Da sie mich telefonisch nicht erreichen kann, schickt sie mir eine SMS. Aber ... Das ist doch ...« Herbie stutzte. »Das kann nicht sein! Das ist nicht wahr!«

Julius beugte sich über seine Schulter und las: ... *und bis Brigitte wieder aus dem Krankenhaus ist, bleibt der Hund bei dir! Es handelt sich höchstens um drei bis vier Wochen.*

Herbie ließ die Schultern sinken und seufzte tief.

»Ach, Julius, was habe ich denn bloß verbrochen, dass das Schicksal mich so hart straft?«

Agamemnon von den Gotthelffriedrichsgrunder Osterwiesen kam fröhlich auf ihn zugesprungen und kläffte dabei aus voller Brust. Der Sabber sprühte durch de Luft.

Ach, guck mal, er ist ja irgendwie doch ein feiner Kerl. Und er wird sich in deiner kleinen Wohnung sicher pudelwohl fühlen. Nicht wahr, das bist du, ein Feiner! Ein Feiner bist du!

Jemand tippte Herbie auf die Schulter.

Er sah auf und blickte in die strahlenden Augen von Tom Treuheit. »He, alles klar, Schönlebe?«

Herbie nickte ergeben. Warum waren Treuheits Pupillen so groß?

»Was für eine geile PR für den Film! Das geht durch die Decke, wirst du sehen!«

Herbie nickte wieder.

»Hat's dir gefallen? Mal 'n bisschen Filmluft schnuppern? War doch Hammer, oder?«

Herbie wackelte unsicher mit dem Kopf. »Naja.«

»Ja gut, okay dann«, sagte Treuheit und knuffte ihn gegen die Schulter. »Wollte nur Tschüss sagen.«

Er wandte sich an seinen Begleiter, der wie immer die Hände tief in den Taschen vergraben hatte. »Komm, sag doch auch mal was.«

Der junge Mann öffnete den Mund, und Herbie glaubte in diesem Moment, seinen Ohren nicht trauen zu können. Mit leiser Stimme sagte er: »Wer die absolute Freiheit des Ganzen der Notwendigkeit erleben will, das Schicksal in Person, die Ununterscheidbarkeit der

Freiheit vom Gesetze seiner Abhängung von sich selber, sich selbst also als das Unendliche: der darf sich
nicht dem Ringelreigen der Wiederkehr des Gleichen
anheimgeben als wie einer unpersönlichen Fatalität; er
müsste mindestens tiefer dem Zwange nachsinnen, der
ihn für das Ganze so unentbehrlich macht.«

- Ende -

Nachwort

Man soll ja gar nicht so viele Worte der Erklärung hinterherschicken. Woher kommen die Ideen? Was hat einen bei der Personenwahl inspiriert? Wie baut man eine vertrackte Rätselkrimi-Geschichte zusammen? Fragen, die Sie mir alle persönlich stellen dürfen, aber erwarten Sie bitte keine wirklich zufriedenstellenden Antworten. Manche Dinge kommen einfach so, wie sie kommen. Man hat zum Beginn eines neuen Buchs große Pläne und wird dann von Seite zu Seite Zeuge, wie diese krachend in sich zusammenfallen. Klingt nach einer Menge Arbeit? Ist es wohl auch.

Nachworte sind ja bekanntlich auch dafür vorgesehen, Dank zu sagen. Den Menschen, die einem mit Tipps und kluger Sachkundigkeit die Horizonte erweitert haben, mit deren Hilfe man Dinge, die einem bis dato völlig fremd waren, plötzlich so zu schildern versteht, dass man den Leserinnen und Lesern erscheint wie der gewiefteste Fachmann.

Dieses Mal will ich es anders machen, denn Sie haben es schon an der Widmung des Buches erkannt: Ich bedanke mich mit diesem bescheidenen Whodunnit-Krimi (Wer war's denn nun?) bei der Großmeisterin des Genres, vor Agatha Christie, die mir schon im Kindesalter die Tür zu jener geheimnisvollen Welt des literarischen Verbrechens geöffnet hat. Durch ihre sachkundige Anleitung lernte ich das Verstreuen von Indizien, das Verwischen von Spuren, das Lügen, das Betrügen, das skrupellose Meucheln – all das, was man nun mal eben für eine halbwegs gelungene Kriminalgeschichte beherrschen muss.

Und ihr zum Dank habe ich all ihre deutschen Romantitel in die Handlung eingewoben. Manche mehr, manche weniger offen zu sehen. Ein kleines, kniffliges Suchspiel für Sie, meine lieben Leserinnen und Leser, eine Dankesgabe für die größte Krimiautorin aller Zeiten. Ich sage Dank und verneige mich voll Ehrfurcht.

Das fehlende Glied in der Kette, Ein gefährlicher Gegner, Mord auf dem Golfplatz, Der Mann im braunen Anzug, Die Memoiren des Grafen, Alibi, Die großen Vier, Der blaue Express, Sieben Uhren, Mord im Pfarrhaus, Das Geheimnis von Sittaford, Das Haus an der Düne, Dreizehn bei Tisch, Mord im Orient-Express, Ein Schritt ins Leere, Nikotin, Tod in den Wolken, Die Morde des Herrn ABC, Mord in Mesopotamien, Mit offenen Karten, Der ballspielende Hund, Der Tod auf dem Nil, Der Tod wartet, Hercule Poirots Weihnachten, Das Sterben in Wychwood, Und dann gab's keines mehr, Morphium, Das Geheimnis der Schnallenschuhe, Das Böse unter der Sonne, Rotkäppchen und der böse Wolf, Die Tote in der Bibliothek, Das unvollendete Bildnis, Die Schattenhand, Kurz vor Mitternacht, Rächende Geister, Blausäure, Das Eulenhaus, Der Todeswirbel, Das krumme Haus, Der Täter lässt bitten, Sie kamen nach Bagdad, Vier Frauen und ein Mord, Fata Morgana, Der Wachsblumenstrauß, Das Geheimnis der Goldmine, Der unheimliche Weg, Die Kleptomanin, Wiedersehen mit Mrs. Oliver, 16 Uhr 50 ab Paddington, Tödlicher Irrtum, Die Katze im Taubenschlag, Das fahle Pferd, Mord im Spiegel, Auf doppelter Spur, Karibische Affäre, Bertrams Hotel, Die vergessliche Mörderin, Mord nach Maß, Lauter reizende alte Damen, Die Halloween-Party, Passagier nach Frankfurt, Das Schicksal in Person, Elefanten vergessen nicht, Alter schützt vor Scharfsinn nicht, Vorhang, Ruhe unsanft

Stefan Barz

SPIEL DES BÖSEN

Taschenbuch, 232 Seiten
ISBN 978-3-95441-461-1
12,00 EURO

Wie weit wirst du gehen?
Ein tiefer Blick in Eifeler Abgründe

An der Kakushöhle bei Mechernich ereignet sich ein myste-
riöser Todesfall: Eine Frau stürzt während einer Wanderung
vom hohen Kartsteinfelsen. Kommissar Jan Grimberg und sein
Kollege Jürgen Wagner rätseln über die Hintergründe. War es
Selbstmord? Oder wurde sie hinuntergestoßen?

Kurz darauf wird eine weitere weibliche Leiche am Zülpicher
See gefunden. Hängen die beiden Fälle womöglich zusammen? Treibt ein Frauenmörder sein Unwesen in der Eifel? Das
ungleiche Ermittler-Duo stößt bei seinen Nachforschungen auf
ein makabres Spiel …

Der neue Roman des Jacques-Berndorf-Preisträgers

*»Überraschende Wendungen und unerwartete Entdeckungen halten
die Spannung durchweg hoch. Eine interessante Vielschichtigkeit, die
sich mit grundsätzlichen Themen der Menschheit auseinandersetzt.«*

(Kölnische Rundschau zu »Nimmerwiedersehen«)

KRIMINALROMAN

KBV

Martina Kempff

**MESSER, GABEL,
KEHR UND MORD**

Taschenbuch, 256 Seiten
ISBN 978-3-95441-477-2
12,00 EURO

Mörderischer Grenzverkehr

Katja Klein feiert im Grenzörtchen Kehr zehnjähriges Eifel-Ju-
biläum. Ihre Freunde schenken ihr einen liebevoll selbst-ge-
zimmerten Blitzerkasten. Der soll die Raser zum Langsam-
fahren zwingen und zur Einkehr in Katjas gleichnamiges
Restaurant verleiten.

Tatsächlich geht an diesem heißen Sommerabend auch gleich
ein heranbrausender Wagen in die Eisen. Doch anstatt einzu-
kehren, entsorgt der Fahrer einen in eine Decke gewickelten
weiblichen Körper am Straßenrand. Lebt die Frau noch, oder
ist es etwa eine Leiche? Bevor diese Frage beantwortet werden
kann, wird das Corpus Delicti vor Katjas Augen auch schon
mit einem anderen Auto abtransportiert.

Auf eigene Faust verfolgt die neugierige Gastwirtin eine Spur,
die ins belgische Ouren am Dreiländereck führt und sie selbst
in höchste Lebensgefahr bringt. Ihr bleibt nur noch eine Hoffnung: Wird ihr Freund, der belgische Polizeiinspektor Marcel
Langer, sie rechtzeitig finden?

KRIMINALROMAN

KBV